W0388959

Barbara Büchner
Der Pestarzt

Barbara Büchner

Der Pestarzt

Historischer Roman

Brendow
VERLAG + MEDIEN

Bibliografische Information Der Deutschen Bibliothek
Die Deutsche Bibliothek verzeichnet diese Publikation in der Deutschen Nationalbibliografie; detaillierte bibliografische Daten sind im Internet über http://dnb.ddb.de abrufbar.

ISBN 3-86506-069-2
© 2005 by Joh. Brendow & Sohn Verlag GmbH, Moers
Dieser Titel wurde vermittelt durch Lit. Agent Roman Hocke
AVA international GmbH, Autoren- und Verlagsagentur
Einbandgestaltung: Georg Design, Münster
Titelfoto: akg-images, Berlin. Gabriel von Max „Der Anatom“ (1869)
München, Bayer. Staatsgemälde-Sammlungen
Satz: Satz & Medien Wieser, Stolberg
Druck und Bindung: Oldenbourg Taschenbuch GmbH, Kirchheim
www.brendow-verlag.de

Inhalt

„Leben wir, so leben wir dem Herrn,
sterben wir, so sterben wir dem Herrn."

Vorspiel
Der Dämon lauert

Nach einer wahren Begebenheit, wie sie vom Zeugen der Ereignisse, Assistenzarzt Dr. Severin Schilder, in seiner Chronik „Die Wiener Laboratoriumspestfälle des Jahres 1898" berichtet wurde.

Sommer 1898

„Salzgurken, frisch und knackig! Der echte Türkische Honig! Heiße Würstl! Zuckerwatte für die Kinder!" Die Rufe der Händler mit ihren bunt bemalten Karren übertönten den Lärm des Wiener Praters. Die blechernen Klänge des Orchestrions im Hippodrom, wo trübsinnige Ponys im Kreis trabten, das Knallen an den Schießbuden, das Kreischen der Kinder auf den Karussells betäubten den Verstand. Herrschaftliche Kutschen ratterten unter den Kastanienbäumen der Hauptallee entlang, Hunde bellten, schneidige junge Reiter auf Rassepferden beeindruckten die Spaziergänger, die ängstlich den feurig tänzelnden Tieren auswichen. Es roch nach gebratenen Stelzen, gerösteten Mandeln, kandierten Früchten und Gurkensalat. Scharen von turtelnden Pärchen drängten sich in den Biergärten und Kaffeehäusern. Zu den Händlern kamen noch Guckkastenmänner, Bänkelsänger, Taschenspieler, Tierbändiger und viele, viele andere hinzu – ein brodelndes Gemisch aus Farben und Gerüchen. Die Vornehmen und das einfache Volk mischten sich in gemeinsamem Vergnügen.

Die beiden Männer, die an diesem Sommertag des Jahres 1898 durch den beliebten Volksbelustigungsort schlenderten, mussten die Stimme heben, um sich einander verständlich zu machen. Man sah ihnen auf den ersten Blick an, dass sie Brüder waren: zweimal dieselbe hohe Gestalt, der edle Kopf mit dem militärisch kurz geschnittenen Haar und dem mächtigen blonden Schnauzer. Sie wurden häufig gegrüßt, denn in der guten Wiener Gesellschaft waren der Polizeikommissär Otto Müller und der Internist Dozent Dr. Hermann Müller nicht nur hoch angesehen, die beiden Junggesellen erweckten auch das Interesse vieler Eltern mit Töchtern im heiratsfähigen Alter. Auch die Mädchen, die in kichernden Gruppen vorbeiflanierten, warfen den Männern neugierige Blicke zu. Gute Partien waren beide, der eine ein hoher Staatsbeamter, der andere ein trotz seiner Jugend – er war erst einunddreißig Jahre alt – bereits sehr erfolgreicher Arzt, dem man eine steile Karriere vorhersagte. Erst kürzlich hatte ihm die Akademie der Wissenschaften die hohe Ehre erwiesen, ihn zum Leiter einer Forschungsexpedition nach Indien zu bestimmen.

„Der Lärm und das Durcheinander, das erinnert mich an Bombay“, bemerkte seufzend der junge Arzt, der mit seinem langen schwarzen Gehrock, dem Zylinder und dem auf der Nase balancierenden Zwicker ganz dem Bild des Akademikers entsprach. Er war sehr blass und machte mit seiner milden Stimme und dem schwärmerischen Blick einen weichlichen Eindruck, wie ihn weltfremde Gelehrte zuweilen an sich haben, aber die breite, feste Stirn und der entschlossene Mund sprachen eine andere Sprache.

Er war nach seinen drei Monaten in Indien tief beeindruckt zurückgekommen. Der junge Europäer, der bislang den Orient nur aus Erzählungen gekannt hatte, war völlig überwältigt gewesen von der feuchten, brütenden Hitze, dem Übermaß an grellen Farben, dem Durcheinander von Gerüchen, zur Hälfte aromatisch, zur anderen Hälfte krankhaft und Übelkeit erregend, der Vielzahl von Stimmen, in die sich das Gekreisch der Affen mischte. Und über dem Stimmengewirr dröhnten die Tempelglocken, die abends Sturm läuteten, um die Dämonen der Pest zu vertreiben.

„Hast du wieder Heimweh nach den Palmen, Hermann?“, fragte der Bruder lächelnd. Sein Ausdruck verriet, dass er ähnliche Seufzer schon öfter gehört hatte.

„Ja. Ich wäre gerne wieder in Indien. Ich erinnere mich,

wenn wir abends durch das Palmenviertel in unser Quartier fuhren und das arabische Meer in der violetten Dämmerung liegen sahen ... die Portugiesen hatten schon Recht, als sie die Stadt *Bom bahia* – schöner Hafen – nannten. Ich werde den Anblick nie vergessen, wie ich in meiner ersten Nacht dort auf den Balkon hinaustrat, und da, unmittelbar jenseits der Straße, war schon das Wasser, als stünde ich an Bord eines Schiffes. Die bemalten Fischerboote schunkelten auf den Wellen, und die Luft war voll von murmelnden Geräuschen, einem Gemisch aus dem Klatschen der Wellen und den Stimmen der Menschen, die in kleinen Gruppen um Öllampen saßen und schwatzten, die ganze Nacht lang. Andere schliefen mitten auf dem Gehsteig – keine Obdachlosen, sondern Arbeiter, die sich auf diese Weise den weiten Weg zur Arbeitsstelle abkürzen wollten."

„Du redest wie ein Dichter, Hermann. Deine Kollegen sagen, du fasst sogar deine Krankengeschichten ab wie ein Dichter – es gehe einem richtig ans Herz, sie zu lesen."

Der Arzt war aber in Gedanken noch in der Stadt der sieben Inseln, wie Bombay genannt wurde. „Wenn ich nur mehr Zeit und Muße gehabt hätte, mir das tropische Märchen näher anzusehen! Nenn mich ruhig ein großes Kind, weil ich so träume ..."

„Ich kann verstehen, dass du von Indien träumst", erwiderte Otto. „Aber ich wundere mich, dass du dich immer nur an Palmen, Tempel, Statuen und dergleichen erinnerst und nie an die Pest. Ich meine, du warst nicht auf Urlaub dort. Du warst beinahe Tag und Nacht im Arthur Road Hospital eingesperrt, in all dem Dreck und der Hitze, bei Kakerlaken und Moskitos, unter Kranken und Sterbenden, und hast dich krumm und bucklig gearbeitet. Was mich angeht, da könnte Indien schön wie das Paradies sein, ich würde doch immer nur dieses entsetzliche Pestloch vor mir sehen."

Hermanns Gesichtsausdruck und seine unbestimmte Handbewegung verrieten, dass er seinem Bruder in diesem Punkt nicht folgen konnte. „Gewiss war es harte Arbeit. Aber versteh doch, was für eine Gelegenheit das war, die Pest zu studieren! Hier in Europa ist die Krankheit praktisch ausgerottet – sie hat sich nach China zurückgezogen, der letzte Ausbruch war vor zwanzig Jahren in Astrachan in Russland."

„Für mich", bemerkte der Polizeikommissär in trockenem Ton, „ist das eine durchaus erfreuliche Nachricht, und die scheußliche Seuche könnte gerne für immer in China bleiben. Ich verstehe nicht, dass du ihr noch nachlaufen musst." Er zündete eine Zigarre an und blies den Rauch genießerisch in die warme, nach frischem Laub duftende Luft, als betrachtete er ihr Gespräch als müßiges Geplauder. Es war eine absichtliche Provokation. Sie hatten dasselbe Gespräch schon öfter geführt, und den nüchternen, praktischen Otto amüsierte es immer wieder, wie sein Bruder – der sonst die Stille und Sanftmut in Person war – zu eifern begann, sobald die Rede auf seinen Studienaufenthalt in den Pestbaracken von Bombay kam.

Auch diesmal reagierte Hermann wie erwartet. Er fuhr heftig auf. „Ich bin Arzt! Ich will diese Krankheit erforschen, aber das meiste, was wir bis jetzt an Material haben, sind unzuverlässige, abergläubische Geschichten, keine harten medizinischen Fakten! Ich kann eine Krankheit nur erforschen, wenn ich Krankengeschichten erstellen kann, wenn ich Patienten mit eigenen Augen vor mir sehe und Tag für Tag, Stunde für Stunde, ja Minute für Minute ihre Symptome, ihr Befinden notieren, wenn ich präzise Fiebertabellen erstellen kann, Blut- und Sputumuntersuchungen gemacht werden ..."

Seine Gedanken wanderten zurück nach Bombay. Als sie

dort angekommen waren, hatte die Epidemie bereits ihren Höhepunkt erreicht. Das Arthur Road Hospital, das der österreichischen Kommission zugewiesen wurde, war überfüllt gewesen, ebenso wie alle anderen Spitäler der Stadt. Es waren nicht nur alle Betten in den drei geräumigen Baracken belegt, auch dazwischen lagen am Boden die Kranken und Sterbenden, im Ganzen gegen zweihundert. Ins Spital hatte man die Patienten erst gebracht, wenn sie schon dem Tode nahe waren, und auch das nur auf das Drängen der britischen Kolonialbehörden. Die Inder mit ihrem tiefen Fatalismus hatten nicht eingesehen, warum sie überhaupt einen Arzt aufsuchen sollten. Wenn man krank wurde, dann wurde man krank, und wenn die Krankheit tödlich war, dann starb man daran, das war der Lauf der Welt und der Wille der Götter. Warum sollte man sich dagegen auflehnen?

Mit leiser Bitterkeit dachte der junge Arzt: Und hatten sie Unrecht gehabt? Was hatte man denn im Krankenhaus für sie tun können? Nichts. Es gab kein Heilmittel gegen die Seuche. Die Patienten waren dort gestorben, wie sie zu Hause oder auf der Straße auch gestorben wären. Wenn sie gesund wurden, dann nicht, weil die Ärzte sie heilten. Die Forschung hatte Fortschritte gemacht, aber es würde noch lange dauern, bis die Kranken davon profitierten. Man hatte ein Serum produziert, das sich aber in Bombay als wirkungslos erwiesen hatte. Die bakteriologische Untersuchung konnte vorderhand nur die gefürchtete Diagnose bestätigen.

Er dachte an das Krematorium ganz in der Nähe des Hospitals, das vierundzwanzig Stunden in Betrieb war. Es bestand eigentlich nur aus einem ummauerten Stück freien Feldes, das sechzehn Scheiterhaufen Platz bot. Ganze Familien hockten dort um die brennenden Holzstöße. Tag und Nacht stieg der fettige Rauch der schmorenden Leichen mit seinem unerträglichen Geruch in den Himmel – und der Betrieb war nur eines von zahllosen Krematorien in Bombay. Das Meer, dem die Asche übergeben wurde, hatte sich stellenweise in eine gräuliche Suppe aus Asche, Holzresten und verkohlten Leichenteilen verwandelt, vermischt mit dem übrigen Unrat der Stadt. Aber die Inder verteidigten ihre Begräbnisbräuche, die dem Europäer so entsetzlich erschienen, mit religiöser Inbrunst.

Von diesen Erinnerungen durchdrungen, fuhr der Arzt lebhaft fort: „Otto, diese Krankheit hat Nationen ausgelöscht, ganze Länder verwüstet, ein Drittel von Europa entvölkert. In Bombay starben jede Woche rund eintausendneunhundert Menschen, und das ein Jahr lang. Und die Pest ist immer noch unbesiegbar. Dass sie sich zurückgezogen hat, heißt noch lange nicht, dass sie nicht plötzlich wieder hervorbrechen kann." Er lächelte unvermutet. „Kennst du das nicht von deinen Spitzbuben? Wenn sich ein Einbrecher, ein Fälscher, ein Räuber eine Zeit lang nicht gerührt hat, glaubst du deshalb, er hätte sein Werk aufgegeben? Nein! Du weißt genau, dass er ausruht und Pläne schmiedet, dass er nur in Deckung liegt, um irgendwann wieder hervorzuspringen."

Otto widersprach lachend. „Ein Verbrecher ist ein rationales Wesen, er denkt und plant, während ein Krankheitserreger ein winziges, hirnloses Ding ist, das weder denkt noch fühlt noch plant, sondern nur existiert. Als Alexandre Yersin durch sein Mikroskop blickte, was hat er da gesehen? Winzig kleine, unbewegliche Stäbchen. Und dasselbe hat Shibasaburo Kitasato gesehen und jeder andere Bakteriologe. Habe ich Recht?"

„Natürlich hast du Recht", gab der Arzt zu. „Obwohl es mir manchmal merkwürdig erscheint, wie unberechenbar sich Seuchen verhalten – fast als hätte man es mit einem intelligenten Wesen zu tun, das aus bewusster Bosheit handelt." Es war wirklich kein Wunder, dachte er, dass man die Infektionskrankheiten in alter Zeit als dämonische Wesen mit einer aktiven, bösartigen Intelligenz betrachtet hatte, als eine Art unsichtbarer Raubtiere, die unvermutet „ausbrachen", Menschen „anfielen", unter ihnen „wüteten" und ihre Städte verwüsteten. Seit Pasteur und Koch wusste man, wie einige der Erreger aussahen, und hatte ihnen wissenschaftliche Namen gegeben, aber das nahm ihnen nichts von ihrer geheimnisvollen List und Heimtücke.

Dann wechselte er rasch das Thema. „Ich bekomme allmählich Hunger – wie wär's mit einem Imbiss und einem Glas Bier?"

„Wenn du versprichst, dabei nicht von der Pest zu reden, gerne."

Hermann lachte. „Gut, aber dann darfst du mir auch nichts von Mördern, Einbrechern und Bomben werfenden Anarchisten erzählen!"

Sie setzten sich in einen der von alten Bäumen überschatteten Biergärten und bestellten Salami, Käse, Brot und Bier. Der Dozent war in bester Laune. Er liebte solche simplen Vergnügungen: ein bescheidenes Essen, einen guten Schluck und die Gesellschaft von Menschen, die er kannte und gern hatte. Die Unterhaltungen der feinen Gesellschaft waren, obwohl man ihn gerne dazu eingeladen hätte, nicht nach seinem Geschmack. Am liebsten war er mit seiner Familie, vor allem seinem Bruder Otto, oder den engsten Kollegen zusammen, denn den Letzteren machte es nichts aus, wenn er – wie es unweigerlich geschah – im Gespräch immer wieder auf sein Lieblingsthema zurückkam: die Pest. Die Seuche faszinierte ihn, sie hielt sein ganzes Interesse gefangen, aber beim Blumenkorso auf der Wiener Ringstraße oder auf den Kostümbällen der Reichen war das Thema naturgemäß nicht erwünscht.

Am Sonntag war der Wurstelprater der Treffpunkt des weiblichen Hauspersonals und der Soldaten, und entsprechend beliebt war romantische Musik. Eine Kapelle auf einem hölzernen Podium spielte ein sentimentales Lied, das Otto auf das Thema „Liebesbeziehungen" brachte. „Mutter hat gestern wieder Andeutungen gemacht, dass ein paar hübsche Fräulein aus den besten Kreisen dich gerne näher kennen lernen würden, und wenn du dich lange genug von deiner Arbeit losreißen könntest, um einmal an einer Abendgesellschaft teilzunehmen, würde sie das mit Vergnügen arrangieren."

Hermann seufzte auf eine Art, die deutlich verriet, dass ihm das Thema lästig war. „Ich wünschte, sie würde aufhören, andauernd die Heiratsvermittlerin zu spielen. Wenn ich eine Ehefrau will, kann ich mir schon selber eine suchen."

„Du suchst aber keine", konstatierte Otto lakonisch.

„Weil ich von vornherein weiß, dass ich keine finde."

„Was! Du und keine finden?", rief der Kommissär aus und schlug lachend mit der flachen Hand auf den Tisch. „Mach keine Scherze! Jeder weiß, was du für eine Bilderbuchkarriere gemacht hast – 1892 schon Assistent beim berühmten Ziemssen in München und jetzt Dozent an der ebenso berühmten Klinik Nothnagel in Wien, Autor von einigen wissenschaftlichen Studien, die viel Beachtung fanden. Man erwartet große Dinge von dir. Du hast selbst gesagt, dass du mit deinen bakteriologischen Experimenten fast fertig bist; sobald das erledigt ist, wirst du dich ja wohl wieder deinem eigentlichen Gebiet zuwenden. Wenn du dir eine Praxis als Internist einrichtest, hast du im Handumdrehen die beste Wiener Gesellschaft als Patienten, davon kannst du mühelos eine Familie ernähren – und wenn es dich nicht zu eitel macht, sage ich dir dazu, dass du einer Menge Frauen den

Kopf verdrehst, auch wenn du es nicht bemerkst, weil du ständig in deine Krankengeschichten guckst. Du könntest ..."

Hermann richtete sich abrupt auf, mit einer Bewegung, die verriet, wie viel Kraft und Entschlossenheit sich hinter seiner blassen Erscheinung verbarg. Mit einer Stimme, die keinen Widerspruch zuließ, antwortete er: „Ich möchte es den Eltern noch nicht sagen, um ihnen nicht vorzeitig Kummer zu machen, aber meine Pläne sind bereits beschlossen. Ich werde mir nie eine Privatpraxis in Wien einrichten. Sobald die Experimente abgeschlossen sind, werde ich Professor Nothnagel ersuchen, mich zu beurlauben, und dann fahre ich wieder nach Indien und arbeite dort am Arthur Road Hospital weiter – oder wo immer die Pest wütet. Was soll ich da mit einer Frau? Was meinst du wohl, welche Dame der feinen Wiener Gesellschaft bereit wäre, in einer Seuchenbaracke mit mir zu leben?"

Otto starrte ihn an. Mit dem Scharfsinn des Kriminalisten hatte er schon früher Anzeichen dafür entdeckt, dass sein Bruder heimlich solche Pläne hegte, aber als er sie so offen ausgesprochen hörte, spürte er, wie ihn ein Schauder überlief. „Hermann", sagte er leise, „versündige dich nicht. Du bist ein Mal gesund zurückgekommen, danke Gott dafür und versuche ihn nicht, indem du ein zweites Mal hinfährst."

„Ich glaube nicht, dass ich Gott versuche", widersprach Hermann hitzig. „Ganz im Gegenteil, ich folge dem Weg, den er mir vorschreibt. Was tut denn der Soldat, der Bergmann, der Feuerwehrmann? Sie alle riskieren jeden Tag bei der Arbeit ihr Leben. Warum sollte ich weniger tun?"

Er ballte die Fäuste und ein schwerer Atemzug hob seine Brust. „Otto", stieß er leidenschaftlich hervor, „wenn es mir gelingt, nur ein paar Dutzend präziser Krankengeschichten zu schreiben, sodass wir den Weg der Pest in den Organismus und innerhalb dessen minutiös verfolgen können, dann öffne ich damit das Tor, sie wirkungsvoll zu bekämpfen. Yersin hat Großes geleistet, als er den Erreger entdeckte, aber damit ist nur eine Schlacht gewonnen, nicht der Krieg. Jetzt ist es an uns, seine Arbeit zu vervollständigen." Leiser und ruhiger setzte er fort: „Gott weist jedem Menschen eine ganz bestimmte Aufgabe zu, und seit ich in Bombay war, weiß ich mit völliger Sicherheit, was meine Aufgabe ist, also werde ich sie erfüllen."

„Und woher willst du wissen, dass es deine Aufgabe ist? Ich meine, du bist Internist und kein Bakteriologe."

„Ich spüre es. Ich habe in Indien gespürt, dass die Pest mir nichts anhaben kann, dass ich in gewisser Weise immun bin. Ich habe dir ja erzählt, dass es dort so gut wie keine Schutzmaßnahmen gab, gerade die Hände mit Lysollösung waschen konnten wir uns, und doch bin ich gesund geblieben. Gott hat mir gezeigt, dass ich diese Arbeit tun kann und tun soll. Heißt es nicht in der Bibel: Du wirst unbeschadet bleiben, und wenn Tausend zu deiner Rechten und Zehntausend zu deiner Linken fallen?"

Otto widersprach nicht. Seit seiner Kindheit wusste er, dass sein Bruder sich von einer Idee, von der er einmal ergriffen war, nicht wieder abbringen ließ – schon gar nicht, wenn er überzeugt war, dass Gott selbst ihm diese Idee eingegeben hatte. In einer Zeit, in der viele Ärzte Atheisten waren – oder es zumindest als schick empfanden, einen oberflächlichen Atheismus zur Schau zu tragen –, hielt Hermann in seiner ruhigen und unaufdringlichen Art an dem Glauben fest, den die Eltern, vor allem die Mutter, ihm vermittelt hatten.

Bei seinen Kollegen galt er deshalb ein wenig als Sonderling, und vermutlich wäre er zum Außenseiter geworden, hätten seine Liebenswürdigkeit, sein warmherziges Wesen und sein Witz ihn nicht allseits beliebt gemacht.

Otto bewahrte selbst das christliche Erbe der Familie, aber er war weitaus nüchterner als Hermann, und deshalb schien es ihm manchmal, dass dessen Frömmigkeit ein Hang zur Schwärmerei innewohnte – was er auch von der Mutter übernommen hatte. Vor allem, wenn eine dieser schwärmerischen Ideen ihn packte, ließ er nicht mit sich reden. Deshalb ließ Otto sich auch auf keine Diskussion mit ihm ein, sondern wechselte unauffällig das Thema. „Auf jeden Fall brauchst du dir im Orient keine Sorgen zu machen, dass ein paar hysterische Zeitungsleute dich als Pestsalber verdächtigen deiner Forschungen wegen. Hast du eigentlich seit der Geschichte mit der ‚Pesterreger-Plantage' noch einmal Ärger gehabt?"

Seine Bemerkung spielte auf einen Zeitungsartikel an, der kurz nach der Rückkehr der Kommission die ganze Stadt in Angst und Schrecken versetzt hatte, weil die Ärzte Bakterienkulturen zu Forschungszwecken mitgebracht hatten. In dem Bericht mit der schockierenden Schlagzeile „Ärzte bringen den schwarzen Tod nach Wien" hieß es: „Das bedeutet, dass zurzeit hoch infektiöse Keime mitten in der dicht bevölkerten Stadt gelagert werden und die geringste menschliche Schwäche, vor der niemand sicher ist, eine unvorstellbare Katastrophe auslösen kann: eine Rückkehr des schwarzen Todes nach Wien!"

Am 11. Juni 1897 hatte sich sogar der Wiener Gemeinderat mit der „Pesterreger-Plantage im Pathologischen Institut", wie das „Wiener Tagblatt" sie bezeichnete, beschäftigt. Um ein Haar wäre die Verfügung ergangen, die Versuchstiere zu vernichten und das Labor zu schließen, hätte sich nicht das Wiener Stadtphysikat quer gelegt. Dessen Ärzte legten ein Gutachten vor, das die Gemeinderäte beruhigte, und auch der prominente Hygieniker Dr. Markus Gruber beteuerte, es bestehe keine Gefahr durch die bakteriologische Forschung. Auf eine Anfrage besorgter Abgeordneter hatte der Bürgermeister Karl Lueger im Gemeinderat geantwortet: „Ich bin nicht in der Lage, auf bloße Zeitungsnachrichten hin, die in einem sensationslüsternen Blatte erschienen, Vorstellungen bei den oberen Behörden zu machen."

Nach einer Weile hatte sich die Erregung gelegt, als nichts weiter passierte und andere Sensationen das Interesse des Publikums auf sich zogen, aber Hermann Müller und seine Mitarbeiter – der Anatom Dr. Anton Ghon, der Pathologe Dr. Heinrich Albrecht und der Anthropologe Dr. Rudolf Pöch – hatten sich ernste Sorgen um ihre Arbeit gemacht. Beim geringsten Zwischenfall würde sich der Volkszorn sofort wieder gegen die neue, mit Argwohn und Zweifel aufgenommene Wissenschaft und gegen die experimentierfreudigen Bakteriologen wenden. Die Menschen bejubelten deren Erfolge, aber im Grunde fürchteten sie sich vor der geheimnisvollen, faszinierenden und bedrohlichen Welt der Bakterien, deren Tore Louis Pasteur und Robert Koch aufgestoßen hatten, und ihre Begeisterung war schwankend und unbeständig. Schon ein bloßes Gerücht würde genügen, dass der Jubel in Schmähungen umschlug.

„Nein, zum Glück nicht", erwiderte Hermann. „Jetzt ist alles ruhig, die Leute haben die ganze Geschichte vergessen. Wir arbeiten auch sehr diskret, die schärfsten Sicherheitsvorkehrungen wurden getroffen, der Labordiener Barisch hat strengen Auftrag, sich selbst und die Räume aufs Sorgfältigste zu desinfizieren, und das Pestzimmer liegt isoliert von allen anderen Räumen des Instituts. Es dringt von unseren Experimenten nichts nach außen, um die Bevölkerung nicht zu beunruhigen. Und wir sind ja bald fertig. Es wird vielleicht noch bis Jahresende dauern, dann ist alles vorbei."

Er lächelte seinen Bruder an, eine Freude im Gesicht, die aus einem übervollen Herzen kam, und packte Otto impulsiv an beiden Händen. „Und dann, dann fahre ich nach Indien in mein tropisches Märchen und – wie heißt es doch immer? – ‚lebe dort glücklich bis an mein seliges Ende'!"

Zur selben Zeit sah auch das Dienstmädchen Albine Pecha die Fata Morgana einer märchenhaften Zukunft vor sich. Zurzeit lebte die Zwanzigjährige mit ihrer Mutter sehr bescheiden im Alsergrunder Elendsviertel Lichtental in einer der typischen Arme-Leute-Wohnungen, bei denen man vom Hausflur direkt in die Küche trat, in denen es weder Bad noch Toilette gab, ja nicht einmal einen eigenen Wasseranschluss, sodass man das Wasser von der im Hausflur an der Wand hängenden Bassena, einem gusseisernen Brunnen, holen musste. Die Wohnung war kärglich möbliert und die Luft muffig, da die Fenster auf einen engen, mit Gerümpel voll gestellten Hinterhof hinausgingen. Mutter und Tochter mussten sich ein Bett teilen, denn das zweite Bett vermietete Mutter Pecha, um die weit überhöhte Miete bezahlen zu können, an Bettgeher.[1]

Aber jetzt versprach alles ganz anders zu werden.

Soeben war ein Brief aus Karlsbad gekommen, wo Albine eine Saison lang in einem Kurhotel gearbeitet hatte. Er stammte von einem bejahrten Gutsbesitzer, der in den berühmten Quellen seine Altersleiden auskuriert und dabei

---

[1] Eine um die Jahrhundertwende sehr häufige Art von Untermiete, bei der der Mieter nichts weiter als ein Bett benutzen durfte. Nicht selten mieteten sogar Arbeiter, von denen der eine Tagschicht, der andere Nachtschicht hatte, dasselbe Bett.

eine lebhafte Zuneigung zu der schönen, lebenslustigen jungen Wienerin entwickelt hatte. In allen Ehren, wie er stets betonte.

Albine las den Brief ihrer Mutter laut vor:

„Liebes Fräulein Pecha,
es hat so viel zu meiner Genesung beigetragen, Ihre immer fröhliche und liebenswerte Gegenwart um mich zu haben, dass ich fast glaube, es waren Sie, die mich geheilt hat, mehr als die Karlsbader Heilwässer! Ich möchte daher Ihre Gegenwart auch in Zukunft nicht missen. Ich werde im Herbst auf meine Güter in Irland zurückkehren und nun frage ich Sie, ob Sie willens wären, als meine Hauswirtschafterin mit mir zu kommen? Sie hätten ein gutes Gehalt und die Oberaufsicht über mein ganzes Haus mit seiner Dienerschaft, wenn ich auch nicht viel Personal habe, nur den Butler, die Köchin, ein paar Leute für die Hausarbeit und natürlich das Personal für den Reitstall.

Von Ihren Fähigkeiten in der Hauswirtschaft habe ich mich ja hier in Karlsbad schon hinreichend überzeugen können, sodass ich keine weiteren Zeugnisse verlangen muss. Nur um eines muss ich Sie bitten: Sie müssten noch einen Kursus in Krankenpflege und erster Hilfe machen, da mein Haus doch sehr abgeschieden liegt und ich Sie bei meinem Alter und meiner schwachen Gesundheit zuweilen auch als Krankenschwester brauchen würde."

Albine ließ den Brief in den Schoß sinken und blickte ihre Mutter mit glänzenden Augen an. „Na? Was sagst du dazu? Das ist besser als ein Märchenprinz!"

„Ich weiß nicht ... Irland ist so weit weg und die Iren sind ein wüstes Volk, so rebellisch und gewalttätig, andauernd hört man nur von Bombenattentaten und Revolution."

„Es ist aber ein wunderschönes Land. Und denk nur, ich werde in einem Herrenhaus wohnen! Mit Personal!"

Frau Pecha, die die überschäumende Lebenslust ihrer Tochter kannte, war nicht ganz überzeugt. „Das mag sein, aber ... Albine, du gehst doch so gerne aus, du hast immer an jedem Finger einen Verehrer, wirst du dich da nicht schrecklich langweilen in einem Herrenhaus, das in der Einöde liegt, und ohne andere Gesellschaft als einen kränkelnden Greis?"

Albine lachte in schelmischer Bosheit. „Aber Mutter, da sind doch noch der Butler und der Stallmeister, die werden mir schon die Zeit vertreiben!"

Frau Pecha war entsetzt. „Dass du dich nicht schämst, Albine! Pfui Teufel, so etwas auch nur zu denken!"

Die Tochter sprang lachend auf und umarmte sie. „Ich wollte dich nur necken, Mutter. Nein, nein, ich werde ganz brav sein und mich um meinen alten Herrn kümmern. Aber wer weiß, vielleicht heiratet er mich ja, und ich werde noch Gutsbesitzerin! Stell dir das nur einmal vor! Lady Albine Pecha!"

Sie breitete theatralisch die Arme aus und wirbelte auf den Zehenspitzen durchs Zimmer, so ungestüm, dass Mutter Pecha um ihre Nippsachen und den Kanarienkäfig bangte.

„Komm auf die Erde zurück!", rief diese. „Da ist noch dein Krankenpflegekurs, den du absolvieren musst, bevor du davon träumen kannst, eine Lady zu werden!"

„Ach, das! Das schaffe ich mit Leichtigkeit. Ich muss ja nur ein paar Grundbegriffe lernen wie Verbände anlegen, erste Hilfe leisten und Medikamente verabreichen. Bis zum Herbst kann ich das in- und auswendig."

„Und wo wirst du den Kurs machen?"

Das Mädchen zuckte die Achseln. „Weiß nicht. An irgendeiner Klinik im AKH. Ist doch eigentlich gleichgültig, an welcher, nicht wahr? Aber ich werde zuerst einmal an der Ersten Medizinischen Klinik nachfragen, dort ist eine Bekannte von einer Freundin von mir angestellt und ich bekomme am ehesten einen Platz."

Noch am selben Tag machte Albine sich auf den Weg ins Wiener Allgemeine Krankenhaus. Viele Männerblicke folgten ihr, als sie in ihrem langen, geblümten Sommerkleid dahinschritt, dessen enges Mieder ihren üppigen Busen betonte, die blonden Locken hoch aufgetürmt und von einem kokett schief sitzenden Strohhütchen gekrönt – aber ausnahmsweise bemerkte Albine diese Blicke nicht. Die Vorstadtgigolos, die da die Hüte zogen und das hübsche Fräulein grüßten – oder ihr auch ungeniert nachpfiffen –, waren jetzt weit unter ihrer Würde. Sie schritt auf rosa Wolken dahin. Ihre blühende Jungmädchenfantasie baute Luftschlösser, eines größer und schöner als das andere, lackierte sie in Regenbogenfarben und setzte ihnen vergoldete Türmchen auf. Albine fühlte sich in ihren Träumen wie die Heldinnen der romantischen Romane, die unter den Dienstmädchen kursierten. Fanden diese Mädchen nicht auch immer, nachdem sie eine Zeit lang arm und unglücklich gewesen waren, das Glück, das ihnen von Rechts wegen zustand?

Sie wusste, dass sie hübsch war, sie war eitel und sie liebte das Leben – was konnte es anderes für sie bereithalten als Glanz und Ruhm, Liebe und Luxus? War der Brief aus Karlsbad nicht der beste Beweis dafür, dass es genau so kommen würde, wie sie es sich in ihren Tagträumen ausmalte? Naiv, wie sie war, sah sie nur einen kleinen Schritt vom Status einer Haushälterin zu dem einer legitim angetrauten Gutsbesitzerin, und mit jedem Schritt, den sie tat, und jedem Gedanken, den sie dachte, wuchs das irische Landhaus zu einem Schloss von der Größe und Ausstattung des Kaiserschlosses Schönbrunn heran und sie selbst zur juwelengeschmückten „Gnädigen“, die von einem Schwarm Lakaien hofiert wurde.

Von allen Seiten umschallte sie der Lärm des Sprachenbabels Wien: Tschechisch, Slowakisch, Ungarisch, Jiddisch – und Deutsch in seiner unverkennbaren Variante des „Weanerischen“. Die Metropole Wien, in der ein Drittel aller Bewohner seinen Geburtsort in einem anderen Kronland hatte, diente als Schmelztiegel für alle Völkerschaften des Donauraums. Die Köchinnen waren zumeist aus Böhmen oder Mähren zugewandert ebenso wie viele Schneider und Schuster, die Dienstmädchen stammten vorwiegend aus Niederösterreich, Budapest lieferte der Stadt die meisten Herrschaftsdiener in die Palais der Ringstraßenbarone, die an der Prunkstraße der Innenstadt wie ungarische Magnaten residierten. Man konnte sich fühlen wie auf einem Kostümball, denn das unüberschaubar bunte Volksgemisch des Vielvölkerstaates Österreich-Ungarn präsentierte sich überall in seiner charakteristischen Kleidung, Adel und Soldaten ebenso wie die typischen Wanderhändler, der „Salamutschi-Mann“, der Emmentaler und Salami portionsweise verkaufte, die „Zwiefel-Krowoten“ mit den Knoblauchzöpfen in der Hand und die Lavendel-Weiber, deren melodischer Ruf „An Lavend’l hält’ i da, kaaft’s m’r an a“ durch die Straßen tönte. Albine wurde geschubst und gestoßen, so dicht wurde das Gedränge zuweilen, denn der Handel spielte sich zumeist auf offener Straße ab.

Schließlich erreichte sie das AKH, dessen riesiger Vierkanthof mit den zahlreichen Innenhöfen die Alservorstadt beherrschte. Der Tag war strahlend schön und der Weg quer durch die schattigen, grünen Höfe war eine Erholung nach dem Lärm der Straßen mit ihren Fuhrwerken und drängelnden Passanten. Da und dort saßen Patienten in Krankenstühlen in der Sonne oder machten, von Wärtern begleitet, vorsichtige erste Spaziergänge nach langer Bettlägerigkeit. Andere, leichter Erkrankte trafen sich mit ihren Verwandten. In eine oft possierliche Mischung aus Straßen- und Krankenkleidung gehüllt, nahmen sie deren Mitbringsel entgegen und erstatteten ihnen Bericht über Fortschritte und Rückschläge. Gruppen von Ärzten und Studenten in ihren langen Gehröcken und Zylindern eilten zu Vorlesungen und Visiten.

Albine bestaunte die weiten, luftigen Höfe. Was für einen Palast hatte der gute Kaiser Joseph da seinen kranken Untertanen gebaut! Man mochte gar nicht glauben, dass man sich in einem Krankenhaus befand. Während die junge Frau den Kiesweg entlangschritt, sah sie überall zwischen den cremegelb getünchten Kliniken mächtige Bäume und schattige Buschgruppen, grünen Rasen und glitzernde Springbrunnen, in denen Goldfische schwammen. Dann allerdings wich sie rasch aus, als ein Diener mit lautem Geratter eine geschlossene Totenbahre auf Rädern an ihr vorbeischob, obwohl das Ding, nach dem Lärm zu schließen, vermutlich leer war. Ein kalter Schauder wehte sie an, und sekundenlang hatte sie das Gefühl, einem bösen Vorzeichen begegnet zu sein. Doch ebenso schnell schüttelte sie die Beklemmung ab, schob das Hütchen mit einer koketten Bewegung zurecht, schloss den Sonnenschirm und trat mit festem Schritt in das burgtorähnliche Gewölbe, in dem sich die Pförtnerloge der Ersten Medizinischen Klinik befand, um den Weg zur Personalaufnahmestelle zu erfragen.

Oberschwester Johanna Hochecker war nicht erfreut, als man ihr mitteilte, dass eine junge Lernschwester eine Zeit lang auf ihrer Station arbeiten würde. Die hagere, grobknochige alte Krankenwärterin umgab sich lieber mit Leuten, die wussten, was sie zu tun hatten, und nicht alle naselang dumme Fragen stellten. Die Hochecker war eine ausgezeichnete Wärterin, sorgfältig, genau und erfahren. Ein bisschen „harb" war sie, wie man in Wien sagte. Wegen ihrer Strenge und ihres barschen Tonfalls war sie bei ihren Untergebenen, bei den Patienten und Studenten und sogar bei den jüngeren Ärzten gefürchtet. Als sie dann auch noch sah, wie hübsch die Neue war, konnte sie ihren Verdruss kaum noch zurückhalten. Das hatte sie grade gern! Kokette Zimperlieschen, die vor Ekel winselten, wenn sie einem Patienten den Hintern putzen mussten, aber den Ärzten schöne Augen machten und alle anderen von der Arbeit abhielten!

Entsprechend mürrisch begrüßte sie Albine Pecha. „Wieso wollen Sie denn gerade Krankenschwester werden? Das ist ein harter Beruf."

Albine, die von dem Raubvogelgesicht und den feindselig funkelnden Augen der Alten zutiefst eingeschüchtert war, stotterte ihre Geschichte hervor. Erleichtert bemerkte sie, dass sich die Laune der grimmigen Oberschwester daraufhin ein wenig besserte, und freute sich, einen guten Eindruck gemacht zu haben. Sie konnte nicht wissen, dass die Hochecker dachte: „Na, dann bleibt das dumme Ding wenigstens nicht ewig an meiner Kittelfalte hängen!"

„Na schön", brummelte sie herablassend. „Dann fang gleich einmal an – und hier fängt man ganz unten an, merk dir das!"

Sie führte die Neue durch das imposante Gebäude der Ersten Medizinischen Klinik und zeigte ihr dann ihren Hauptarbeitsbereich, die beiden langen Krankensäle im ersten Stockwerk, in denen ein weiß bezogenes Bett neben dem anderen stand. Nicht wenige Patienten im Männersaal setzten sich auf oder versuchten zumindest, den Kopf vom Kissen zu heben, als Albine mit ihren fülligen Formen und dem blonden Lockenkopf an ihnen vorbeischritt, jede Bewegung von natürlicher Anmut durchdrungen, und einer warf dem anderen verstohlene Blicke zu. Das war ja einmal etwas ganz Besonderes!

In zwei Betten nebeneinander lagen zwei Leutnants, Hans und Karl mit Vornamen, die sich bei demselben Souper in einem anrüchigen Salon eine Lebensmittelvergiftung von verdorbenen Austern geholt hatten. Das Souper hatte, als die beiden Uniformträger den zweifelhaften Charakter der Austern bemerkten, mit einer Schlägerei geendet, sodass der eine der beiden Militärs im Gesicht dick verbunden war. „Von dem Mädchen lasse ich mich gerne pflegen“, flüsterte der junge Mann, der unter den Bandagen kaum den Mund öffnen konnte. „Ei du, da können die anderen einpacken!“

Karl im Nebenbett grinste zu ihm hinüber. „Na, dann nütz die Zeit, solange dein Gesicht bandagiert ist, denn wenn sie einmal dein g'schertes Gfries[2] sieht, wird sie einen Bogen um dich machen!“

Hans ärgerte sich, also verdarb er dem Bettnachbarn die Laune mit der Bemerkung: „Wahrscheinlich kommt sie ohnehin in den Frauensaal und uns bleibt die garstige alte Krähe, die Hochecker.“

Johanna Hochecker hatte die letzte Bemerkung gehört, aber sie reagierte nicht darauf. Es hätte genauso gut das Summen einer Stubenfliege sein können, das an ihr Ohr drang. Die Zeit, in der ihr die Patienten als Mitmenschen

[2] Hässliches, bäurisches Gesicht

erschienen waren, lag lange hinter ihr. Sie hatte schon vor Jahren aufgehört, sich über sie zu ärgern, mit ihnen zu leiden, sich von ihnen verdrießen zu lassen oder sich mit ihnen zu freuen. Allmählich hatten sich die Männer, Frauen und Kinder in den Krankenbetten aus individuellen Persönlichkeiten in gesichtslose Gebilde verwandelt, die Schwester Johanna Hochecker pflegte, wie eine Ameise die Eier ihres Baus umsorgt – mit rastloser Hingabe, Ernst und Eifer und fast vollständiger Gefühllosigkeit. Sie war immer die Erste am Arbeitsplatz und die Letzte, die nach Hause ging, sie meldete sich jedes Mal freiwillig, wenn Extraschichten eingelegt werden mussten, sie beklagte sich niemals. Immerzu war sie unterwegs in den beiden Sälen, die ihrer Oberaufsicht unterstanden, und kontrollierte, ob alle Kranken satt, sauber, trocken und ruhig waren. Sie achtete weder Schamgefühle noch Schmerzgejammer, wenn sie die verordneten pflegerischen Maßnahmen durchführte, aber sie war auch stets zur Stelle, wenn es jemandem schlecht ging. Die meisten Patienten wussten nicht, ob sie sie fürchteten oder verehrten.

Jetzt hielt sie Albine einen Vortrag über die Grundsätze der Krankenpflege, von denen der wichtigste hieß: Allen Anordnungen der Vorgesetzten prompt und pünktlich gehorchen und jede Arbeit, sei sie noch so widerwärtig, ohne Murren erledigen.

Es gab aber auch noch andere wichtige Grundsätze zu beachten.

„Sauberkeit ist alles", schärfte sie Albine ein, während sie ihr die Kammer zeigte, in der Verbandsmaterial und Desinfektionsmittel aufbewahrt wurden. „An Wundinfektionen sind mehr Leute gestorben als an Krankheiten und Operationen, bevor Dr. Lister mit seinem Karbol kam, und heute noch kann uns ein Patient unter den Händen wegsterben, weil seine Verbände verschmutzten oder die Bettwäsche nicht rechtzeitig gewechselt wurde."

Albine hörte fassungslos zu, als sie ihr erzählte, dass es noch nicht so lange her war, dass selbst die Krankenhäuser von Schmutz starrten, die Ärzte in Straßenkleidung operierten, Instrumente und Operationstische vom Blut der vorher Behandelten klebten. Hatte man nicht noch Ignaz Philip Semmelweis ausgelacht, als er dagegen protestierte, dass Ärzte, die vom Seziertisch kamen, mit ungewaschenen Händen die wunden Genitalien der Wöchnerinnen untersuchten? Einen Narren hatte man ihn genannt, der sich unablässig die Hände wusch, um unsichtbaren Schmutz zu entfernen – und das war 1850 gewesen. Inzwischen war alles anders geworden. Der schottische Chirurg John Lister mit seinem keimtötenden Karbol hatte sich den Namen „der Mann, der die Chirurgie sicher machte" verdient (und den Krankenwärterinnen den Spitznamen „Karbolmäuschen" eingebracht). Die Ärzte kannten die Bedeutung der Antisepsis und der Asepsis, Operationskittel, Instrumente und Behandlungstische wurden sterilisiert, alle kontaminierten Gegenstände und Räume desinfiziert. Aber der Feind war winzig, unfassbar winzig. Er verbarg sich in den kleinsten Ritzen, haftete an Haut und Haaren, er wohnte im Blut und im Speichel der Kranken, ja, er schwebte unsichtbar in der Luft, ließ sich von jedem Hustenstoß, jedem Atemhauch weitertragen, und wo er landete, entfaltete er seine verderbliche Wirkung. Seine Anwesenheit erkannte man erst, wenn es zu spät war.

Eingeschüchtert fragte Albine: „Gibt es denn hier in der Klinik ansteckende Kranke?"

„Nein. Wir haben hier hauptsächlich mit solchen Krankheiten wie Krebs, Magengeschwüren und Herzleiden zu tun. Infektionskrankheiten – also Scharlach, Diphterie und Ähnliches – werden draußen in Favoriten im Kaiser-Franz-Joseph-Spital behandelt, das eine große Kontumazabteilung[3] hat. Wir haben nur ein kleines Isolierzimmer zwischen den beiden Sälen, und das wird kaum jemals benutzt. Wir haben … oh, guten Morgen, Herr Dozent!"

Der Gruß galt einem hoch gewachsenen, blonden Mann mit Schnauzer, der mit einem Packen Bücher unter dem Arm an ihnen vorbeieilte. Er schreckte auf, offenbar von dem Gruß aus tiefen Gedanken gerissen, und erwiderte dann hastig und mit verlegenem Lächeln: „Guten Morgen."

Albine starrte ihn an. Ei, der sah ja fesch aus! Sie wandte den Kopf, um ihm nachzublicken, und bekam prompt einen Rippenstoß von der Hochecker.

„He, du bist nicht dazu da, den Ärzten nachzugaffen, sondern um zu arbeiten."

Albine rechtfertigte sich mit der rasch erfundenen Behauptung: „Ich dachte nur, ich kenne ihn."

Zu ihrer Überraschung erwiderte die Hochecker: „Wahrscheinlich hast du sein Bild in der Zeitung gesehen. Das war Dozent Müller, der berühmte Pestforscher, der in Indien war. Aber berühmt oder nicht, die Ärzte haben dich nur insoweit zu interessieren, als du machst, was sie dir auftragen, und zwar prompt und ohne Kommentar."

Das Beisl „Zum schiefen Eck" in der Schwarzspanierstraße gehörte zu den Lokalitäten, an denen gute Bürger selbst bei Tage naserümpfend vorbeigingen. Schon gar nicht wäre es ihnen eingefallen, zu mitternächtlicher Stunde dort einzutre-

[3] Alter Ausdruck für Quarantäne

ten. Der Journalist Anton Stieglitz[4] kannte keine solchen Skrupel. Er fühlte sich überall zu Hause, schon deswegen, weil sein eigentliches Zuhause ein schäbiges, möbliertes Zimmer im Hintertrakt einer Mietskaserne war. Den frühen Abend hatte er in einem der mondänen Kaffeehäuser in der Innenstadt verbracht, die von exaltierten Künstlern, den Söhnen reicher Väter und den Damen und Herren der Halbwelt frequentiert wurden. Es war eine Welt aus rosa Plüsch und glitzernden Kristallleuchtern, Topfpalmen und kerzenbeleuchteten Séparées, eine von tausend Facetten des leichtlebigen Wien mit seinen Operetten und Redouten, seinen Bordellen und Spielsalons, in denen stete Champagnerlaune herrschte. Jetzt tauchte der Journalist in ein düsteres Loch, dessen einziger Vorzug darin bestand, dass man sich dort wirklich billig und ungestört bis zur Bewusstlosigkeit besaufen konnte.

Anton Stieglitz – ein schmächtiger junger Mann mit vorzeitig verwelkten Zügen, denen man durchwachte Nächte und ein ungesundes Leben ansah – war eine der chamäleonhaften Existenzen, die nirgends auffielen und an die sich niemand erinnerte. Wie ein Schauspieler konnte er seine Erscheinung verändern, ohne dass er etwas an seinem Äußeren änderte. Auf dem Weg von dem schillernden Halbweltcafé in der Kärntnerstraße hatte er nur – aus langer Gewohnheit ganz unbewusst – den Gang, die Haltung und den Gesichtsausdruck gewechselt und sah nun hinreichend heruntergekommen aus, um im „schiefen Eck“ kein Misstrauen zu erwecken. Seine berufliche Einstellung war nicht weniger

[4] Anton Stieglitz ist eine fiktive Figur. Ich habe ihm mehrere zeitgenössische Zeitungsartikel in den Mund gelegt sowie den von Hans Bujak 1948 in der Zeitschrift „Radio Wien“ veröffentlichten Artikel zum fünfzigsten Jahrestag der Ereignisse.

schillernd: Als freier Journalist arbeitete er unter den verschiedensten Pseudonymen für jede Zeitung, die ihm seine Berichte abkaufte, und schrieb nicht selten in einer Gazette das genaue Gegenteil wie im Konkurrenzblatt. Er sah sich deswegen jedoch keineswegs als käuflicher Schreiberling, sondern als ein Mann, dem das Schicksal die Doppelrolle von Staatsanwalt und Verteidiger zuwies.

Das Lokal war halb dunkel und halb leer, schaler Rauch hing in übel riechenden Schwaden unter der Decke. In den üblichen Mief nach Rauch, Bier und Gulaschsuppe mischte sich zuweilen ein geisterhaftes, irritierendes Aroma – der Geruch von Formalin, Desinfektionsmittel und Äther, denn viele Gäste kamen aus dem nebenan liegenden Allgemeinen Krankenhaus: Hausarbeiter, Leichendiener, Laboranten, zuweilen auch ein paar verbummelte Studenten. Die wenigen Gäste hatten fast alle einen Zustand von Berauschung erreicht, in dem sie stumpfsinnig in ihre Gläser starrten und mit schwerfällig nickenden Köpfen vor sich hindösten.

Nur ein stämmiger Bursche mit schwarzem Backenbart war in geselliger Stimmung. Er lud den Neuankömmling an seinen Tisch ein und Stieglitz nahm die Einladung bereitwillig an. Es war sein Beruf, alles anzuhören, was man ihm erzählte. Irgendetwas Interessantes war immer dabei, vor allem hier im Dunstkreis des Großkrankenhauses, für das er – wie für die gesamte Welt der Medizin – eine seltsame Hassliebe empfand. Die Wurzel seiner zwiespältigen Gesinnung lag darin, dass diese Welt ihn faszinierte, dass er aber gleichzeitig wusste, wie unfähig er war, selbst ein guter Arzt zu werden. Vielleicht hätte er es mit Ach und Krach geschafft, ein Studium zu absolvieren und irgendwo in einer Vorstadtpraxis sein Leben zu fristen, aber das war es nicht, was er wollte. Er hatte davon geträumt, einer der ganz großen Ärzte zu werden, einer wie Robert Koch, und als er nach zwei Semestern Studium herausgefunden hatte, dass dieser Traum ewig unerfüllt bleiben würde, hatte er sich dem Journalismus zugewandt. Dennoch konnte er von seinem geplatzten Traum nicht loskommen. Er hing auch in seinem neuen Beruf weiterhin an den Hörsälen, den Präparatesammlungen, den Sektionssälen, den Krankenzimmern und interessierte sich lebhaft für alles, was im Bereich der medizinischen Wissenschaft geschah. Er kannte alle einigermaßen wichtigen Ärzte im AKH besser, als denen lieb gewesen wäre, wusste Bescheid über ihre Karriere, ihre Lebensweise, ihre Hoffnungen und Träume und häufig auch über Dinge, die sie verborgen hielten.

Deshalb freute er sich auch, als sich herausstellte, dass sein neuer Bekannter Labordiener im Pathologischen Institut war. Stieglitz nutzte jede Gelegenheit, mit dem Personal von Krankenhausprosekturen, mit Krankenwärtern, Hausdienern und Medizinstudenten Freundschaft zu schließen. Im Zeitungswesen war es üblich, dass man seine Informanten hatte. Der berühmte Moritz Szeps, Gründer des „Neuen Wiener Tagblatts“ und persönlicher Freund des Kronprinzen Rudolf, hatte eine ganze Armee solcher Spione beschäftigt. Stieglitz tat dasselbe, wenn auch in bescheidenerem Maßstab. Er verdankte viele seiner Enthüllungsgeschichten diesen Freundschaften. Wenn man an die Großen nicht herankam, musste man sich an die Kleinen halten, die oft erstaunlich gut Bescheid wussten. Sie kannten alle Geheimnisse und Schlupfwinkel. Sie wussten, wen man aushorchen konnte und bei wem man es gar nicht erst zu versuchen brauchte, wer sich bestechen ließ und wer nicht, wer große Worte machte und dabei keine Ahnung hatte und wer wirklich Bescheid wusste. Sie kannten alle die verborgenen Pforten, die ins Herz der Geheimnisse führten. Und er hatte seine Verbindungsleute nicht nur im AKH sitzen, sondern in praktisch jeder größeren Krankenanstalt Wiens, denn jeder Diener hatte einen Freund oder Kollegen, der in ein anderes Spital gewechselt war. Jedes Maß Bier, das er ihnen spendierte, war eine gute Investition.

Er bestellte eine Runde Bier und Branntwein für sie beide und lauschte aufmerksam den Ansichten über Politik, Vorgesetzte und Frauen – vor allem Frauen –, die der schon reichlich Angetrunkene von sich gab. Wie er da in Hemdsärmeln und Hosenträgern breit hinter dem Wirtshaustisch hockte, mit gerötetem Gesicht, mächtigen Schultern und einem Schopf kess gescheitelter schwarzer Locken, an die der Backenbart anschloss, sah er aus wie das blühende Leben selbst, und Stieglitz hegte keinen Zweifel daran, dass seine Berichte über Erfolge beim schönen Geschlecht weitgehend der Wahrheit entsprachen. Die Frauen, dachte er säuerlich, schätzten solche vor Manneskraft strotzenden Stiere.

„Barisch heiß ich, Franz Barisch. Kannst Franzl zu mir sagen." Der Mann klopfte Anton mit einer großen, fleischigen Hand auf die Schulter. Sein Atem, der dem Journalisten direkt ins Gesicht wehte, war schwer und faulig, und aus seiner Kleidung, seinem Backenbart, seinem Schweiß dunstete der Geruch der Leichenkammer. Es war ein eigentümlicher Geruch, süßlich und fettig unter dem scharfen Gestank des Desinfektionsmittels. Wie Franz erzählte, hatte er bis Mitternacht dort bei den Anatomieleichen Wache gehalten, ehe er abgelöst wurde. „Damit keiner davonlauft, verstehst?", scherzte er und lachte gluckernd über den Witz, den er sicher schon Hunderte Male erzählt hatte.

„Hast denn da keine Angst?", fragte der Journalist, der sich als angehender Student vorgestellt hatte. „Ich stell mir das grauslich vor, mitten in der Nacht so ganz allein unter all den Kadavern."

Wie erwartet, plusterte sich der Leichendiener mit all der Überlegenheit des Altgedienten auf, obwohl er genau wie Stieglitz nicht älter als Ende zwanzig sein konnte. „Angst? Ich? Hört's euch das grüne Bürscherl an!“ Er lachte laut auf und beugte sich dann vertrauensvoll zu seinem Gegenüber. „Ich sag dir was: Die Leichen sind noch gar nix. Wenn du wüsstest, was ich wirklich mache, da hättest die Hosen voll!“

Stieglitz, der genau wusste, wie man Menschen zum Reden brachte, zuckte aufreizend gleichgültig die Achseln. „Erzähl keine Schmäh! Was machst denn schon Großartiges?“

Der Diener kippte mit feierlicher Geste ein Glas Branntwein, gewissermaßen als Ouvertüre zu der darauf folgenden Eröffnung. Mit einem zugleich schlauen und bösartigen Grinsen flüsterte er: „Pass auf, Freunderl: Ich dressier die Ratzn – und die Pestbazillen, die die Ärzte aus dem Orient mitgebracht haben.“

Stieglitz spürte, wie sich sein Magen vor Erregung schmerzhaft verkrampfte. Er wusste genau, wovon die Rede war, behielt aber die Maske des Zweiflers bei, um den Diener nicht durch deutlich gezeigte Neugier misstrauisch zu machen. „Die Ratten glaub ich dir“, spöttelte er, „aber Pestbazillen? Die letzte Pest in Wien war vor zweihundert Jahren!“

Barisch, den dieser Spott ärgerte, beugte sich angriffslustig über den Tisch und packte den Journalisten am Arm. „Dann hör mal schön zu, du frisch G'fangter![5] Voriges Jahr ist in Indien die Pest ausgebrochen, und da sind auch vier Herren vom AKH hingefahren. Die haben dort ihre Forschungen gemacht, und als sie heimgefahren sind, haben sie

---

[5] Frisch gefangen, noch grün hinter den Ohren

eine Menge Bakterienkulturen mitgenommen, um sie weiter zu untersuchen. Ich betreu im Pathologischen Institut einen Versuchsstall mit Dutzenden Ratten und Meerschweinchen, die werden mit den Erregern geimpft, und dann schauen die Ärzte sich an, was passiert. Und weißt, was passiert? Die Viecherln falln um, zittern und zappeln und krepieren, so schnell kannst gar nicht schauen."

Der Journalist sah es an der Zeit, sich ernstlich beeindruckt zu zeigen. „Also auf das hinauf brauch ich noch einen Schnaps – Herr Ober, zwei Doppelte für mich und meinen Freund! Und du hast keine Angst, dass dir einmal eines von den verseuchten Viechern auskommt oder du dich sonstwie ansteckst?"

Der Diener schüttelte mit der feierlichen Würde des Volltrunkenen den Kopf. „Ich? Naa! Man muss nur alles gut desinfizieren und auf sich aufpassen, dann kann dir nichts passieren. Ich bin kein Feigling; glaubst, ich fürcht mich vor dem Ungeziefer? Die tret ich mit dem Stiefelabsatz z'samm, wenn mir eine davonrennen will!"

Stieglitz, der ein guter Menschenkenner war, erkannte jedoch sehr rasch, dass sich hinter der zynisch zur Schau getragenen Furchtlosigkeit des Dieners genau das verbarg: Furcht.

Schon allein die Bemerkung, dass ihn, Barisch, „die ekelhaften Viecher sogar noch im Traum ärgerten", hatte dem schlauen Journalisten verraten, wie es wirklich in ihm aussah. Er hatte sich freiwillig zu der Arbeit gemeldet, weil sie außergewöhnlich gut bezahlt wurde, aber er hasste sie. Wahrscheinlich brauchte er seine Prahlerei ebenso wie den Alkohol als Narkotikum, um die nagende Angst zu betäuben. In ihrem gesamten Gespräch hatte er sich als ein Mann zu erkennen gegeben, der nichts so sehr fürchtete, wie eine Schwäche eingestehen zu müssen. Ehe er den Ärzten eingestand, dass die Arbeit im Pestzimmer seine Nerven zerrüttete, und um Versetzung auf einen anderen Posten bat, spielte er den starken Mann und soff sich, wenn er Angst und Abscheu nicht mehr ertragen konnte, nieder.

Der Journalist fragte sich, was die Ärzte wohl sagen würden, wenn sie ihren Untergebenen in diesem Zustand der Volltrunkenheit sahen. Bislang war es Barisch gelungen, sie hinters Licht zu führen, so viel hatte der Journalist dem Gespräch entnommen. Erstens schien er ein Gelegenheitstrinker zu sein, der zwischen tagelangen Sauftouren über Monate hinweg vollkommen nüchtern bleiben konnte, und zweitens war er schlau wie alle Süchtigen und verstand es, seine Umgebung zu täuschen. Er war nie um eine Ausrede verlegen, wenn irgendwo Misstrauen aufflackerte, und so genoss er bei seinen Vorgesetzten den Ruf eines nüchternen, zuverlässigen und achtsamen Mannes – was er die meiste Zeit ja auch war.

Der Morgen graute bereits, als Anton Stieglitz – der selbst längst nicht mehr nüchtern war – das „schiefe Eck“ verließ. Er ging mit unsicheren Schritten die Sensengasse entlang, vorbei am Gebäude der k. u. k. Josephinischen Militärärzte-Akademie, und bog dann nach links in die Spitalgasse ein, die an den endlosen Mauern des Großkrankenhauses entlangführte. Einen Augenblick lang ging es dem Zeitungsmann durch den Kopf, ob er nicht die Pflicht hätte, mit Dr. Müller oder einem seiner Kollegen, etwa Dr. Ghon oder Dr. Albrecht, zu sprechen und sie darauf aufmerksam zu machen, dass ihr Labordiener zuzeiten alles andere als zuverlässig war. Dann sagte er sich, dass das nicht seine Aufgabe war. Er war kein ärztlicher Revisor, kein Kontrollor des Stadtphysikats. Er war Journalist. Mit einem gut geschriebenen Artikel konnte er das gesamte Doppelreich in Aufregung versetzen.[6] Warum sollte er sich da mit einem privaten Gespräch begnügen, bei dem man ihm vielleicht nicht einmal zuhörte? Seine Aufgabe war es, aus den Ereignissen eine Geschichte zu machen, die die Leser aufrüttelte. Wenn er jemand über einen Missstand informierte, dann war es die Öffentlichkeit. Und wenn er Informationen anzubieten hatte, dann wollte er dafür bezahlt werden.

Außerdem mochte er diesen berühmten Dr. Müller nicht besonders. Daran trug Hermann Müller selber keine Schuld und Stieglitz schrieb ihm auch keine Schuld zu. Er durchschaute sich selbst so weit, dass er den Dozenten Müller nur deshalb nicht mochte, weil der alles erreicht hatte, was ihm selbst ein unerfüllter Traum geblieben war. Er spürte, dass er ihn gehasst hätte, wäre er selbst Arzt gewesen und hätte in direkter Konkurrenz zu ihm gestanden, sodass man sie ständig miteinander verglichen hätte. Aber da sie so völlig verschiedene Lebenswege gingen, hatte Stieglitz' Abneigung nichts Persönliches an sich.

Persönlich fand er ihn interessant, ja anziehend. Der Mann hatte etwas Doppeldeutiges an sich, und das reizte Antons Interesse an Rätseln. Er spürte, dass sich hinter seiner altjüngferlichen Art, seinem leisen Sprechen und der

[6] Die Tageszeitung besaß damals eine weit größere Bedeutung als heute. Es gab kein Fernsehen, kein Radio, also war sie die einzige Informationsquelle. Die Wiener Blätter beeinflussten das Denken und Fühlen bis in die äußersten Winkel der Monarchie; in den entlegensten Provinzstädten wartete man tagtäglich begierig auf die Züge, die in Gestalt riesiger Zeitungsbündel den Hauch der großen Welt aus der Metropole herbeibrachten. In Wien arbeiteten die Redaktionen bis lange nach Mitternacht; eine effiziente Druckereitechnik sorgte dafür, dass eine Auflage von 30.000 bis 40.000 Stück innerhalb von zwei Stunden gedruckt, maschinell adressiert und bei den Bahnpostämtern abgeliefert werden konnte. In den Prager Kaffeehäusern lagen die Wiener Zeitungen schon in den Mittagsstunden aus.

etwas geistesabwesenden Liebenswürdigkeit ein ganz anderes Wesen verbarg – etwas Selbstvergessenes, Leidenschaftliches, ja Märtyrerhaftes. Er war einer von den Ärzten, bei denen zuerst die wissenschaftliche Erkenntnis kam und erst lange nachher ihr eigenes Leben und Wohlbefinden. Warum sonst hätte der erfolgreiche junge Europäer sich in die von Kehricht übersäten, von verschmutzten Menschen und Tieren wimmelnden und von infektiösen Krankheiten durchseuchten Straßen von Bombay gestürzt, um die Pest zu studieren?

Der Sanftmütige war im Herzen ein Fanatiker, davon war Stieglitz überzeugt. Er lebte ganz für seine Arbeit und die vielen Erfolge, die er trotz seiner Jugend bereits verzeichnen konnte, bewiesen, wie tüchtig er in dieser Arbeit war. Nichts anderes interessierte ihn. Nicht einmal eine Frau oder Freundin hatte er. Er wohnte allein in einer Dienstwohnung in der Klinik des Hofrats Nothnagel, an der er arbeitete, betreut von einer alten Zugehfrau. Sein einziges Vergnügen waren die geselligen Abende mit anderen Ärzten, wo beim Bier gelacht und gesungen wurde.

Darin unterschied er sich nicht sehr von Anton Stieglitz; sie beide waren alleinstehende Männer, denen ihr Beruf und ihre Kollegen die Familie ersetzten, die ihre ganze Kraft und Energie in diesen Beruf steckten. Stieglitz hatte viel über ihn nachgedacht und allein schon die viele Zeit, die er mit diesen Grübeleien verbrachte, verriet ihm, dass das Wesen und Leben des Arztes in einer mysteriösen Weise mit dem seinen verbunden war. Er sah in ihm das Bild dessen, was er für sich selbst erträumt hatte, aber da war noch mehr. Der Arzt mochte ihm geistig näher verwandt sein, als er je geglaubt hätte. Vielleicht fühlten sie beide das Gleiche: Wenn es etwas zu erforschen gab, dann musste es erforscht werden, ganz gleich um welchen Preis. Warum war er selbst denn

Journalist geworden, statt nach dem Scheitern seiner medizinischen Träume ins wohlbestallte väterliche Geschäft einzusteigen? Die Zeitungsschreiberei war ein hartes und mageres Brot, das einem wenig Geld, zweifelhafte Belohnungen und viele Tritte in den Hintern eintrug, und Stieglitz hätte den Beruf nie gewählt, wäre da nicht seine rastlose Neugier gewesen. Wo immer er ein Fragezeichen sah, musste er die Nase hineinstecken, er konnte an keiner verschlossenen Tür, keinem verhängten Fenster und keinem versiegelten Brief vorübergehen, ohne zumindest den Versuch zu machen, das Geheimnis zu lüften.

Er blieb stehen, als die Mauer plötzlich endete. In der Einbuchtung eines großen Hofes erhob sich das Pathologische Institut mit seinen hohen Bogenfenstern und dahinter über den Baumwipfeln ein graues, bedrohliches Ungetüm: der Narrenturm, das ehemalige josephinische Irrenhaus. Stieglitz musterte die Außenfassade des Institutsgebäudes, auf der in goldenen Lettern der Spruch prangte: „Indagandis sedibus et causis morborum" – „Der Erforschung der Sitze und Ursachen der Krankheiten gewidmet". Eine fette Ratte, die der Lärm seiner Schritte aufgeschreckt hatte, sauste blitzschnell quer über den Weg und verschwand in einem Gebüsch. Es war eine ganz gewöhnliche graue Kanalratte, keine der weißen, rotäugigen Laborratten, aber Stieglitz fühlte doch, wie ihn ein Schauder überlief. In Wien wimmelte es von den Tieren, die in den labyrinthisch ausgebauten Kanälen und den viele Stockwerke tief in die Erde hinabreichenden Kellern der altertümlichen Häuser ihre Bauten angelegt hatten. Es war schon schlimm genug, von einer gesunden Ratte gebissen zu werden, deren lange, scharfe Nagezähne einen menschlichen Finger durchbohren konnten und die Wunde mit Fäulniskeimen aller Art tränkten. Wenn es Barisch in seiner täppischen Trunkenheit widerfuhr, von einem verseuchten Tier verletzt zu werden, war sein Schicksal besiegelt. Nein, nicht einmal das brauchte es. Schon ein verseuchter Floh genügte, der von einem der kranken Versuchstiere auf ihn übersprang und ihn stach.

Der dichte Alkoholnebel in Antons Gehirn lichtete sich so weit, dass ein Gedanke hindurchschimmerte – ein sehr unangenehmer Gedanke.

Wer sagte ihm denn, dass Barisch nicht bereits infiziert gewesen war, als der Diener mit ihm am Tisch in dem engen, trüb beleuchteten Beisl gesessen hatte, Ellbogen an Ellbogen, immer wieder seine Hand gedrückt und ihm beim Sprechen ins Gesicht gehaucht hatte?

Im Kaiser-Franz-Joseph-Spital, der modernsten Krankenanstalt Wiens, erwachte der Assistenzarzt Dr. Severin Schilder aus dem leichten, unruhigen Schlaf des Bereitschaftsdienstes. In der Nacht war nichts los gewesen, jedenfalls nichts, womit die untergeordneten Ärzte und Krankenschwestern nicht allein fertig geworden wären. Wirklich ausgeruht war er trotzdem nicht. In den Nächten, in denen er Bereitschaftsdienst hatte, schlief er immer nur mit einem Auge und durch seine verworrenen Träume spukten die Geräusche der riesigen Anlage und verwandelten sich in Schreckgespenster.

Es klopfte an der Tür und gleich darauf steckte ein grauhaariger Mann den Kopf herein – Max Dollischal, der rangälteste Diener in der Infektionsabteilung, deren stellvertretender Leiter Dr. Schilder war. Sein zerknittertes Altmännergesicht verzog sich zu einem sonnigen Lächeln. „Guten Morgen, Herr Doktor, darf's ein Kaffee sein?" Seine Aussprache hatte einen stark tschechischen Anklang wie die so vieler Wiener.[7] Herr Dollischal war insofern eine Besonderheit, als er es zu einer angesehenen Stellung gebracht hatte, während viele seiner Landsleute als kleine Handwerker oder gar als brutal ausgebeutete „Ziegelböhm“ in den Wienerberger Ziegeleien ihr Leben fristeten.

Schilder richtete sich mit steifen Gliedern von dem Wachstuchsofa, auf dem er gedöst hatte, auf. „Ja, und machen Sie ihn recht stark, sonst wach ich überhaupt nicht auf.“

„Ein Kipferl dazu? Der Bäcker war schon da.“

Schilder grinste glücklich. „Was tät ich ohne Sie, Dollischal! Ist der Chef schon da?“

„Nein, Herr Doktor, es ist ja erst sechs Uhr früh.“

„Gut. Also, her mit dem Kaffee und dem Kipferl, dann mache ich die erste Runde, bevor der Chef auftaucht.“

Dr. Schilder – ein hagerer junger Mann mit scharfen Zügen und rötlich braunem Haar – beeilte sich mit dem Frühstück. Nicht nur, dass es ihn interessierte, was sich während der Nacht alles ereignet hatte, und sei es nur eine Kleinigkeit, er war auch ein sehr ehrgeiziger Mann und nutzte jede Gelegenheit, seinem Vorgesetzten, Dr. Fritz Obermayer, seine Tüchtigkeit unter Beweis zu stellen. Obermayer war nicht mehr der Jüngste, er litt gelegentlich an heftigen Rheuma-Attacken und sprach öfters davon, sich vorzeitig in Pension zu begeben, und Dr. Schilder traf Vorsorge, dass es in diesem Fall nur einen einzigen ernsthaften Kandidaten für die Nachfolge gab, nämlich ihn. Von diesem brennenden Ehrgeiz abgesehen, war er ein sehr umgänglicher Mensch, der viele Freunde unter seinen Kollegen hatte und bei den Patienten wie beim Personal beliebt war.

---

[7] In dieser Epoche lebten ungefähr 60000 Tschechen in Wien.

Die Hände tief in den Taschen vergraben, fröstelnd nach dem unzureichenden Schlaf, verließ der Arzt gemeinsam mit Max Dollischal das „Stöckl“, eine schmucke, schönbrunngelb getünchte Villa innerhalb des Quarantänebereichs, in der die Dienst habenden Ärzte und die Verwaltung der Infektionsabteilung untergebracht waren.

Frische Luft wehte ihnen entgegen. Das Kaiser-Franz-Joseph-Spital lag ziemlich weit außerhalb der Stadtgrenze. Ringsum erstreckte sich mit Ausnahme der Ostseite, die an die Triester Straße grenzte, freies Feld. Hier war nichts vom Lärm und Mief der Stadt zu merken, stattdessen sah man Wiesen und Wäldchen und eine fast ländliche Stille herrschte zu dieser frühen Stunde. Man blickte zur berühmten „Spinnerin am Kreuz“ hinüber, der gotischen Steinsäule auf der Kuppe des Wienerberges, unter der der Sage nach eine treue Frau sieben Jahre lang bei Tag und Nacht, bei Wind und Wetter auf ihren Gatten gewartet hatte, der mit den Kreuzfahrern ins Morgenland gezogen war. Weiter schweifte der Blick in die liebliche Landschaft südlich von Wien mit ihren Weinbergen und lichten Wäldern, zu den Hügeln des Wienerwaldes, die im bläulichen Dunst verschwammen.

Severin Schilder blieb einen Augenblick lang stehen, streckte sich am ganzen Körper und atmete tief durch. „Schön wird's heute, Dollischal!“, verkündete er so zufrieden, als hätte er persönlich das freundliche Wetter veranlasst. „Und wie gut die Herbstluft riecht! Ich bin sicher, dass unsere therapeutischen Erfolge damit zusammenhängen, dass hier ständig ein frischer Wind durchweht und die Pavillons ordentlich ventiliert. Frische Luft und noch mehr frische Luft, das reduziert die Ansteckungsgefahr besser als alle Desinfektionsmittel – obwohl ich auch dem Kollegen Lister für sein Karbolspray sehr dankbar bin.“ Er lachte laut auf. „Aber die frische Luft ist halt einfach viel angenehmer zum Einatmen."

Dann machte er sich mit langen Schritten auf den Weg.

Er machte seine morgendlichen Rundgänge gerne mit dem Diener zusammen, der seit mehr als dreißig Jahren hier Dienst tat. Zum einen, weil er Dollischal persönlich mochte, zum anderen, weil er jetzt schon anfing, sich einen Kreis von persönlichen Vertrauten aufzubauen, die ihm später treu zur Seite stehen würden. Wenn er Chef wurde – und er konnte stundenlang davon träumen, wie das Leben dann sein würde –, brauchte er Unterstützung. Die Leitung einer so großen Abteilung war schon von der bloßen Menge der zu erledigenden Arbeiten eine schwierige Sache, aber eine noch größere Herausforderung war, dass die Kenntnis der Infektionskrankheiten, ihrer Erreger und ihrer Ansteckungswege eine sich rasant entwickelnde Wissenschaft war. Jahrhundertelang hatte man üble Dünste und unheilvolle Planetenkonstellationen für die Ursache der Seuchen gehalten, jetzt jagte eine neue Entdeckung die andere. Jeder Tag konnte einen weiteren Umsturz bringen, der völlig neue Vorkehrungen verlangte und ungeahnte Probleme aufwarf.

Schilder schritt energisch aus. Er hatte einen weiten Weg vor sich, wenn er alle Pavillons in seinem Zuständigkeitsbereich besuchen wollte.

Das neue Krankenhaus war erst 1889 erbaut worden und damit das modernste Spital in Wien. Die Anlage, nach außen durch eine hohe Ziegelmauer allseitig abgeschlossen, war im so genannten Pavillonsystem erbaut. Die einzelnen Kliniken, Wirtschaftsgebäude und Institute lagen, jedes für sich, inmitten eines großzügigen Parks, sodass die Anlage mehr einer herrschaftlichen Residenz als einem Krankenhaus ähnelte. Auch der Maßstab war großartig: Einzelne „Pavillons" hatten eine Länge von über hundert Metern. Die Infektionsabteilung machte etwa ein Drittel des gesamten Gebäudekomplexes aus. Sie war von einer zusätzlichen Mauer und einem Eisengitter umgeben, sodass man sie nur durch einen tiefen Torbogen betreten konnte, der düstere Ähnlichkeit mit einem Gefängnistor hatte. Die Abteilung bestand außer dem Stöckl aus drei Pavillons für Scharlach, Masern und Diphtherie, zwei Blatternbaracken und einigen Nebengebäuden, alles umhüllt von einem grünen Mantel aus Föhren und Laubbäumen, Gebüschen und weiten Rasenflächen.

Inmitten einer dieser Rasenflächen, nahe dem Stöckl, erhob sich ein schneeweiß getünchter, brandneuer Bungalow mit flachem Dach und außergewöhnlich großen Fenstern, die so genannte Expektanzbaracke. Sie war eine „Erfindung" Dr. Obermayers und Schilder nutzte jede Gelegenheit, diese Erfindung zu loben. Er wusste, dass solches Lob auf Umwegen zu den Ohren des Vorgesetzten zurückkehrte.

„Sehen Sie", sagte er jetzt zu Dollischal, „was für eine gute Idee der Chef da gehabt hat? Wie war's denn früher? Hatte man einen Verdachtsfall, dann steckte man ihn entweder auf die Infektionsabteilung und riskierte, dass er sich dort erst ansteckte, oder man schickte ihn weg und riskierte, dass er alle Welt ansteckte. Jetzt können wir die Leute hier in Quarantäne stecken und in aller Ruhe abwarten, ob sie wirklich krank sind oder nicht."

Dollischal hatte aufmerksam gelauscht, obwohl er das alles natürlich wusste. Er hatte mehr Fälle von Infektionskrankheiten gesehen als alle jungen Ärzte der Anstalt zusammen und wusste genau, wie lange ein Patient noch scheinbar gesund sein konnte, während der lebensbedrohende Keim bereits in seinem Inneren wühlte und wirkte. Es konnte Tage dauern, Wochen, Monate, bis der Feind die Maske fallen ließ und unverkennbare Symptome seine Anwesenheit verrieten.

Die bislang noch unbenutzte Expektanzbaracke diente jedoch auch als eine zusätzliche Isolierstation innerhalb des Quarantänebezirks der Infektionsabteilung – gewissermaßen ein ausbruchsicheres Gefängnis für eine Seuche, wenn es einem nur erst gelungen war, sie dort einzusperren.

„Ich habe gehört", bemerkte der Diener, „dass die Expektanzbaracke jetzt auch für Verdachtsfälle bei anderen Krankheiten genutzt werden soll als wie bisher nur bei Blattern, Masern, Scharlach und Diphterie."

„Ja, das stimmt", bestätigte Schilder. „Es ist jetzt ganz offiziell angeordnet worden, dass auch Verdächtige bei Gelbfieber, Typhus und Cholera hier untergebracht werden dürfen, sogar Pestkranke. Theoretisch jedenfalls, obwohl ich nicht glaube, dass der Fall jemals eintreten wird."

„Was denn – Pest?", rief Max Dollischal ungläubig. „Die gibt's doch bei uns gar nicht mehr – schon seit zweihundert Jahren nicht mehr. Wenn die irgendwo auftritt, dann höchstens in einem Hafen, wo Schiffe aus dem Orient anlegen, aber nicht hier, mitten im europäischen Binnenland."

„Ich sagte ja, es ist nur eine theoretische Anordnung", wiederholte der junge Arzt. „Es macht sich gut vor dem Stadtphysikat, wenn wir sagen können, wir sind für alles gerüstet. Und Sie wissen ja, die hohen Herren muss man immer mit irgendwas beeindrucken, sonst machen sie kein Geld locker."

Im Park war es noch still, denn von den Patienten war noch niemand unterwegs. Die wurden um diese frühe Stunde gerade gewaschen, bekamen ihr Frühstück und wurden medizinisch versorgt. Der Arzt und der Diener begegneten nur ein paar Hausarbeitern und einem Bäcker mit seinem Lieferwägelchen voll frischer Brote, das ein riesiger Mischlingshund zog – ein Wagerlhund, das in Wien übliche „Pferd der armen Leute". Dann begegneten ihnen zwei der geistlichen Schwestern, Nonnen vom Orden der Dienerinnen des Heiligsten Herzen Jesu, die die Krankenpflege im Kaiser-Franz-Joseph-Spital besorgten. Über hundert dieser Frauen waren dort im Dienst. Aus der Ferne sahen sie alle ganz gleich aus und oft wirkten ihre rundum vom Schleier wie von einem Bilderrahmen beschnittenen Gesichter sogar aus der Nähe besehen uniform, blickten aus den schwarzweißen Hauben hervor wie Wachsmasken. Severin Schilder – der schärfere Zweifel an der Religion im Herzen hegte, als er sich äußerlich anmerken ließ – fragte sich, warum sie so seltsam verkleidet herumlaufen mussten mit ihren langen schwarzen Umhängen und bauschigen Röcken. Er stellte es sich enorm hinderlich vor, in dieser mittelalterlichen Tracht zu arbeiten. Die Schwestern waren es jedoch gewohnt, sie bewegten sich so flink und anmutig wie das modern gekleidete weltliche Personal.

Jetzt erkannte er die eine. Ihr Gesicht, gelbbraun und runzlig, war sogar im Rahmen der Haube unverkennbar. Schwester Perpetua hieß sie und wurde „die alte Blatternschwester“ genannt, weil sie so viele von den Unglücklichen gepflegt hatte, die an den schwarzen Blattern erkrankt waren – nach der Pest die bösartigste bekannte Krankheit. Er grüßte sie höflich mit „Guten Morgen, ehrwürdige Schwester“ und dachte gleichzeitig, dass sie aussah wie eine Mumie, die Frevler aus ihrer Gruft geraubt und zum Spott in einen Habit gesteckt hatten. Wie alt war sie wohl? Sechzig? Siebzig? Die meisten Nonnen wurden trotz ihrer harten Arbeit erstaunlich alt und blieben lange rüstig.

Seltsam, dachte Severin Schilder, dass Menschen, die so wenig Wert auf ihr irdisches Leben legten, so lange darin verweilten, während andere trotz ihres Gejammers und ihrer Proteste frühzeitig hinausgestoßen wurden.

Anton Stieglitz schlenderte schlecht gelaunt durch die Spitalgasse. Er achtete nicht auf die Händler, die ihn von allen Seiten umdrängten und ihm – kaum anders als in einem orientalischen Bazar – fast gewaltsam ihre Waren aufzuschwatzen versuchten: „Welsche" mit einem Korb voll so genannter Figurini, billiger Gipsfigürchen, die als Geschenkartikel sehr beliebt waren, Waldviertler Händler mit Leinwand und selbst gewebter Hauswäsche und die slowakischen Hausierer mit Holzwaren, deren gellende Rufe das Lärmen der Menge übertönten: „Fandl, Sprudl, brettane Nudl, hulzane Fertl, fleischane Schlegl, hulzane Tegl! Gaafts, Mutterle, gaafts!" Hin und wieder stieß ihn auch eine Frau wie zufällig im Vorbeigehen an und zischte ihm zu: „Na? Magst mitkommen?"

Heute interessierte ihn gar nichts davon, so wütend war er. Er hatte versucht, seine Geschichte mehreren Zeitungen anzubieten, die sonst gerne bei ihm kauften, aber die Lokalredakteure hatten abgelehnt. Natürlich hatte er ihnen nichts Genaues darüber gesagt, was er erfahren hatte, nur dass er eine gute Geschichte über die Pestexperimente im Pathologischen Institut hatte; denn wenn er ihnen zu viel preisgab, schickten sie einen von ihren Leuten hin und ließen ihn durch die Finger schauen. Er hatte nur allgemein über Sicherheitsmängel gesprochen, und das war ihnen zu wenig.

„Das ist Schnee von gestern. Darüber stand doch schon einmal etwas in den Zeitungen, und was ist daraus geworden? Viel Lärm um nichts! Das Stadtphysikat sagt, es sind alle notwendigen Vorkehrungen getroffen worden, es kann einfach nichts passieren, und außerdem experimentieren alle anderen Ärzte, die in Indien waren, auch, genau wie die unseren."

Ah, da lag also der Hase im Pfeffer, dachte Stieglitz. Es ging um die wissenschaftliche Vorrangstellung. Die heimische Ärzteschaft träumte davon, dass es diesmal ein Wiener sein würde, der den nächsten Lorbeerkranz auf dem Gebiet der Infektionsforschung für sich gewann. Wer es als Erster schaffte, eine wirkungsvolle Immunisierung oder ein Heilmittel gegen die Pest zu entwickeln, hatte sich für immer einen Platz in der Ruhmeshalle der Medizin gesichert. Wenn sie die Experimente jetzt aufgeben mussten, würde eine der ausländischen Ärztekommissionen den Preis gewinnen – die Engländer oder Japaner oder die Franzosen. Das ließ der Nationalstolz nicht zu.

„Ist vielleicht in London oder Tokio oder Paris die Pest ausgebrochen? Nein. Na also. Warum soll gerade in Wien ein Unglück passieren? Schreiben Sie lieber über Sachen, die bereits passiert sind – Morde oder so was."

Damit musste Anton Stieglitz sich abfinden. Aber er konnte die Geschichte nicht mehr aus seinen Gedanken verbannen. Sooft er auch versuchte, sich innerlich davon abzuwenden, zog es ihn mit morbider Faszination zurück. Er hatte viel Zeit in Bibliotheken verbracht und alles gelesen, was zu dem Thema zu finden war, von den medizinischen Werken angefangen – von denen es nicht viele gab – über die Pestpredigt des berühmten Kanzelredners Abraham a Sancta Clara bis zu dem beliebtesten und bekanntesten aller Wiener Lieder:

„Oh, du lieber Augustin,
alles ist hin ...
Jeder Tag war ein Fest
und was jetzt? Pest, die Pest!
Nur ein großes Leichennest –
das ist der Rest ..."

Nein, er würde seine Nachforschungen nicht einfach aufgeben. Die Ärzte und auch der Diener selbst würden misstrauisch werden, wenn er sich an sie heranmachte, aber es gab noch andere, leichter anzuzapfende Informationsquellen.

Da war beispielsweise Marie Barisch. Stieglitz wusste bereits, dass sie jeden Tag gegen neun Uhr vormittags ihre Wohnung verließ, wochentags, um in einer Greißlerei[8] in der Lazarettgasse einzukaufen, sonntags, um in der Kapelle des Krankenhauses die Messe zu hören. Sie war eine junge und leidlich hübsche Frau und würde sich selbst als die Ursache betrachten, dass ein Mann den Kontakt zu ihr suchte. Stieglitz schmeichelte sich, dass er – wenn er ein frisches Hemd anzog und sich die Schuhe putzte – immerhin elegant genug aussah, um das Interesse einer Frau zu erwecken. Er durfte seine Neugier nur nicht übertreiben. Marie Barisch wusste zweifellos, dass sie nicht über die Arbeit im Pathologischen Institut schwatzen durfte. Es genügte, wenn die Frau bereit war, ein wenig mit dem netten Mann zu plaudern, der zuweilen denselben Weg wie sie hatte. Stieglitz verstand sein Handwerk; er wusste, wie man die Leute ausholte, ohne dass sie es merkten.

Gedankenverloren dahinschlendernd, gelangte er schließlich in einen von Ziegelmauern umschlossenen Hof und blieb stehen, als er den Narrenturm vor sich sah – Kaiser Josephs Guglhupf, wie ihn die Wiener seiner napfkuchenähnlichen Form wegen nannten. Der grimmige, fünfstöckige Rundbau mit den winzigen, schießschartenähnlichen Fensterchen stand etwas abseits des eigentlichen Krankenhauses, finster und abstoßend. Das hölzerne Tor war geschlossen, nichts regte sich hinter den staubblinden Fenstern. Kaum zu

[8] Krämerei, kleiner Laden

glauben, dass der Narrenturm zur Zeit seiner Inbetriebnahme als hochmodern und fortschrittlich gegolten hatte, als ein charakteristisches Werk des Reformkaisers, der viele Fenster des muffigen Hauses Österreich aufgestoßen und frischen Wind hereingelassen hatte. Die Zeit war rasch über das Projekt hinweggegangen; schon 1866 war das neue Irrenhaus wieder geschlossen worden, die Patienten waren in andere Institutionen verlegt und die ehemaligen Zellen teilweise in Werkstätten und Wohnräume umgewandelt worden. Zurzeit lebten nur Franz Barisch und seine Frau hier.

Stieglitz zog sich mit einer blitzschnellen Bewegung in den Torbogen der dem Turm gegenüberliegenden Klinik zurück, als er zwei Männer mit weit ausholenden Schritten über den sechsten Hof kommen sah. Der Größere von beiden – war das nicht Dozent Dr. Müller in Person? Tatsächlich! Der zweite, viel jüngere Mann in seiner Begleitung war der Anthropologe Dr. Rudolf Pöch, sein engster Mitarbeiter, der mit ihm in Indien gewesen war. Ein hoch begabter Arzt und angehender Anthropologe, der sich in Bombay bestens bewährt hatte und Fähigkeiten zeigte, die weit über sein Alter hinausgingen. Er war ein knabenhafter, adretter Mensch, klein gewachsen, mit akkuraten Bewegungen; sogar seine Gesten beim Sprechen sahen aus, als würde er seine Worte einzeln messen und abwiegen. Das flachsblonde Haar und der etwas kümmerliche Schnurrbart waren millimetergenau geschnitten. Der schwarze Gehrock, der steife Kragen und Binder saßen perfekt.

Stieglitz wusste, dass man ihm eine steile Karriere vorhersagte, und als er daran dachte, schmerzte die alte Wunde des Versagens in seinem Herzen. Der Groll auf das Schicksal, das anderen die Fähigkeit geschenkt hatte, ihre Karriereträume zu erfüllen, ihm aber nicht, stieg wieder in ihm hoch. Dennoch drängte es ihn immer wieder, die Gesellschaft von Ärzten zu suchen, vor allem den hochrangigen und erfolgreichen unter ihnen. Zu gerne hätte er Dozent Müller und seinen Begleiter angesprochen und sich die Illusion gegönnt, ihresgleichen zu sein, aber er wusste, dass seine journalistischen Erfolge zum größten Teil auf seiner Unsichtbarkeit beruhten. Er sprach die Ärzte, die ihn interessierten, nie direkt an. Er sorgte dafür, dass sein Gesicht ihnen nichts sagte. Wie ein Schatten huschte er um sie herum und nahm erst Gestalt an, wenn er es mit ihren Untergebenen zu tun hatte, die er aushorchte. In diesem Fall wollte er allerdings auch mit Barisch nichts weiter zu tun haben, und das nicht nur, weil der Mann – wenn er ihm in nüchternem Zustand begegnete – misstrauisch geworden wäre.

Am 10. September 1898 erreichte Wien die Nachricht, dass Kaiserin Elisabeth in Genf von einem italienischen Anarchisten ermordet worden war, als sie eben ihr Schiff betreten wollte. Die Nachricht erweckte weitaus weniger Interesse, als es sonst beim gewaltsamen Tod eines Mitglieds des Kaiserhauses der Fall gewesen wäre – kein Vergleich jedenfalls mit der Erregung, die vor neun Jahren der Selbstmord ihres Sohnes Kronprinz Rudolf in Mayerling ausgelöst hatte. Die einst so geliebte wunderschöne „Sisi" war, als sie den Tod fand, eine verbitterte alte Frau, die längst alle Bande an Wien und seine Bewohner gelöst hatte, immer auf Reisen, menschenscheu und vereinsamt. Ihr Tod war jedoch der Anlass, dass sich unter einer großen Gruppe von Prominenten auch vier Ärzte am Südbahnhof trafen, wo der Sonderzug mit dem Leichnam der Kaiserin erwartet wurde, und dort miteinander ins Gespräch kamen.

Einer von ihnen war Rudolf Pöch, die drei anderen – würdevolle, beleibte Bartträger einer älteren Generation – gehörten jener Fraktion der Ärzteschaft an, die Dozent Müller seinen Erfolg neideten und seinen Assistenten, der ebenso erfolgreich zu werden versprach, auch nicht ausstehen konnten. Sie waren der Leserschaft verschiedener medizinischer, aber auch populärer Journale unter den Pseudonymen Galenus, Hippokrates und Paracelsus bestens bekannt. Unter diesen Decknamen griffen sie alles an, was sie als „gefährliche Neuerungen" in der Medizin verstanden, und die bakteriologische Forschung erschien ihnen als eine höchst gefährliche Neuerung. Pöch gewann den Eindruck, dass sie die Bakteriologen für Leute hielten, die die tödlichen Erreger nicht entdeckt, sondern überhaupt erst produziert hatten. Jung und naiv, war er überzeugt, dass ihre Abneigung gegen „den Pestmüller" auf wissenschaftlichen Differenzen beruhte und nichts mit persönlicher Feindschaft zu tun hatte. Deshalb versuchte er, als sie seinen Lehrer angriffen, mit Argumenten ihre Ansichten zu widerlegen.

„Es scheint mir etwas übertrieben", sagte Paracelsus, „dass der Herr Dozent sich als Entdecker und Forscher feiern lässt, nachdem er doch kaum drei Monate an der Pestforschung gearbeitet hat."

Pöch war ängstlich zu Mute in Gegenwart der drei, die ihm an Jahren weit voraus waren und ihn mit all der Arroganz der Älteren spüren ließen, wie gering sie ihn schätzten, aber er verteidigte Müller tapfer. „Er lässt sich nicht feiern, das stimmt nicht! Man findet ihn nur bei der Arbeit, er geht in keine Salons, keine mondänen Kaffeehäuser, er besucht keine Soireen – wo soll er da auf Ehre aus sein?"

„Aber er hat diese Expedition doch, wie Sie alle, unternommen, um sich wissenschaftlich zu profilieren, nicht wahr?"

Pöch errötete, denn zumindest er selbst war die Reise

durchaus mit dieser Absicht angetreten. Er lächelte verlegen. „Natürlich träumt man bei einer solchen Expedition davon, etwas Sensationelles für die Wissenschaft zu leisten, einen kühnen Schritt in absolutes Neuland zu tun – jedenfalls ich träumte davon. Müller war anders. Er hatte keine Träume von Ruhm und Ehre. Er wollte den Standard erreichen, den er selbst sich setzte, aber der war sehr hoch. Schon vor seiner Abreise hatte er sich ein ausführliches Arbeitsprogramm zurechtgelegt; er wusste genau, was er wollte, und es ging ihm nicht darum, mit sensationellen Ergebnissen nach Hause zurückzukehren. ‚Große Entdeckungen werden wir wohl im klinischen Teil keine machen', meinte er, ‚aber genaue Krankengeschichten müssen wir schreiben, die fehlen noch.' Er war und ist überzeugt, dass der Schlüssel zur Überwindung der Pest solche präzisen, detailreichen Krankengeschichten sind."

„Nun", mischte sich Hippokrates ein, „das ist gewiss löblich, aber da hätte er ja in Indien bleiben können und dort weiterstudieren. Manche Leute finden es ganz unnötig, dass er die Pest mitbrachte. Es erstaunt mich nicht, wenn besorgte Kollegen Hermann Müller vorwerfen, er hätte rücksichtslos und ohne sittliche Bedenken gehandelt, als er die Pestkulturen mit nach Europa nahm – hätte Leben und Wohlergehen der gesamten Wiener Bürgerschaft aufs Spiel gesetzt, um seinen wissenschaftlichen Ehrgeiz zu befriedigen."

Pöch vergaß seinen Respekt vor dem würdigen Trio und fuhr zornig auf: „Wenn diese Leute ihn so kennen würden wie ich! Rücksichtslos und ohne Bedenken, sagen Sie? Sie hätten nur miterleben müssen, wie respektvoll er die Eingeborenen behandelte. Die britischen Kolonialbehörden gingen mit den Einheimischen um, als wären sie unmündige Kinder, die man dahin und dorthin schickt, für jeden Ungehorsam züchtigt und gelegentlich einmal belohnt, wenn sie fügsam genug waren. Wir kamen dort in eine Welt, in der eine ungeheure Kluft sich öffnet zwischen dem europäischen Eroberer und dem Inder, in eine Welt, in der der westliche Mensch den Orientalen als Inferior betrachtet. Sie machten kein Hehl daraus, wer die Herren und wer die Sklaven waren. Müller war da ganz anders. Ich erinnere mich, dass er sich alle Namen der einheimischen Pfleger und Helfer merkte. Er lernte zwei Worte in der Landessprache: ‚bitte' und ‚danke'. Und das sagte er jedes Mal."

„Oh", bemerkte Galenus und zwirbelte die Spitzen seines Schnurrbarts, „eine schöne Fleißaufgabe! Und wie heißt das Bitte-danke nun bei den Wilden? ‚Hutschi-hatschi'? Oder ‚mumba wumba'? Ich würde es wirklich gerne auch lernen."

Die beiden anderen lachten. Pöch fühlte sich wie ein Kind, das unbarmherzig von Älteren geneckt wird, sodass es sich mit jedem Wort mehr der Lächerlichkeit preisgibt, aber er hielt tapfer stand. „Jedenfalls verkehrten er und die Hindus wie Angehörige desselben Kulturkreises, und so gewann er ihr unbegrenztes Vertrauen. Nur so war es denkbar, dass diese Hindu, die schon der bloßen Überführung in das Spital fast unüberwindlichen Widerstand entgegensetzten, sich dann dort stundenlang und ohne Murren den Unannehmlichkeiten und Beschwerden einer genauen Untersuchung unterwarfen. Nie stieß er auf Widerstand, auch nicht von Seiten der Angehörigen. Jeder Rekonvaleszent, der das Spital verließ, nahm von Dr. Müller rührenden, fast schmerzlichen Abschied. Und ein solcher Mensch, der sich aufs Äußerste besorgt um das Wohlergehen ganz Fremder zeigte, sollte leichtfertig das Wohl seiner eigenen Mitbürger aufs Spiel setzen?"

Hippokrates wich der Beantwortung der Frage aus. Stattdessen lachte er anzüglich. „Ei, nun sagen Sie bloß noch, unser frommer Herr Kollege hätte den Kranken die Hände aufgelegt und sie geheilt! Rekonvaleszenten, sagen Sie! Da muss er sich ja als Wunderheiler betätigt haben, da wir doch alle wissen, dass die Pest hundertprozentig letal ausgeht."

Zum ersten Mal dämmerte dem jungen Arzt, dass die drei ehrfurchtgebietenden Herren von dem Thema sehr wenig Ahnung hatten. „Das ist falsch", erwiderte er, von der Entdeckung ihrer Unwissenheit ermutigt, in schroffem Ton. „Absolut tödlich ist nur die Lungenpest, die durch das Einatmen der Erreger hervorgerufen wird. Sie ist aber glücklicherweise selten, wir haben unter rund sechshundert Kranken nur sechs Fälle angetroffen. Die Beulenpest, die durch den Eintritt eines Erregers in die Blutbahn entsteht, wurde zu allen Zeiten von einem Teil der Erkrankten überlebt. Man kannte sogar das entsprechende Anzeichen: Schmolzen die Pestbeulen nekrotisch ein, so war der Tod gewiss, brachen sie jedoch auf und entleerten ihren Inhalt, so genasen die Kranken sehr häufig. Das ist in allen Berichten nachzulesen."

Hippokrates, der sich nicht weiter aufs gefährlich dünne Eis einer sachlichen Diskussion hinauswagen wollte, wechselte hastig das Thema. Mit einem süffisanten Lächeln fragte er: „Da Dr. Müller so intime Kontakte zu den Eingeborenen pflegte, darf ich Sie wohl fragen, was an dem Gerücht dran ist, er habe sich von der Schönheit der Frauen dort unten verzaubern lassen. Man hört ja, sie gingen fast nackt, jedenfalls hier herum" – dabei tätschelte er seine weit vorquellende Leibesmitte – „oder in durchsichtigen bunten Gewändern. Hat er diese schönen Damen auch so sorgfältig untersucht, wie Sie eben erzählten?"

Pöch blieb eine Antwort erspart, denn das ferne Pfeifen einer Lokomotive und die allgemein einsetzende Unruhe kündigten die Ankunft des Sonderzuges an. Die drei pseudonymen Herren stürmten zusammen mit anderen Prominenten den Bahnsteig entlang, um als Erste die Ankunft mitzuerleben. Rudolf Pöch dagegen drehte sich um und ging. Er murmelte vor sich hin: „Wenn noch einer von diesen drei bärtigen Affen ein Wort gesagt hätte, ich hätte ihn umgebracht."

Als er Müller später – immer noch zornrot – von der Begegnung erzählte, lachte der. „Ich bitte Sie, das fehlte mir noch, dass Sie gehenkt werden, mein lieber Pöch, weil Sie meinetwegen einen Dummkopf erschlagen haben! Seien Sie froh, dass wir keine Politiker sind, da müssten wir noch viel schlimmere Sprüche einstecken!" Wenig später allerdings fügte er nachdenklich hinzu: „Wissen Sie, was die Krankheit dieses Kaiserreichs Österreich-Ungarn ist? Es kann nichts Neues vertragen, wie ein Magenkranker nichts Scharfes und Gewürztes verträgt. Alles, was es schlucken soll, muss hundert Jahre abgehangen sein, am besten tausend Jahre. Es kracht und birst an allen Ecken und Enden, neue Kräfte brodeln überall, aber auf jedem kochenden Topf hockt einer und hält den Deckel drauf. Wir sind nicht die einzigen Opfer dieser Mentalität. Also, lassen Sie sich nicht die Laune verderben. Uns Ärzte kann man wenigstens nicht einsperren, weil wir neue Ideen in die Welt bringen."

Pöch nickte. Was sein Lehrer sagte, erinnerte ihn an ein Ereignis, dem er erst kürzlich beigewohnt hatte. Am 9. Mai 1898 war das erste Teilstück der Wiener Stadtbahn, die Wiental-Gürtel-Linie, mit großem Pomp eröffnet worden. Kaiser Franz Joseph persönlich war mit großem Gefolge erschienen, aber der alte Kaiser – der sich noch nicht einmal mit dem Telefon anfreunden konnte und sich strikt weigerte, in ein Automobil einzusteigen – verfolgte mit steinerner

Miene die Jungfernfahrt des fröhlich in die Zukunft dampfenden Zuges. Alles Neue, auf welchem Gebiet auch immer, war ihm suspekt, und sei es nur ein neues Massenverkehrsmittel. Während Nationen ihre Rechte auf Eigenständigkeit forderten, während die Arbeiter demonstrierten und die Ungarn sich vom Doppeladler loszureißen versuchten, gingen die Uhren in der Hofburg weiter im Takt längst vergangener Zeiten. Schwachköpfe, Duckmäuser und lebende Mumien beherrschten das Land, unter den Beamten und dem Adel vor allem.

„Sie haben Recht", sagte Rudolf Pöch lachend. „Es hätte sich nicht gelohnt, dafür gehenkt zu werden. Ich hätte Hunderttausende Dummköpfe erschlagen müssen."

Die Pesttage

Erster Tag: Freitag, 14. Oktober 1898

Bleibst da! Kruzitürken, Scheißviech, deppates!“ Franz Barisch sprang mit einem Satz zurück und wäre fast hingefallen, so unsicher war er auf den Beinen. Er hatte gar nicht so schnell schauen können, wie die weiße Ratte am Gitter des Käfigs hochgeklettert war und zwischen Wand und spaltbreit geöffneter Türe hinausflutschte, schnell wie der Blitz und so schwer zu fassen wie ein Stück nasse Seife. Man wollte nicht glauben, wie flink die Stinker waren, sobald sie die Freiheit witterten, selbst wenn sie bereits halb verendet waren. Schon war sie auf dem nächsten Käfig oben, und wenn er sie nicht sofort erwischte, würde sie hinter der Reihe der Gitterhäuschen verschwunden sein. Dann musste er die schweren Käfige alle von den Regalen heben und das mit Geräten voll gestopfte Labor Zentimeter für Zentimeter durchsuchen, bis er das Vieh wieder eingefangen hatte. Er warf sich nach vorne und packte mit beiden Händen zugleich zu. Und tatsächlich – er hatte den Ausbrecher!

Allerdings nur am Schwanz, und die wütende Ratte fuhr mit einem heiseren Kreischen herum und biss ihn an der linken Daumenwurzel tief in die Hand. Ihre langen, dünnen Zähne hinterließen zwei dicht nebeneinander liegende Pünktchen, nicht größer als die Einstiche einer Injektionsnadel. Fluchend riss Barisch das Tier an sich heran, schleuderte es in den Käfig zurück und schmetterte dessen Türchen zu.

„Du kommst mir nicht mehr aus!“, knurrte er und bedachte die Ratte mit einem Strom von Schimpfwörtern. Schuld an allem war das klemmende Türchen, das erst überhaupt nicht aufgehen wollte und dann, als er in seiner Wut zu fest daran riss, plötzlich aufsprang und sich nicht mehr sofort schließen ließ. Aber jetzt ging es nicht mehr auf, dafür würde er sorgen! Er angelte mit der freien Hand nach dem Werkzeug und schlug weit ausholend auf den krummen Holzrahmen ein. Dabei traf er auch noch den verletzten Daumen und sein neuerlicher Schmerzensschrei alarmierte Dr. Anton Ghon, der eben das Labor betreten hatte.

„Was ist denn los, Barisch, ist Ihnen was passiert?“, rief der Arzt erschrocken und eilte herbei.

Der Diener versteckte hastig die blutende Hand unter der Achsel. „Naa, nix … auf den Daumen gehaut hab ich mich, wie ich das Türl festklopfen wollte. Es ist aber alles in Ordnung, die Ratzn sind drinnen.“

„Lassen Sie anschauen!“

Barisch wehrte mürrisch ab. Er wollte nicht, dass Ghon die Verletzung an der Hand sah. Die Ärzte machten immer gleich ein solches Trara um jeden Ritzer; sie waren im Stande und steckten ihn ein paar Tage in Quarantäne. Gerade jetzt wäre ihm das sehr ungelegen gekommen, denn Quarantäne bedeutete Durst. Er war mitten in einer Saufphase und hatte das Gefühl, er würde den Verstand verlieren, wenn er sein hochprozentiges Beruhigungsmittel nicht ständig zur Hand hatte. Sobald er den Doktor los war, würde er die Wunde in Jod und in medizinischem Alkohol baden, dann kam alles wieder in Ordnung. Er musste die beiden millimetergroßen Piekser nur gründlich ausbluten lassen und desinfizieren.

„Es ist nix … nur ein blauer Daumen“, murrte er. Mist, dass der Arzt ausgerechnet jetzt hereinkommen musste! Er brummte „Verband holen“ und kramte hastig im Sanitätskästchen herum. Es gelang ihm tatsächlich, die Hand in Verbandsmull zu wickeln, ehe der Doktor einen Blick darauf werfen konnte. Dann lachte er. „Das wird ein dicker blauer Daumen, das wette ich!“, stieß er hervor. „Wahrscheinlich wird mir der Nagel abfallen. Aber wenn's keine offene Wunde ist, kann nix passieren."

Ghon ließ sich nicht so leicht abschütteln, wie er gehofft hatte. Argwöhnisch in der Luft herumschnuppernd, stand er da. „Da riecht's nach Branntwein, Barisch, Sie haben doch nicht am Ende getrunken?"

Der Diener richtete sich auf und schnaufte förmlich vor selbstgerechter Entrüstung. „Getrunken? Ich? Was glauben'S denn! Ein Präparat gereinigt hab ich, und was Sie riechen, ist der Weingeist, da!" Er wies auf ein hohes, zylindrisches Glas, in dem ein fahler Fleischklumpen schwamm. Erleichtert sah er, wie Ghon unsicher wurde. Bei all den üblen Gerüchen im Pestzimmer war es kaum möglich festzustellen, woher ein einzelner Geruch kam. Ratten stanken sogar, wenn sie gesund und fidel waren, und von denen hier war die Hälfte krank. Der beißende Dunst des Desinfektionsmittels, der Gestank von Weingeist und Präparationsflüssigkeit, Rattenexkrementen und Tierkadavern – nein, da konnte einer nicht riechen, dass Franz Barischs Atem mit einigen Gläsern Branntwein parfümiert war.

„Tut mir Leid – ich wollte Ihnen keinen Vorwurf machen." Dr. Ghon zog sich zurück. „Na ja dann ... hoffen wir, dass der Daumennagel nicht abstirbt, und hauen Sie sich nicht noch einmal auf den Finger."

„Ich werd's mir merken, Herr Doktor." Barisch wartete, bis der Arzt verschwunden war, dann wickelte er den provisorischen Verband ab. Verdammt, das sah böse aus! Die Nagezähne hatten ihn genau in der fleischigen Hautfalte an der Daumenwurzel erwischt und die Wunde war tief, hatte die gesamte Haut und das schlaffe Fleisch darunter durchbohrt. Er drückte kräftig darauf, um möglichst viel Blut herauszupressen, pinselte dann Jod darauf und goss zuletzt einen Schwung von dem Weingeist darüber. Dann gönnte er sich einen reichlichen Schluck Branntwein – auf den Schrecken und zur inneren Desinfektion.

Zuletzt beugte er sich nahe an den Käfig heran und rüttelte probeweise an dem Türchen. Diesmal saß es fest. Die Ratte würde nicht mehr ausbrechen. Barisch spähte durch das engmaschige Gitter. Wo war das Vieh überhaupt?

Die weiße Ratte lag mit eingekrampften Pfötchen in einem Winkel des Käfigs und rührte sich nicht mehr.

Die Familie Müller bewohnte eine Villa in der Nobelgegend Oberdöbling, ganz nahe an den Weinbergen, die sich die sonnigen Hänge der Wienerwaldhügel hinaufzogen. Nicht weit entfernt lagen die romantischen Weindörfer Grinzing, Sievering, Salmannsdorf und Neustift am Walde, wo die Winzer den selbst gekelterten ersten Wein des Jahres, den berühmten Heurigen, ausschenkten. Die Villa war ausgestattet wie die meisten großbürgerlichen Häuser dieser Zeit. Der Makartstil mit seinem überquellenden, schwelgerischen Kitsch war noch nicht lange passé, der Jugendstil hatte sich noch nicht durchgesetzt, und so präsentierte sich die Einrichtung als unbeholfene Stilmischung mit kunstvollen Parkettböden, schweren Draperien an Fenstern und Türen, neobarocken Möbeln und eher kunstlosen Gemälden, die vor allem Landschaften und Blumenbuketts darstellten. Und auch bei den Müllers durfte das Makartbukett nicht fehlen, jenes leichenhafte Gesteck aus Trockenblumen, Straußenfedern und Palmwedeln, das zwischen 1880 und 1900 jeden besseren Haushalt zierte. Wie eine deplatzierte Friedhofsdekoration prangte es in einer chinesischen Bodenvase.

Hermann Müller stand vor dem Spiegel in dem Zimmer, das immer noch „Hermanns Zimmer“ war, obwohl er längst in einer Dienstwohnung in der Klinik wohnte, und zupfte seinen Hemdkragen zurecht. Halb resigniert, halb verärgert, gestand er sich ein, dass er wieder einmal reingefallen war. Er hatte zu spät bemerkt, dass er in eine Falle getappt war, die seine Mutter aufgestellt hatte. In der Meinung, zu einem familiären Mittagessen mit Eltern, den beiden Brüdern und der Schwester geladen zu sein, war er in aller Unschuld der Einladung gefolgt und hatte dann so nebenbei erfahren, dass noch „ein paar charmante Leute“ da sein würden. Das hieß: Seine Mutter hatte wieder einmal eine oder mehrere heiratsfähige Damen angelockt, die sie auf ihn loslassen wollte. Bei aller Liebe und allem Respekt, die er für seine Eltern hegte, ärgerte ihn ihre List. Er verstand sie ja – streng katholisch, waren sie der festen Überzeugung, dass es dem Menschen nicht gut täte, allein zu sein, dass ein Mann eine Frau brauchte und es seine Aufgabe war, eine Familie zu gründen. Aber Hermann selbst hielt es mit dem Apostel Paulus, der ganz richtig erkannt hatte, dass er die Mühsale und Schrecknisse seiner Berufung keiner Frau zumuten konnte.

Einen Augenblick lang ritt ihn der Teufel kindischer Bosheit: Er würde den Damen beim Essen von seiner Arbeit erzählen, so anschaulich, dass sie bei erster Gelegenheit die Flucht ergreifen würden. Dann schämte er sich für den Gedanken. Außerdem ahnte er, dass es nicht viel nützen würde, denn wenn Otto zuweilen dieselbe Strategie anwandte und unerwünschten Verehrerinnen von den grauenvollsten Morden, Messerstechereien und Bombenattentaten erzählte, hingen sie verzückt an seinen Lippen und konnten nicht genug scheußliche Details hören. Mit Schilderungen allein konnte man sie nicht erschrecken; für sie war das alles wie eine Vorführung in dem neumodischen Lichtspieltheater, das seit kurzem ganz Wien faszinierte. Pikanter Nervenkitzel, dessen Wirklichkeit sie nicht berührte. Der Groll wallte von Neuem in ihm auf. Am liebsten hätte er sie alle mit der Nase auf die Realität gestoßen, die faulte und eiterte und stank.

Er war zornig, weil er einsam war – das wusste er selbst. Der einzige Mensch, der ihn wirklich verstand, war Rudolf Pöch. Hermann Müller hatte sich daran gewöhnt, ihn ständig an seiner Seite zu haben. Den Unterschied in dem Grad von akademischer Bildung machte Pöch durch seine hohe Intelligenz, seine rasche Auffassungsgabe und, mehr als alles andere, seine hundertprozentige Hingabe wett. Für ihn gab es keine festen Arbeitszeiten, keine Freizeit, in der er nicht gestört werden wollte, kein Privatleben, das seiner Forschungsarbeit in die Quere kam.

Müller dachte: Was hatte einen so hübschen Burschen wie Pöch, dem sicherlich alle Mädchen nachliefen, auf die Idee gebracht, sich der Erforschung einer der scheußlichsten Krankheiten der Welt zu widmen? Es gab genug Ärzte, die sich nach Abschluss ihres Studiums in einen gepolsterten Lehnsessel hinter einem ehrfurchtgebietenden Schreibtisch setzten und dort nicht mehr wegrührten, bis sie alt und grau geworden waren. War es der Ehrgeiz, etwas Besonderes zu tun? Oder berühmt zu werden, wie Louis Pasteur und Robert Koch und Alexandre Yersin, die alle Welt als Helden der Medizin pries? Nein, so oberflächlich waren seine Motive nicht, auch wenn Lob und Anerkennung der Seele gut taten. Aber Pöch war auch nicht von diesem Gefühl schicksalhafter Berufung durchdrungen, das Müller zu seinen Forschungen drängte. Was den jungen Kollegen eigentlich motivierte, hatte er noch nicht herausgefunden.

Es wurde an der Tür geklopft und Pauline Müller steckte den Kopf herein. „Hermann? Wir fangen gleich mit dem Essen an, bist du fertig?“

Ganz konnte er seinen Groll nicht hinunterschlucken.

„Ich hatte erwartet, wir würden im engsten Familienkreis essen – wie du gesagt hast."

Die Mutter blickte etwas verlegen drein, war aber starrsinnig überzeugt, nur das Beste für ihren Lieblingssohn zu tun. Sie legte eine Hand auf seine Schulter, als könnte sie seinen Ärger von sich wegschieben. „Nun komm, das ist doch nicht so schlimm, dass die Rainbachers und die Weinsiedl mit uns essen werden. Sie sind so angenehme Leute. Ich dachte, du und Otto, ihr braucht auch ein bisschen Abwechslung. Ihr vergrabt euch immer nur in eurer Arbeit." Und mit gedämpfter Stimme setzte sie hinzu: „Ihre Töchter sind so reizende Mädchen – und du weißt doch, es heißt in der Bibel, jeder christliche Mann soll seine Ehefrau haben."

Den dazugehörigen Halbsatz „damit es nicht zur Unzucht kommt" unterschlug sie schamhaft. In bürgerlichen Familien sprach man nicht offen über solche Dinge, schon gar nicht Mütter und Söhne, obwohl ein gewisser Dr. Siegmund Freud bereits für skandalöses Gerede sorgte. Hermann wusste, welche Ängste seine Mutter um seine Tugend ausstand. In ihren Fantasien war er ständig von lüsternen Krankenschwestern umlagert, die vor keinem Mittel zurückscheuten, den attraktiven Arzt zu Fall zu bringen – und erst in Indien, wo die Leute keinen Glauben und keine Sitten hatten, was hätte da nicht alles passieren können!

Als er ihre Gedanken erriet, vergaß er seinen Ärger und lachte. „Mutter, wenn du mich noch lange drängst, heirate ich die Johanna Hochecker."

Sie prallte förmlich zurück vor Entsetzen. „Hermann, sag, dass das ein Witz ist! Und mach nicht solche Witze! Dieser hantige alte Schragen![9]"

Zwischen Neckerei und Ehrlichkeit schwankend, erwi-

---

[9] Kratzbürstige Alte

derte er: „Ja, schön und charmant ist sie nicht, aber sie arbeitet von früh bis spät und weiß, was sie tut. So eine könnte mir gefallen." Dann fuhr er fort: „Du weißt doch, dass es jetzt sogar eine Frau gibt, die als Doktor der gesamten Heilkunde promoviert wurde, und diese Gabriele von Possaner ist nur die Erste, es werden noch viele Frauen Ärztinnen werden."

Das rief neuerliches Stirnrunzeln hervor. „Aber so eine würdest du doch nicht heiraten, Hermann. Eine Frau als Ärztin! Ich finde das geradezu unanständig. Krankenwärterin, gut, die armen Leute müssen schließlich von irgendwas leben. Aber Ärztin! Also, nein!" Pauline schüttelte verständnislos den Kopf und zog ihren Sohn hinter sich her ins Speisezimmer.

Es kam, wie Hermann erwartet hatte. Er langweilte sich zu Tode. Die Fräulein Rainbacher und Weinsiedl, die züchtig in Begleitung ihrer Mütter erschienen waren, gehörten – obgleich recht hübsch – zu der Sorte, die er im Stillen als „Schnürpüppchen" bezeichnete. Sie waren so stramm korsettiert, dass sie aussahen, als wollten sie jeden Moment in zwei Teile zerfallen, hatten Gesichter wie Milch und Rosen und brachten beide keinen vernünftigen Satz heraus. Die beiden Mütter, die zu Gast waren, waren nur darauf bedacht, die Aufmerksamkeit des Dozenten auf ihre Töchter zu lenken, und das führte zu einem peinlich hölzernen Gespräch. Wäre Otto nicht gewesen, der die Unterhaltung in Gang hielt und mit seinen Scherzen würzte, hätten sie den erstklassigen Vanillerostbraten in erstickendem Schweigen gegessen. Der junge Arzt aß mit gesenktem Kopf, gab einsilbige Antworten und überließ sich den Bildern und Gedanken in seinem Inneren.

Dass er die Hochecker heiraten sollte – den Scherz hatte Professor Nothnagel einmal gemacht. Nun, die scharfzüngige Dame kam nicht in die engere Wahl, aber insofern hatte der Scherz einen tieferen Grund gehabt, als er eine Frau wie sie, verständig, tüchtig und zuverlässig, gebraucht hätte. Er hatte durchaus klare Vorstellungen, welche Art von Frau für ihn infrage käme. Eine, die so vernünftig und arbeitsam war wie die Hochecker, ihm so viel Verständnis entgegenbrachte und immer für ihn da war wie Rudolf Pöch und .... nun, aussehen sollte sie wie die anmutigen, dunkelhäutigen Frauen Indiens. Er hatte dort das Gefühl gehabt, dass die Frauen immer schön waren, auch wenn sie barfuß gingen und man ihnen die Armut ansah. Vielleicht lag es daran, dass sie sich ganz natürlich bewegten und dadurch in so scharfem Kontrast zu den Europäerinnen mit ihren eingeschnürten Rippen, trippelnden Schrittchen und ständig aufgespannten Sonnenschirmchen standen. Aber er war immerhin Realist genug, um zu wissen, dass diese weibliche Chimäre niemals irgendwo anders als in seinen Fantasien existieren würde.

Einen Moment lang dachte er, Mutter Weinsiedl hätte seine Gedanken gelesen, denn sie fragte: „Sie waren drei Monate in Indien, Herr Dozent, nicht wahr? Wie haben Sie sich denn gefühlt unter all den schrecklichen Orientalen?"

Er blickte sie verständnislos an. „Was meinen Sie? Wie soll ich mich gefühlt haben? Es war heiß und sehr feucht und ich wäre lieber in der luftigen Tracht der Einheimischen herumgelaufen als im schwarzen Frack."

Die Mädchen kicherten, weil sie die Bemerkung für einen Witz hielten, aber Frau Weinsiedl fuhr ernsthaft fort: „Nun, Sie sind doch ein gebildeter und kultivierter Mann, war das nicht einen Qual für Sie, unter diesen Wilden leben zu müssen?"

Er sah sekundenlang die Elendsviertel und die Prachtbauten von Bombay vor sich, das gigantische „Tor Indiens", die dreckverkrusteten Bettler, die wie Hiob auf den Müllhaufen kauerten, und die grandiosen Tempel mit ihren bunt lackierten Statuen, die ewige Reigen zu tanzen schienen. Bilder von Menschen huschten an ihm vorbei. Sicher, er hatte dort unten auch Lumpen, Dummköpfe und Gauner kennen gelernt, er war mehrmals bestohlen worden und abgehalfterte Nutten mit fratzenhaft geschminkten Gesichtern hatten ihn angesprochen – aber woher nahm dieses alberne Dämchen das Recht, die Inder als Wilde zu bezeichnen?

„Ich glaube, ich verstehe nicht, was Sie meinen", antwortete er in einem kalten Ton, den er sonst selten anschlug. „Diese Menschen haben die herrlichsten Tempel gebaut, die ich je gesehen habe."

Frau Weinsiedl verzog angewidert das Gesicht. „Aber das sind doch Götzentempel!"

Frau Rainbacher mischte sich ins Gespräch. „Ganz meine Meinung! Und ich habe gehört, dass die Inder Affen und Kühe anbeten und ihre Tempel voll Reliefs und Schnitzereien der scheußlichsten Unanständigkeiten sind. Gotteslästerlich ist das, sage ich. Ich bin sicher, dass Gott ihnen deshalb die Pest geschickt hat."

Hermann hob den Kopf und blickte die beiden Frauen starr an. „Ich kann Ihnen sagen, warum die Pest ausgebrochen ist. Sie ist als Erstes unter den Fremdarbeitern in den Elendsquartieren ausgebrochen, die unter grauenhaften hygienischen und sozialen Bedingungen wohnen, zusammengepfercht in bis zum Bersten überfüllten, baufälligen Menschenbehältern, ohne sauberes Trinkwasser, ohne medizinische Versorgung. Als die britischen Kolonialbehörden vom Ausbruch der Seuche erfuhren, behandelten sie die Erkrankten und Verdächtigen wie Verbrecher, die Polizei zerrte sie aus ihren Häusern, schleppte die Kranken zwangsweise ins Spital und steckte Durchreisende in Gefangenenlager."

Unbehagliches Schweigen breitete sich aus. Seine Eltern bedeuteten ihm beide mit versteckten Gesten, er möge das Thema wechseln, aber er war so in Erregung geraten, dass er nicht auf sie achtete. „Und ich werde Ihnen noch etwas sagen. Auch hier in Wien leben viele Menschen unter Umständen, die kaum besser sind als in Bombay: in schmutzigen Zinskasernen zusammengepfercht, von gierigen Hausherren ausgebeutet, sodass sie ein Drittel ihres Einkommens als Miete zahlen müssen – und diese wahnwitzig übersteigerten Mieten zahlen sie für Löcher, in denen sechs bis zehn Menschen auf Zimmer-Küche hausen, Männer, Frauen, Kinder, Kranke und Gesunde zusammen. Und das sind noch die Bessergestellten – die ganz Armen schlafen in den Abwässerkanälen der Stadt, um wenigstens vor Sturm und Schnee geschützt zu sein. Wenn in diesen elenden Menschenhaufen eine Seuche ausbricht, dann haben wir in kürzester Zeit dieselben Zustände wie in Bombay. Nicht weil Gott es so will, sondern weil man sich da wie dort nicht um die Armen kümmert."

Eisige Mienen starrten ihn an. Dann bemerkte Frau Weinsiedl in vorwurfsvollem Ton: „Wirklich, Sie sind zu garstig, Herr Dozent, dass Sie uns solche Geschichten erzählen, Sie verderben uns ja den ganzen Appetit!"

Der Tag war schwül und staubig, eigentlich viel zu warm für Oktober. Man roch den Alserbach, der sich in seinem überwölbten Bett unter den Häusern dahinschlängelte, dem Donaukanal entgegen, in den er seine schmutzigen Fluten entleerte. Die Pferdetramway, die zwischen dem Stadtzentrum Am Hof und dem Vorort Grinzing verkehrte, fügte ihre eigene Duftnote in Form frischer Rossäpfel hinzu.

Franz Barisch, der an der Haltestelle wartete, atmete schwer. Noch nie hatte ihm das drückende Wetter so zu schaffen gemacht. Obwohl er den Rock abgelegt und den Hut unter den Arm geklemmt hatte, schwitzte er und fühlte sich todmüde. Plötzlich wünschte er, er wäre nach Hause gefahren, wo er jetzt eigentlich sein sollte, und hätte sich bis zum Abend aufs Ohr gelegt, anstatt Mizzi einen Besuch abzustatten.

Am Nachmittag hatte Franz Barisch frei, weil er nachts wieder zur Leichenwache eingeteilt war, aber davon hatte er seiner Frau nichts gesagt. Er hatte sie in dem Glauben gelassen, dass er bis zum Abend durcharbeiten und dann die Wache antreten würde. Es war nicht das erste Mal, dass er sie auf diese Weise belog, und der Grund war immer derselbe: eine andere Frau. Diesmal hieß sie Mizzi Anderst, war viel zu hübsch für eine einfache Fabrikarbeiterin und wusste nichts von der Existenz einer Ehefrau Marie Barisch. Sie wusste auch nicht, dass ihr Franzl – von dem sie sich demnächst einen Heiratsantrag erwartete – Prosekturdiener war, sondern vertraute seinen verschwommenen und geheimnisvollen Andeutungen über wichtige Forschungsarbeiten, bei denen er eine entscheidende Rolle spielte.

Franz hatte nicht das Gefühl, ein Unrecht zu begehen. Seine Arbeit war hart und trist genug, da hatte er ein Recht darauf, sich zwischendurch zu erholen, und wo konnte er das besser als bei der fröhlichen, immer gut gelaunten und zu jedem Spaß bereiten Mizzi? Und dass er sie belog, was seinen Beruf anging – Himmel, er hatte einfach keine Lust, auch noch in seiner Freizeit über die verdammten Ratten zu reden! Es war schon schlimm genug, dass er tagsüber mit ihnen arbeiten musste und in der Nacht von ihnen träumte. Außerdem durfte er gar nicht darüber reden, das schärften ihm die Ärzte bei jeder Gelegenheit ein.

Und warum hätte er seiner Frau etwas erzählen sollen, das sie doch nur ärgerte und kränkte? Sie war ja ein Schatz, seine Marie, eine brave Frau und gute Köchin, aber jetzt waren sie schon ein paar Jahre verheiratet und ein Mann brauchte Abwechslung. Außerdem profitierte sie davon, wenn er nach seinen Besuchen in Grinzing gut gelaunt und entspannt nach Hause kam.

Trotzdem hatte er diesmal keine rechte Lust auf den Besuch bei Mizzi. So matt, wie er sich fühlte, würde er ihren Erwartungen nicht entsprechen können, und es war nie gut, einer Frau Schwäche zu zeigen. Andererseits würde sie es ihm genauso übel nehmen, wenn er sie versetzte und einfach nicht auftauchte.

Er schreckte auf, als eine Hand an seinem Rockärmel zupfte und eine dünne, freundliche Stimme ihn ansprach. Dann verzog sich sein Gesicht zu einem Lächeln. „Ach, du bist's, Eugen! Hab schon gedacht, es wär ein Taschendieb, der an meine Börse will! Was musst du dich auch so anschleichen?"

„Oho! Ich habe dich zweimal laut und deutlich gegrüßt, mein Bester, aber du warst geistig so weit weg, dass ich dich zupfen musste, um deine Aufmerksamkeit zu erregen!" Der Sprecher – ein kleiner, verwachsener Mensch mit einem kahlen Kopf und schelmischen Zügen – stupste ihn in die Rippen. „Ich wette meinen Kopf, du bist wieder zu einem galanten Abenteuer unterwegs, du Hallodri! Ist's noch immer die schöne Mizzi?"

Barisch nickte. Die Anwesenheit seines Freundes und Kollegen munterte ihn auf. Eugen Noe, der als Hörsaaldiener im Gerichtsmedizinischen Institut tätig war, war trotz seines traurigen Berufs ein immer lustiger kleiner Spaßvogel, der Professoren, Studenten und Kollegen gleichermaßen bei guter Laune hielt.

Diesmal allerdings war Eugens Gesicht ernster als gewöhnlich, als er Franz erst einmal richtig in Augenschein genommen hatte. „Sag mal, du hast auch schon mal besser ausgesehen! Hast etwas Schlechtes gegessen oder verträgst du das Wetter nicht?“

„Weiß nicht.“ Barisch zuckte mürrisch die Achseln. „Ist ja auch viel zu warm für Oktober. In der Nacht friert’s, und zu Mittag möchte man am liebsten in kurzen Ärmeln herumlaufen. Aber da kommt meine Tramway. Leb wohl, Eugen.“

Otto Müller hatte es auf sich genommen, seinen Bruder ein Stück weit auf dem Heimweg zu begleiten, um ihm die schlechte Laune zu vertreiben, aber auch, um ihn zu warnen. „Du hast die Damen ziemlich verärgert, Hermann.“

„Sie haben mich auch verärgert. Ich habe mich darauf gefreut, mit der ganzen Familie gemeinsam in aller Ruhe zu essen, und dann kommen diese beiden – beiden aufgetakelten Schabracken mit ihren Gänschen daher und ich muss mir während des ganzen Essens ihr dummes Geschwätz anhören. Sie haben mir die Zeit zur Arbeit und die Zeit zur Erholung gestohlen, und das nehme ich übel auf.“

„Ja, ich kann dich verstehen. Für mich war es auch nicht sehr amüsant. Aber sie sind einflussreiche Leute und sie können dir schaden, wenn du sie wütend machst.“

„Soll das heißen, ich muss eines ihrer Schnürpüppchen heiraten, nur um sie bei Laune zu halten?“ Hermanns Groll ließ allmählich nach und bei dieser grotesken Vorstellung musste er selbst lächeln. „Gut, ich tu’s – dann nimmst du aber die andere.“

Otto lachte, blieb jedoch beim Thema. „Du weißt es vielleicht nicht oder interessierst dich nicht dafür, aber ich kann dir sagen: Du hast Feinde."

Hermann bewies seine Naivität, indem er erstaunt fragte: „Feinde? Habe ich jemand etwas angetan?"

„Oh doch, mein Lieber, das hast du. Du hast eine ganze Serie der schwersten Verbrechen begangen. Du hast mehr Erfolg als Söhne aus reichem oder adeligem Haus, du kannst dich mit mehr Lorbeeren bekränzen als so mancher altgediente Professor, du bist auf dem besten Wege, ein in ganz Europa berühmter Arzt zu werden, und – das Schlimmste aller Verbrechen – du hast bereits einem halben Dutzend sehr eingebildeter junger Damen und ihren Familien gezeigt, dass sie Luft für dich sind. Ich bin ja deiner Meinung, aber überleg einmal: Die politische Lage in Wien ist ungemein gespannt, die Christlichsozialen, die Liberalen, die Deutschnationalen und die Sozialdemokraten sind verfeindet bis aufs Messer, du brauchst nur ein falsches Wort zu sagen, um politisch im Abseits zu stehen. Wenn du solchen Leuten wie den Rainbachers und den Weinsiedl Volksreden über das Elend des Proletariats hältst, halten sie dich am Ende noch für einen Sozialisten."

Hermann war nach dem missglückten Mittagessen in der Stimmung, der Welt den Fehdehandschuh hinzuwerfen, und so antwortete er trotzig: „Und wenn schon? Dr. Viktor Adler ist einer der Besten unseres Standes. Ich habe seinen Bericht über das Elend der Ziegelei-Arbeiter gelesen und viele seiner anderen Berichte und ich bin vollkommen seiner Meinung. Es liegt mir nur nicht, mich politisch zu betätigen, ich sehe meine Aufgaben anderswo. Aber er hat Recht, man kümmert sich zu wenig um die armen Leute; ihr Elend wird immer schlimmer, während Leute wie die Rainbachers und die Weinsiedl in ihrem Wolkenkuckucksheim leben und nichts von der Wirklichkeit wissen."

„Das macht dich nicht gerade beliebt. Du zeigst ihnen deine Verachtung zu offen, das kann dir schaden", gab Otto zu bedenken.

Hermann zeigte urplötzlich die andere Seite seines Wesens. Mit stählerner Stimme sagte er: „Sollen sie doch ihre Wut an mir auslassen! Ich achte nur Menschen, die es Wert sind, geachtet zu werden. Eine tüchtige Krankenwärterin, ein ehrlicher Kohlenträger oder Totengräber ist mir allemal mehr wert als dieses aufgeputzte Pack, unter dem man sich vorkommt wie in einer Gesellschaft von Strohpuppen. Du kannst mit ihnen weder vernünftig diskutieren noch ernsthafte Arbeit leisten, ja, du kannst nicht einmal alle viere von dir strecken und dich einfach entspannen. Und dann denke ich an einen Menschen wie den kleinen Eugen Noe, den Hörsaaldiener am Gerichtsmedizinischen Institut: Wenn ich einmal wirklich müde und traurig bin, dann braucht der liebe kleine Schelm nur eine halbe Stunde, um mich wieder aufzumuntern, und dabei hat er selbst so schwer zu schleppen an seinem Buckel und seinem großen kahlen Kopf. Das ist ein Mann, den ich respektiere! Diese Schwätzer und Intriganten, die können mir gestohlen bleiben."

Otto seufzte. Er kannte Hermanns völlige Unfähigkeit, im Gewirr der Intrigen mitzuspielen, die in der Wiener Ärzteschaft gesponnen wurden, ja auch nur ernsthaft an die Existenz dieser Intrigen zu glauben. Der Polizeikommissär sah es als seine Pflicht an, der Hüter seines Bruders zu sein und ein Auge auf dessen schlimmste Feinde zu haben. Er wusste dank seiner Agenten und Spione gut Bescheid, wie viele Leute es sich zum Ziel gesetzt hatten, die Karriere des Pestforschers vorzeitig zu beenden, und Otto wusste auch, dass sie dazu durchaus in der Lage waren. Hermann Müller wäre nicht der erste namhafte Arzt gewesen, den neidische Kollegen aus der Stadt ekelten oder auf hinterhältige Weise in einen Skandal verwickelten, der das Opfer gesellschaftlich unmöglich machte. Sie versuchten es ja jetzt schon. Hermann schätzte fröhliche Geselligkeit und gutes Bier – prompt war ein Brief, gezeichnet mit „Hippokrates", an hoher Stelle eingegangen, der ihn bezichtigte, seine Arbeit zu vernachlässigen und sich stattdessen wüsten Saufereien hinzugeben. Dass er kein Interesse zeigte zu heiraten, hatte zu dem grotesken Gerücht geführt, er habe sich in Indien mit einer Tänzerin eingelassen und sie heimlich mit nach Europa gebracht, und über seine enge Freundschaft mit Rudolf Pöch wurde ebenfalls hinter vorgehaltener Hand getuschelt. Aber es hatte keinen Sinn, Hermann die Gefährlichkeit dieser Flüsterer im Dunkeln zu erklären; er wischte alle Warnungen mit der ungeduldigen Bemerkung weg, man könne ihm nichts vorwerfen, was er nicht getan hätte, und wer etwas gegen ihn vorzubringen hätte, sollte ihm das ins Gesicht sagen.

Also verzichtete Otto darauf, das Thema auszuwalzen, und fragte: „Was machst du heute Nachmittag noch?"

„Ich treffe mich mit Dr. Pöch, wir wollen die indischen Notizen noch einmal durchgehen und sehen, ob wir irgendwo bedeutsame Querverbindungen entdecken. Danach werden wir einen Besuch beim Heurigen machen. Mir liegt ein gutes Bier ja eher als der Wein, aber Pöch ist ein Weintrinker, und manchmal möchte ich auch eine Abwechslung haben."

„Und die Getränkekarte rauf und runter trinken?", neckte ihn sein Bruder.

Hermann lachte. „Du sagst es. Irgendwie muss ich mir den Ruf des wüsten Trunkenbolds, den man mir angehängt hat, ja verdienen, meinst du nicht? Nein, mach dir keine Sorgen, keine Rede davon! Wir werden in einem gemütlichen Winkel sitzen, kalten Braten mit Gurkensalat und Brot essen, ein paar Gespritzte[10] trinken und uns strikt daran halten, nicht über die Arbeit zu reden. Weißt du ... das ist das Schöne daran, in einem Biergarten oder beim Heurigen zu sitzen: Ich springe dann nicht alle fünf Minuten auf, um in meinen Notizen zu kramen oder Tabellen zu erstellen. Nach dem zweiten Glas denke ich auch einmal an etwas anderes als an Yersinia pestis."

Otto nickte verständnisvoll. Er wusste aus seinem eigenen Beruf gut genug, wie einen die Arbeit oktopusartig umklammern konnte, bis alles Denken, Fühlen und Trachten sich nur mehr um einen bestimmten Kriminalfall drehte und jeder Anblick, jedes Geräusch, jeder Luftzug sich in das schauerliche Phantom verwandelte, das einen Tag und Nacht hetzte.

„Ich weiß", sagte er leise, „einen schönen Abend noch."

Hermann Müller und Rudolf Pöch saßen im Arbeitszimmer des Ersteren in seiner Dienstwohnung im AKH beisammen und arbeiteten gemeinsam die Unterlagen aus Bombay durch. Schweigen breitete sich über den kargen Raum mit seinen wenigen, altväterlichen Möbeln. Das einzige Geräusch im Inneren war das Ticken der Wanduhr und das Kratzen der Feder auf den Papieren. Durch die offenen Fenster drangen die vielfältigen Geräusche des Krankenhaushofes herein, aber die beiden Männer hörten sie nicht.

Pöch war nie so glücklich wie in solchen Augenblicken gemeinsamer Arbeit. Der junge Arzt schätzte den Dozenten nicht nur, er empfand eine schwärmerische Liebe für ihn, die ebenso unschuldig wie leidenschaftlich war. Er träumte da-

[10] Halbe-halbe mit Sodawasser verdünnter Wein

von, sein Leben in gemeinsamer Arbeit mit ihm zu verbringen, fernab der störenden Gegenwart anderer Menschen, forschend und dokumentierend, auf demselben Weg Seite an Seite voranschreitend. Er war überzeugt, dass er keine Frau, keine Familie, keine weiteren Freunde brauchte, wenn er nur mit diesem Mann zusammen sein konnte.

Dabei war er anfangs nicht sehr begeistert gewesen, als die Mitglieder der Kommission einander vorgestellt wurden. Müller war ihm so gar nicht als der Mensch erschienen, der eine derart schwierige Aufgabe meistern konnte. Zwar hatte er, Pöch, als der Jüngste und Geringste der Expedition nichts zu sagen gewagt, aber er hatte im Stillen zugestimmt, als er einen der Herren von der Akademie in vertraulichem Ton zu seinem Nebenmann sagen hörte: „Ein gescheiter Mensch ist der Müller ja und ein großartiger Internist auch, aber ich hätte lieber einen erfahrenen Tropenarzt zum Expeditionsleiter bestimmt als den traamhapperten Kerzlschlucker!“[11]

Wie sehr hatte er sich geirrt!

Pöch dachte daran, wie er Müller in Bombay erlebt hatte. Da hatte er sie damit überrascht, dass er ein in allen Details festgelegtes Arbeitsprogramm erstellt hatte und genau wusste, wie er vorgehen wollte. Anfangs hatten sie – Ghon, Albrecht und er, Pöch – fassungslos vor der Situation gestanden, die sich so völlig von der in einem westeuropäischen Krankenhaus unterschied. Schon die Stadt allein war ihm erschreckend erschienen. Er hatte sie wahrgenommen mit einem Gefühl, als würde er auf einem Karussell durch einen Wirbel greller, fremdartiger Farben geschleudert, während ein beinahe schmerzhafter Lärm in seinen Ohren gellte. Die Saris der Frauen und die *lungi* und bestickten Westen der Männer hoben sich als glitzernde Farbkleckse von dem Hin-

---

[11] Traumtänzer und Frömmler

tergrund der trübseligen, verblassten Gebäude ab. Pöch erinnerte sich an die Händler, die ihm in die Ohren schrien und ihm ihre Waren unter die Nase hielten, an die Bettler, die jammernd an seinen Kleidern zupften, vor allem aber an einen riesigen, lautlos und würdevoll dahinschreitenden Elefanten, der ihn mit tiefer Verachtung für die wimmelnde Menschheit auf die Seite gerempelt hatte, sodass er der Länge nach in den Straßenschmutz gefallen war.

Das Arthur Road Hospital hatte sie buchstäblich mit Bergen von Leichen und einem wimmelnden Andrang lebender Patienten konfrontiert. Dazu kamen die zahllosen Verwandten der Kranken, die um jedes Bett auf dem Boden lagerten, ausgerüstet mit Bettzeug, Proviant, Töpfen und Teekesseln, und die sich durch keine Gefahr vertreiben ließen. Pöch erinnerte sich an eine alte Frau, braun und hager wie Dörrfleisch, die im Hospital in regloser Trauer am Bett ihres sterbenden Sohnes verharrte, an die Familien der Verstorbenen, die in den allgegenwärtigen Krematorien um die Scheiterhaufen ihrer Verwandten hockten. In Indien lebte und starb man inmitten seiner Familie. Die Verwandten pflegten ihre Kranken, kochten sie für, wuschen ihr Bettzeug, trösteten sie und sangen an den Betten der Sterbenden in endlosen Litaneien die Namen der Götter, damit ihre Lieben mit diesen Namen im Ohr aus dem Leben scheiden konnten. Bei den allgemeinen Sprachschwierigkeiten hatten die ausländischen Ärzte oft nicht gewusst, wer in der bunten, lärmenden Schar nun krank war und wer nicht – und wer krank war, ohne es noch zu wissen.

Müller hatte sich von dem Trubel nicht im Geringsten irremachen lassen. Mit einem Schlag zeigte er seine Fähigkeiten: Er ließ sich weder von den Sprachschwierigkeiten verwirren – zumeist mussten britische und einheimische Krankenhausangestellte dolmetschen – noch von den fremden Bräuchen, dem ungewohnten Essen, dem lärmerfüllten Nachtquartier. Was immer er als Mensch fühlen mochte – und Rudolf Pöch wusste ja, wie sehr die Erlebnisse dieser Zeit jetzt noch in ihm brodelten –, als Arzt war er ein unbestechlicher, pedantisch genauer Dokumentar der Fälle, deren Krankengeschichten er schrieb.

Müller klappte unvermittelt das Heft, in dem er geschrieben hatte, zu. „Schluss für heute, Herr Kollege. Irgendwann muss man sich auch entspannen. Was halten Sie davon, wenn wir mit der Elektrischen[12] nach Dornbach fahren und dort den Wein probieren?"

Pöch war sofort einverstanden.

Seit dem Biedermeier war es der wohl beliebteste Freizeitsport der Wiener, „Landpartien" zu den Weinorten zu unternehmen, und zwar bei den kleinen Leuten genauso wie bei den Herrschaften. Die Winzereien waren oft einfache Familienbetriebe, und so war die Ausstattung äußerst bescheiden, mit langen hölzernen Bänken, auf denen sich die Gäste dicht an dicht drängten, vor ebenso langen ungedeckten Tischen. Bei Schönwetter saß man im Freien in altertümlichen Gärten, bei Regen im Saal, oft zur Begleitung von Musikkapellen. Als Pöch und Müller in Dornbach eintrafen, dämmerte es bereits und der Wienerwald, dessen steile, düster bewaldete Hänge sich unmittelbar hinter den Häusern erhoben, hauchte Nachtkälte in das schmale Tal. Die meisten Gäste hatten sich in den Saal zurückgezogen, wo auf allen Tischen Windlichter als einzige Beleuchtung brannten.

„Wissen Sie, was die bösen Zungen sagen, Herr Dozent?", fragte Pöch augenzwinkernd. „Die Musik dient dazu, die Gäste davon abzulenken, wie schlecht der Wein ist, und bei

---

[12] Die erste elektrische Tramway löste auf der Linie zwischen dem Stadtzentrum und dem Weinort Dornbach die Pferdetramway ab.

Kerzenlicht wird gegessen, damit man nicht sieht, was man isst."

„Jetzt verderben Sie mir bloß nicht den Appetit!" In bester Laune suchten sich die beiden Mediziner einen Tisch im Winkel, wo sie nicht allzu sehr in die Menge gepresst wurden. Sie bestellten jeder eines der typischen Henkelgläser, die ein Viertel Wein fassten. Früher war es bei den Heurigen üblich gewesen, dass man sein Essen selbst mitbringen musste und nur Getränke ausgeschenkt wurden, aber die findigen Wirte hatten bald gemerkt, dass dieser Brauch ihren Interessen zuwiderlief. Daher gab es nun überall einfache Speisen wie aufgeschnittene Wurst, kalten Braten, saure Gurken, Käse, Wurstscheiben in Essig und Öl und Grammelschmalzbrote[13].

Müller aß mit einem so bemerkenswerten Appetit, dass Pöch nicht anders konnte, als zu fragen, ob er denn den ganzen Tag noch nichts gehabt hätte.

„Doch, aber geschmeckt hat es mir nicht", erwiderte der Dozent und erzählte seinem Vertrauten von dem unerfreulichen Gespräch am Mittagstisch, vor allem von seinem Ärger über das völlige Unverständnis der Wiener für die Faszination Indiens.

Pöch lauschte schweigend. Er ahnte seit längerem, dass Dozent Müller die Absicht hatte, wieder in die Tropen zurückzukehren, und es gab da etwas, das er ihm sagen wollte.

Als Müller dann wirklich, von seinem Ärger angestachelt, über seinen bisher geheim gehaltenen Plan sprach, lief der junge Anthropologe vor Erregung so tiefrot an, dass sein Vorgesetzter es sogar bei dem schwachen Geflacker des Windlichts sah. Überrascht fragte er: „Was ist denn? Ihnen schießt ja richtig das Blut ins Gesicht. Ist Ihnen übel?"

---

[13] Griebenschmalzbrote

Pöch wehrte hastig ab. „Nein, nein, mir ist ganz wohl. Es ist nur … es gibt da etwas, worüber ich mit Ihnen sprechen möchte."

„Sie wollen mir doch hoffentlich nicht meine Absicht ausreden? Das brauchen Sie gar nicht erst zu versuchen!"

„Nein, nein, gewiss nicht." Der junge Mann stolperte vor Aufregung über die eigenen Worte. „Ganz im Gegenteil. Ich … ich möchte Sie bitten, mir zu erlauben, dass ich Sie begleite."

Jetzt verschlug es Müller die Sprache. „Warum denn das?" Aber bevor Pöch antworten konnte, schlug er vor: „Ich sehe, das wird ein ernstes Gespräch, das ich nicht hier in dem Trubel führen möchte. Wollen wir zu Fuß zum AKH zurückgehen? Das gibt uns Zeit genug, alles zu besprechen, was Sie mir sagen wollen."

Pöch nickte erleichtert. Der Heurigenbetrieb war – wie zu später Stunde zumeist – immer lebhafter geworden, da und dort wurde bereits laut gesungen, neckische Spiele mit den anwesenden Frauen und Mädchen bahnten sich an, die dann in gespielter Empörung aufkreischten, und früher oder später würde irgendwo ein Streit ausbrechen. Der junge Arzt war froh, als sich die Hoftür mit dem darüber hängenden Reisigbusch hinter ihnen schloss und sie auf die stille nächtliche Straße hinaustraten. Beide zogen ihre Mäntel eng um sich und schlugen den Kragen hoch. Nach der dumpfen Wärme im Saal war es ausgesprochen kalt.

„Nun? Wollen Sie mir erklären, wie Sie zu dieser Absicht gekommen sind?", fragte Müller, als die Dunkelheit der immer noch schwach besiedelten Vorortstraße sie umgab. Nur da und dort brannte in weiten Abständen ein Gaslicht. Es war die richtige Atmosphäre, um über vertrauliche Dinge zu sprechen.

Pöch stotterte erst ein wenig herum, aber dann redete er

sich langsam in Eifer. Er begann damit, dass er Müller an die Situation in Bombay erinnerte. Ghon und Albrecht hatten sich damals dafür ausgesprochen, aus der ungeheuren Menge von Beobachtungsmaterial möglichst viele Fälle, wenn es auch nur flüchtig geschehen konnte, zu untersuchen. Vielleicht konnten sich so aus der Fülle der Fälle die charakteristischen Züge der Krankheit erkennen lassen. „Aber ich habe gesehen, dass Sie anders zu Werk gingen, und habe genau beobachtet, was Sie machten. Und das bedeutete einen Durchbruch der Erkenntnis für mich."

Pöch schilderte ihm, wie er sich zuerst gewundert hatte, als Müller die große Masse ignorierte und sich stattdessen zwei bis drei Fälle heraussuchte, bei denen er Anamnese und Status aufzunehmen begann, in derselben Weise, in der er es von der heimischen Klinik her gewohnt war. Unbeirrt von dem rundum herrschenden Trubel machte er seine Aufzeichnungen und gab mit der Anschaulichkeit eines Schriftstellers wieder, was er an den Kranken sah. Pöch hatte ihn dafür bewundert. „Ich habe immer gestaunt, wie Sie in Worte fassen konnten, was wir sahen. Andere füllten Formulare aus, aber Sie haben es geschafft, jedes Mal eine plastische, ja dichterisch lebendige Beschreibung des betreffenden Einzelfalls zu liefern, nie war es ein leeres Schema, sondern die Wirklichkeit mit all ihren Falten und Runzeln. Ich habe Ihre Berichte gelesen und spürte, wie das Schicksal dieses Menschen mich anrührte, wie er oder sie mir plötzlich nahe war, obwohl wir doch niemanden von den Einheimischen näher kannten und kaum mit ihnen reden konnten."

Das war es, was Rudolf Pöch von Dr. Müller gelernt hatte, dafür bewunderte und schätzte er ihn. Er fuhr fort: „Damit haben Sie meiner eigenen wissenschaftlichen Arbeit Weg und Ziel gewiesen. Zwar interessier ich mich in erster Linie für die allgemeine Lebensweise des Orients – ich bin wohl doch mehr Anthropologe als Arzt –, aber ich werde auf meinem Gebiet anwenden, was ich von Ihnen gelernt habe. Bei mir soll nichts mehr aus Büchern stammen, sondern alles vor Ort fotografiert, vermessen und durch Gipsabdrücke gesichert werden. Ich habe bereits einen Kurs als Fotograf an der Grafischen Lehranstalt belegt und ich werde das nötige Gerät mitnehmen, um Sprachen und Gesänge der Einheimischen zu dokumentieren."

Seine Rede wurde immer leidenschaftlicher, bis er ins Schwärmen geriet und grandiose Bilder der Zukunft malte. Gemeinsam würden Müller und er Großes vollbringen. Sie würden forschen, wo andere fabuliert hatten; sie würden Stück für Stück die wilde, verwirrende Wirklichkeit der Tropen unter die Lupe nehmen und ihre unbestechlichen Berichte erstatten: *So und nicht anders ist es, wenn man es mit eigenen Augen sieht.*

Hermann Müller spürte, wie ihn beim Zuhören eine innere Bewegung durchschauerte, so heftig, dass er fürchtete, Pöch könnte sie bemerken. Er schämte sich ein wenig dafür, dass er so aus der Fassung geraten war. Es verwirrte ihn, dass Pöchs begeisterte Zukunftsvisionen genau dasselbe Gefühl in ihm erweckten wie die seltenen Gelegenheiten, wo er in eine Frau verliebt gewesen war und sich eine gemeinsame Zukunft mit ihr ausgemalt hatte. Die Leidenschaft des Jüngeren goss Öl ins Feuer seiner eigenen Träume. Sie würden gemeinsam arbeiten, Gefahren bestehen, Erfolge feiern, würden einander in Treue und Kameradschaft verbunden sein. Wenn er schon keine Frau fand, so hatte er wenigstens den treuesten aller Freunde gefunden.

Sein Herz schlug heftig. Er brauchte all seine Selbstbeherrschung, um mit ruhiger Stimme zu sagen: „Es wäre eine sehr wertvolle Hilfe für mich, wenn Sie mich auf meiner nächsten Reise nach Indien begleiten, und ich danke Ihnen für Ihr Angebot."

Es dämmerte bereits, als Franz Barisch von dem Besuch bei seinem „Gspusi" an seine Arbeitsstelle zurückkehrte. Er war schlecht gelaunt. Zum ersten Mal hatte er sich bei Mizzi entschuldigen müssen, dass es mit dem üblichen stürmischen Liebesspiel diesmal nichts werden würde. Sie hatte es ja recht gnädig aufgenommen, hatte ihn bemitleidet und ihm ein Glas heißen Grog und ein Aspirin verabreicht, weil sie überzeugt war, dass er sich bei dem ständig wechselnden Wetter erkältet hatte – aber er fühlte sich doch sehr in seinem männlichen Stolz gekränkt, dass er hatte sagen müssen: „Schatzl, ich glaub, es geht heute nicht."

Er war richtig froh, dass er jetzt in der Prosektur ein paar Stunden für sich allein hatte. Leichen waren eine angenehme Gesellschaft – sie schwatzten nicht, machten keine dummen Bemerkungen und stellten keine neugierigen Fragen. Früher, als er noch in der Klinik gearbeitet hatte, hatten die Kranken ihm Tag und Nacht die Ohren voll gejammert: „Herr Franz, mir tut's schon wieder so weh, Herr Franz, ich brauch die Leibschüssel, Herr Franz, wann kommt denn endlich der Doktor?" Damit war jetzt Schluss. Das erfüllte ihn mit einer gewissen Sympathie für die Toten. Sie machten einem keine unnötige Arbeit. Da im Pathologischen Institut die frisch Verstorbenen des Krankenhauses obduziert wurden, hatte er auch – im Unterschied zu den Kollegen auf der Gerichtsmedizin – keinen Ärger mit halb verrotteten Kadavern oder blutig verstümmelten Überresten.

Er winkte dem Portier des Instituts zu und bog links vom Eingang in einen gefliesten Gang ab, der in die Leichenkammer führte. Der Diener, den er ablösen sollte, kam ihm entgegen, wünschte ihm eine gute Nacht und verschwand.

Franz Barisch drehte das Gaslicht höher und machte eine Runde durch den Saal, um sich zu vergewissern, dass alles in Ordnung war. Das tiefe Schweigen tat ihm wohl, aber die Kühle des unterirdischen Raumes war ihm unangenehm. Er spürte, wie ihn ein Schauder nicht nur überlief, sondern richtig schüttelte, als hätte man ihn in eiskaltes Wasser getaucht. Er rang nach Atem. Seit wann war es denn so entsetzlich kalt hier unten? Normalerweise hatte er nie Probleme mit der kühlen Kellerluft gehabt. Zwei, drei Mal beutelte ihn der krampfhafte Schauder, seine Zähne schlugen zusammen, dann ließ der unangenehme Zustand nach. Wahrscheinlich lag es an dem plötzlichen Wechsel zwischen der schwülen Außenluft und der Kühle.

Er zog sich in die kleine Kammer zurück, in der die Diener ihre Nachtwachen abhielten, setzte sich auf das Feldbett und warf sich die grob gewirkte Decke über die Schultern. Er fühlte sich elend. Morgen, nahm er sich vor, würde er sich krankmelden und sich erst einmal ordentlich auskurieren, ehe er wieder zur Arbeit ging. Sollten Ghon und Albrecht ihre Ratzn selbst füttern und hinter ihnen herputzen, das würde ihnen einen Begriff davon verschaffen, was für eine Drecksarbeit er Tag für Tag machte. Er biss die Zähne zusammen. Wie er sie hasste, diese weißen Kreaturen mit ihren rubinroten Äuglein, wenn sie in den Käfigen herumsprangen und ihn durchs Gitter anfunkelten, jedes mit dem tödlichen Erreger im Blutstrom, jedes ein kleiner Tod. Gut, er wurde anständig dafür bezahlt, aber auf das Geld hätte er sogar noch verzichten können. Die Schande war es, die er nicht ertragen konnte. „Mir graut vor den Ratten, ich träume von ihnen, ich brauche den Alkohol, um nicht durchzudrehen ...“ Es hatte lange genug gedauert, bis er im Stande gewesen war, dieses demütigende Bekenntnis wenigstens vor sich selbst abzulegen. Anderen gegenüber würde er es niemals über die Lippen bringen. Lieber soff er sich zu Tode, als vor allen seinen Kollegen als feige Memme dazustehen.

Er schob den Arm zwischen den Rand des Bettes und die Mauer, angelte unter der Matratze und zog die Flasche mit seinem Notvorrat hervor. Nach den ersten Schlucken ging es ihm besser. Er konnte dem Leben wieder ins Auge sehen.

Dass von diesem Leben nicht mehr viel übrig war, wusste er nicht.

Zweiter Tag: Samstag, 15. Oktober 1898

Marie Barisch rührte verdrießlich in dem Topf mit Kartoffelsuppe, der auf dem Herd brodelte. Sie hasste die enge Küche ihrer Wohnung im Narrenturm, hasste das gesamte Gebäude. Auch wenn die Küche und die Wohnung kleinbürgerlich-ordentlich eingerichtet und hübsch tapeziert waren – Rosenknospen auf gelben Streifen –, merkte man doch auf Schritt und Tritt das ehemalige Irrenhaus. Alles atmete Depression: der dunkle Tunnel der Torwölbung, der in den halbkreisförmigen Hof mit seinen grauen Mauern führte, die Treppen, der kreisförmige Gang, an dem dicht an dicht die ehemaligen Zellen lagen, jede gerade drei mal drei Meter groß, mit einem Fenster so schmal wie eine Schießscharte und einer mächtigen hölzernen Tür. Marie musste auf den Gang hinauslaufen, so oft sie von einem Zimmer ins andere wollte, und jedes Mal eine dieser Türen mit den Gucklöchern darin öffnen. Außerdem war das Gebäude im Sommer erstickend heiß und jetzt, im Oktober, trotz des strahlenden Altweibersommers draußen feucht und kalt. Es war, als wohnte man auf dem Grund eines ausgetrockneten Brunnens, so muffig war das Ziegelmauerwerk, so kalt die Steinplatten des Bodens. Kein Wunder, dass Franz sich erkältet hatte. Wahrscheinlich war er nachts wieder einmal ohne Schlafrock, nur in der Unterwäsche und barfuß, auf das zugige Örtchen gelaufen. Gestern hatte er darüber geklagt, dass ihn kalte Schauer gebeutelt hätten, während er den Leichenwachdienst im Pathologischen Institut versah, und jetzt hatte er eine so schlimme Verkühlung, dass er nicht zur Arbeit gegangen war.

Sie eilte hinaus auf den Gang, öffnete die Tür zum nebenan liegenden Schlafzimmer und blickte hinein. „Die Suppe ist fertig, Franzl."

Er schüttelte abwehrend den Kopf. „Ich hab keinen Hunger. Nur Durst."

„Ich mache dir gleich einen Tee." Marie betrachtete besorgt ihren Mann. Er sah schlecht aus. Sein fleischiges Gesicht war eingefallen und fiebrig, das üppige Haar und der Backenbart feucht von Schweißtropfen. Ein gewöhnlicher Schnupfen war das nicht, so viel verstand auch Marie Barisch von Medizin. Ob er Grippe hatte? Auf jeden Fall hustete er wie ein Pferd und das Fieber schien auch sehr hoch zu sein. „Soll ich nicht den Dr. Stejskal rufen, Franzl?"

Er machte eine widerwillige Handbewegung. „Nix! Brauch keinen Arzt. Ich hab mich nur verkühlt. Mach mir einen heißen Tee mit ordentlich Rum drin, dann geht es mir besser."

Marie kochte den Tee, aber sie holte auch den Hausarzt der Barischs, Dr. Stejskal. Die Hände unter der Schürze ineinander geklammert, stand sie daneben, während der Arzt den stark schwitzenden und hustenden Kranken abklopfte. Franz protestierte nicht mehr gegen den Besuch des Arztes, ein deutliches Zeichen dafür, dass es ihm wirklich nicht gut ging. Er fror so heftig, dass seine Zähne gegeneinander klapperten, und klagte über unerträgliche Kopfschmerzen. Als der Arzt ihn nach der Verletzung an der angeschwollenen Hand fragte, antwortete er: „Ich hab mir die Hand im Haustor eingezwickt, als ich gestern Nacht heimgekommen bin." Daraufhin sah sich der Doktor die Verletzung nicht näher an und so entgingen ihm die beiden winzigen Punkte, die auf der blaurot verfärbten Haut auch kaum zu sehen waren, wenn man nicht bewusst nach ihnen suchte.

Marie wunderte sich über die Antwort, denn ihr hatte

Franz gesagt, er hätte sich die Verletzung am vergangenen Morgen in der Werkstatt zugezogen, aber sie war im Moment viel zu nervös und besorgt, um sich wegen einer solchen kleinen Unwahrheit Gedanken zu machen.

Dr. Stejskal schloss seine Tasche. „Es war gut, dass Sie mich gerufen haben, Frau Barisch. Ihr Mann hat eine schwere Erkältung und ich fürchte, es entwickelt sich eine Lungenentzündung. Die Symptome sind eindeutig: Schüttelfrost, Fieber, Kopfschmerzen, stark alteriertes Allgemeinbefinden. Ich habe Ihnen das Nötige aufgeschrieben, Sie können es gleich in der Apotheke des AKH holen." Er zögerte einen Moment, dann setzte er hinzu: „Ich werde Dr. Müller informieren."

Die Frau zuckte zusammen. Ihr rundes, rosiges Gesicht wurde blass. „Dr. Müller? Aber – aber Sie sagten doch, es ist eine Erkältung?"

Der Arzt klopfte ihr beruhigend auf die Schulter. „Ja, natürlich, das ist es auch. Machen Sie sich keine unnötigen Sorgen. Ich meine ja nur, dass Dr. Müller Bescheid wissen sollte, wenn einer seiner Mitarbeiter erkrankt."

Dozent Müller kam sehr bald. „Ich schaue ihn mir gleich einmal an." Er eilte an ihr vorbei, den kalten, steingepflasterten Gang entlang auf ihre kleine Wohnung zu.

Sie folgte ihm zögernd. Es beunruhigte sie immer noch, dass Dr. Stejskal darauf bestanden hatte, ihn sofort zu rufen. Andererseits war Stejskal nur praktischer Arzt, während Dr. Müller Facharzt für Innere Medizin war, also viel höher qualifiziert, Franz zu behandeln. Vielleicht machte sie sich unnötige Sorgen.

Im Krankenzimmer war Dr. Müller bereits mit der Untersuchung beschäftigt. Ruhig und freundlich wie immer, klopfte er den Kranken ab, fragte ihn nach seinen Symptomen und wann das Unwohlsein begonnen hatte. Dann sah er die geschwollene linke Hand mit dem blau verfärbten Daumennagel. „Was ist Ihnen denn da passiert?“

Barisch gab ihm dieselbe Antwort wie dem Hausarzt: „Hab mir die Hand im Haustor eingezwickt.“

„Wann war das?“

„Heute Nacht, als ich vom Wachdienst heimgekommen bin.“ Die Worte kamen zwischen heftigen, krächzenden Hustenstößen heraus, von denen jeder einen feinen Nebel von Speicheltröpfchen im Raum versprühte.

Daraufhin war auch Dr. Müller überzeugt, dass die Verletzung an der Hand in keinem Zusammenhang mit seiner Erkrankung stand, und legte sich auf dieselbe Diagnose fest wie sein Kollege Stejskal. Er stand auf und Marie sah mit Besorgnis den Ausdruck auf seinem Gesicht. „Frau Barisch, wir bringen Ihren Mann in die Klinik Nothnagel. Ich bin derselben Meinung wie Dr. Stejskal, dass er eine schwere Erkältung hat und wir mit einer Lungenentzündung rechnen müssen, und da ist es mir lieber, ihn gleich in der Klinik zu haben, wo er ständig unter Beobachtung ist.“

Wenig später kamen zwei Sanitäter mit einem Tragsessel – eine Bahre hätten sie nicht durch den engen, gekrümmten Gang und über die Treppen gebracht. Marie Barisch hatte ihrem Mann geholfen, sich anzukleiden, und eine Tasche mit allem gepackt, was Franz in der Klinik brauchen würde, und stand jetzt schweigend daneben, als die beiden Wärter ihn aus dem Bett hoben. Sie beobachtete voll Sorge, dass ihr Mann zu schwach war, um allein aus dem Bett zu steigen. Am Morgen war er noch ohne Hilfe auf die Toilette gegangen, jetzt schaffte er es kaum, sich aufzusetzen. Sie hatten ihre Mühe damit, den stämmigen Burschen in dem engen

Zimmerchen aus dem Ehebett zu schaffen, in Decken zu wickeln und in den Tragsessel zu setzen.

Marie wollte mit der Tasche hinter dem Sanitäter herlaufen, aber Dr. Müller nahm sie ihr aus der Hand. „Sie müssen nicht mitkommen, Frau Barisch. Ich nehme seine Sachen. Lassen Sie uns erst ein bisschen Zeit, ihn genau zu untersuchen, ich gebe Ihnen dann Bescheid, ab wann Sie ihn sehen können."

Marie Barisch blieb allein. Sie musste daran denken, dass Franz in dem breiten Ehebett gelegen hatte, in dem sie seit ihrer Hochzeit jede Nacht Seite an Seite geschlafen hatten – auch gestern Nacht, als er sich schon unwohl fühlte, über Kopfschmerzen und Stiche in der Brust klagte.

Marie war keine dumme Frau; sie hatte von Anfang an gewusst, dass Franz einer gefährlichen Arbeit nachging. Aber seine Arbeit war auch schon früher gefährlich gewesen, all das Hantieren mit Leichen, von denen viele ansteckenden Krankheiten erlegen waren, und die ständige Arbeit in der Sezierkammer. Viele Ärzte und Prosekturdiener hatten sich bei ihrer Arbeit mit Leichentuberkeln infiziert und waren der gefürchteten Schwindsucht erlegen. Da war es ihr als kein übertriebenes Risiko erschienen, dass er sich freiwillig zu der Arbeit in Dr. Müllers Labor meldete. Schließlich hatte er Erfahrung; er wusste, wie man sich schützte, vergaß nie, sich zu desinfizieren, ließ Vorsicht walten im Umgang mit den flinken, hinterlistigen, blitzschnell zubeißenden Nagern.

Wäre nur der verdammte Alkohol nicht gewesen! Er schwor ihr immer wieder, dass er im Labor stocknüchtern blieb, aber Marie kannte den Wert solcher Schwüre. Wenn es ihn überkam, dann soff er, ob zu Hause oder im Labor. Zum Glück kamen die Anfälle nur selten, dazwischen lagen Monate, vielleicht sogar ein Jahr, in denen er keinen Tropfen anrührte. Aber gestern hatte es ihn wieder erwischt. Marie wusste das ganz genau, obwohl sie ihrem Mann gegenüber keine Bemerkung gemacht hatte. Franz war, wie alle Alkoholiker, empfindlich, wenn man ihn auf seine Schwäche ansprach. Er leugnete nicht nur, er wurde auch wütend, und er konnte dann sehr grob werden, so grob, dass Marie schon früh in ihrer Ehe gelernt hatte zu schweigen.

Wenn er *es* hatte – sie konnte sich nicht überwinden, das Wort auch nur in Gedanken auszusprechen –, dann hatte sie es wahrscheinlich auch schon. Dr. Stejskal, der ihm den Puls gefühlt, Brust und Rücken abgehorcht und ihm in den Hals gesehen hatte, hatte es auch. Und Dozent Müller ebenfalls.

Eine unsichtbare kalte Hand schloss sich um ihre Kehle. Sekundenlang überfiel sie ein solches Entsetzen, dass ihr die Knie weich wurden und sie sich hinsetzen musste. Franz hatte nie mit ihr darüber geredet, aber sie wusste genau, was die Pest war, wusste es von den Gedenksteinen und Pestsäulen, von den alten Geschichten, die man sich vom schauerlichen Wüten des schwarzen Todes in der gesamten Donaumonarchie erzählte.

Am meisten beeindruckt hatte sie jedoch ein Erlebnis aus ihrer frühesten Kindheit. Da hatte sie ihre Mutter einmal auf einen Botengang mitgenommen, der über einen steilen Hügel führte. Von der höchsten Stelle des Weges blickte man hinab in eine Mulde, in der ein tiefer, brackiger schwarzer Weiher stand. „Als die große Pest herrschte", hatte ihr die Mutter erzählt, „da trug man die Toten aus allen Dörfern der Umgebung zu dem Teich da unten und warf sie mitsamt den Bahren, auf denen sie lagen, dort hinein, alle auf einen Haufen, und jeden Tag kamen die Knechte mit neuen Toten. Der Priester aber wagte nicht hinunterzugehen, sondern stand hier oben, wo wir jetzt stehen, und sprach die Totengebete und den Segen aus sicherer Entfernung. Siehst du die graue Steinsäule da? Die erinnert daran." Danach hatte

Marie lange nicht mehr über den steilen Hügel gehen wollen, und um nichts in der Welt wäre sie herabgestiegen in die Mulde mit dem Teich, der stumm und reglos sein schauerliches Geheimnis verbarg.

Sie stand auf, warf das Umschlagtuch um und setzte den Hut auf. Sie musste etwas unternehmen, und zwar würde sie sich unverzüglich an die Stelle wenden, wo man ihr wirklich helfen konnte.

Mit entschlossenen Schritten eilte sie quer durch das Krankenhaus zur Alser Pfarrkirche, die genau gegenüber einem der Tore des AKH lag.

Ihr Atem wurde ruhiger, als sie in die hoch gewölbte, kühle Höhle des Kirchenschiffs trat, das nur von ein paar Kerzen und dem Ewigen Licht erhellt wurde – fahlen Lichtinseln in einem Halbdunkel, das nach oben zu einem sternlosen Nachthimmel wurde. Marie knickste, betupfte Stirn, Brust und beide Schultern mit dem Weihwasser, das im marmornen Kessel bereitstand, und schritt dann langsam vorwärts, bis sie eine stille Nische fand. Die Kirche war ohnehin fast leer. Marie kniete in der Holzbank nieder und stützte das Gesicht in die gefalteten Hände. Sie war noch zu verstört, um Worte für ein Gebet zu finden. Es dauerte lange, bis das weihrauchduftende Halbdunkel sie beruhigte. Allmählich bekam sie das Gefühl, sich in einer anderen Welt zu befinden, fernab vom Alltag, der so plötzlich zum Albtraum geworden war. Es war ein gutes, ruhiges Gefühl. Sie überließ sich ihm und fand einen Trost darin, den ihr Worte nicht hätten geben können.

Dr. Hermann Müller folgte den Krankenträgern durch die Höfe hinüber in die Klinik Nothnagel. Die Symptome, die er soeben festgestellt hatte, deckten sich vollkommen mit denen einer Lungenentzündung und seine Diagnose wurde von der des Hausarztes bestätigt. Das beruhigte ihn. Wenn man in der Seuchenforschung arbeitete, hatte man immer ein flaues Gefühl, wenn ein Mitarbeiter erkrankte. Andererseits war eine schwere Erkältung in diesen Herbstwochen mit ihrem sprunghaften Wetter nichts Ungewöhnliches, Tausende Wiener schnupften und husteten, weil sie sich von der Mittagssonne hatten täuschen lassen und in Hemdsärmeln herumgelaufen waren. Außerdem war der Narrenturm wirklich ein Brutbeet für Erkältungskrankheiten mit seinem altersdumpfen Mauerwerk und den kaum gelüfteten Zellen.

In der Klinik angelangt, ließ der Dozent die Oberschwester Johanna Hochecker zu sich rufen. „Wir haben einen Patienten, der vermutlich an Lungenentzündung erkrankt ist und im Isolierzimmer untergebracht wird. Bereiten Sie alles vor."

Er sah, wie die Hochecker die Augen zu misstrauischen Schlitzen zusammenzog. Natürlich wusste die alte Krankenwärterin, dass ein Patient mit Lungenentzündung normalerweise nicht ins Isolierzimmer verlegt wurde, dass also noch mehr dahinter stecken musste. Aber sie stellte keine Fragen, und der Arzt gab ihr keine weiteren Erklärungen.

Das Isolierzimmer war lange nicht benutzt worden, und so musste erst einmal die zuständige Bedienerin Frau Göschl mit Besen und Putzlumpen durchfahren, ehe die beiden Krankenwärterinnen Hochecker und Pecha sich daran machen konnten, das Bett frisch zu beziehen und alle nötigen Utensilien wie Leibschüssel und Eimer herbeizuschaffen. Der Raum war klein und wirkte drückend, trotz der leuchtend weiß gestrichenen Wände. Er enthielt nur das metallene Krankenbett, vor dem sich ein weiß bespannter Paravent befand, ein Metalltischchen für persönlichen Besitz, einen Eimer für Erbrochenes und Exkremente, einen Abfalleimer für gebrauchte Schutzkleidung und einen Zimmerofen.

Kaum waren die Ärzte verschwunden, als Albine sich auch schon mit der ängstlichen Frage an die Vorgesetzte wandte: „Warum wird der Patient denn isoliert, wenn er eine Lungenentzündung hat? Ist das so üblich?"

„Nein, üblich ist das nicht, aber es muss nichts Besonderes zu bedeuten haben." Schwester Johanna machte sich zwar Gedanken – war es vielleicht ein Prominenter, den man diskret vor einer neugierigen Öffentlichkeit versteckte? –, aber da sie nichts Genaues wusste, sagte sie: „Manchmal legen sie einen Patienten hier herein, wenn er besonders lästig ist – Alkoholiker oder Kokainsüchtige oder auch Schwachsinnige. Wir können's nicht brauchen, dass so einer drüben im Krankensaal alle anderen beunruhigt, weil er dauernd randaliert und herumzappelt."

Albine war von dieser Erklärung keineswegs beruhigt. „Mein Gott, Schwester Hochecker, Sie meinen doch nicht, dass wir vielleicht einen Geistesgestörten hier pflegen müssen? Das mache ich nicht! Ich hab Angst. Was ist, wenn er tobt?"

„Einen Tobsüchtigen legen sie sicher nicht hierher und außerdem gibt's hier kein: ‚Das mache ich nicht'!" Die Alte fauchte sie an wie eine wütende Katze. „In der Krankenpflege gibt es kein ‚Ich will nicht'. Was meinst du denn, dummes Ding, dass du hier gustieren[14] kannst, wen du pflegst und wen nicht? Der ist mir zu dick und der zu dünn, der zu alt und der hustet zu laut? Stellst du dir das so vor?"

Das hübsche Mädchen lief tiefrot an und Tränen stiegen ihr in die Augen, aber die Hochecker war zu sehr in Fahrt,

---

14 Nach eigenem Geschmack aussuchen

um sich von diesen Bekundungen von Scham und Demut beschwichtigen zu lassen. „Wenn du eingeteilt wirst, machst du die Arbeit, ob es dir passt oder nicht. Ich weiß schon, du machst eigentlich nur den Hilfskurs, aber das ist kein Grund, sich hier zu drücken." Dann fügte sie weicher hinzu: „Stell dich nicht so an! Das erste Mal hat man immer Angst, wenn man mit einem schwierigen Patienten zu tun hat. Man gewöhnt sich daran. Jetzt warten wir erst einmal ab, was es überhaupt für einer ist."

Sie waren gerade mit den Vorbereitungen des Zimmers fertig geworden, als die Sanitäter den Patienten hereinbrachten. Sie schleppten ihn auf dem Tragsessel ins Zimmer und verschwanden dann wieder.

Johanna sah dem grobschlächtigen Mann, der benommen in seinem Sessel lehnte, ins Gesicht. Der vor kurzem noch so kräftige, von Gesundheit strotzende 27-Jährige war nicht wieder zu erkennen. Das hohe Fieber verzehrte seine Kräfte. Er sah jämmerlich elend aus.

Sie schüttelte mit einem unheilvollen Ausdruck den Kopf, sagte aber nur: „Komm, hilf mir ihn auszuziehen."

Albine gehorchte. Sie war erleichtert, als sie sah, dass der Patient vollkommen ruhig war. In ihrer Vorstellung hatte sie, trotz der gegenteiligen Versicherung der Oberschwester, schon die Vorstellung eines wild um sich schlagenden Irren oder eines Rauschgiftsüchtigen im Delirium gehabt. Jetzt schämte sie sich für ihre Schwäche und versuchte sie gutzumachen, indem sie tüchtig zupackte. Der schwere, zugleich schlaffe und widerspenstige Körper war schwer zu bewegen, sie mussten ihn mit vereinten Kräften drehen und wenden, um ihm Rock und Hemd auszuziehen. Die Haut war nass von übel riechendem Schweiß.

„So, jetzt nimmst du die Decke an einem Ende und ich am anderen, und hopp aufs Bett mit ihm." Es war harte Arbeit, aber sie schafften es. Albine zog dem Kranken, der jetzt reglos auf dem Rücken lag und nur gelegentlich leise stöhnte, die Hose aus und verkniff angewidert das Gesicht, als sie sah, dass er Urin und Kot unter sich gelassen hatte. Hastig holte sie den Eimer mit dem warmen Wasser und machte sich daran, ihn zu waschen. Johanna wies sie an, seine sauberen Kleider auf eine Seite zu legen, damit sie ins Effektendepot gebracht werden konnten, die verschmutzte Hose und die Unterwäsche wurden in den Abfalleimer geworfen. Der dumpfe Geruch von Exkrementen machte sich in dem engen, von einem schmalen Fenster nur unzureichend gelüfteten Raum breit. Gleich darauf wurde es noch schlimmer, denn der Kranke verkrampfte sich plötzlich, richtete sich würgend auf, und Schwester Johanna schaffte es gerade noch, ihn über den Bettrand zu drehen und den Brecheimer unterzustellen.

„Schaff den Dreck da weg", befahl sie Albine. „Ich erledige inzwischen den Papierkram."

Sie setzte die Nickelbrille auf und überflog die Papiere, die die Sanitäter ihr übergeben hatten.

Name des Patienten: Barisch, Franz, geb. 1871, wohnhaft in Wien, röm.-kath. Behandelnder Arzt: Dozent Dr. Müller, Dr. Stejskal. Vorläufige Diagnose: Influenza, drohende Lungenentzündung.

„Barisch?", dachte sie. Der Name war ihr von irgendwoher vertraut. Ja, natürlich! War das nicht der Labordiener, der drüben im Pathologischen Institut den Tierstall für die Ärzte der Pestexpedition betreute? Doch, ja, das musste er sein. Es war ja auch als sein behandelnder Arzt Dr. Müller angegeben.

Sie spürte ein schwaches, unangenehmes Gefühl in der Magengrube, als hätte sie einen Klumpen kaltes Fett verschluckt.

Der würdige, weißbärtige Professor Hermann Nothnagel – berühmter Diagnostiker, Erforscher der Physiologie und Pathologie des Nervensystems und des Darms – blickte von seinem Schreibtisch auf, als an der Tür seines Arbeitszimmers geklopft wurde und Dozent Hermann Müller eintrat. „Ich brauche das Isolierzimmer, Herr Professor. Mein Labordiener Franz Barisch ist krank."

Nothnagel war alarmiert. „Krank?"

„Ja. Er hat starken Husten, Schmerzen in der Brust und hohes Fieber. Höchstwahrscheinlich ist es eine Lungenentzündung, diese Diagnose hat auch der Hausarzt, Dr. Stejskal, gestellt, aber natürlich lässt sich unter den Umständen eine Pestinfektion nicht völlig ausschließen, auch wenn ich sie für sehr unwahrscheinlich halte. Wir müssen auf jeden Fall eine bakteriologische Untersuchung vornehmen. Bis wir das Ergebnis haben, muss er in Quarantäne bleiben."

Nothnagel strich mit einer unbehaglichen Geste über seinen schneeweißen Vollbart. Zur Behandlung gefährlicher Infektionskrankheiten oder gar pestverdächtiger Fälle war sein Isolierzimmer völlig ungeeignet. Das Zimmer befand sich zwischen zwei fast stets gefüllten Krankensälen der Klinik, die Besuchern und Studenten zu gewissen Tageszeiten zugänglich waren. Der Raum war auch zu klein, um ihn ausreichend zu lüften; die Luft sättigte sich rasch mit Ausdünstungen und Keimen. Das war kein spezieller Makel von Nothnagels Klinik, die so genannten Isolierzimmer der anderen Kliniken waren auch nicht besser. Sie waren alle zu einer Zeit erbaut worden, als man von der Existenz der unsichtbar winzigen Keime noch keine Ahnung gehabt hatte.

Nothnagel erhob sich. „Ich sehe mir den Patienten selbst an. Kommen Sie."

Die beiden Ärzte in ihren langen Gehröcken, den Zylinder unter dem Arm, schritten den Korridor entlang, vorbei an endlosen Krankensälen. Professor Nothnagel spürte ein ständig wachsendes Unbehagen. Müller hatte gesagt, die Wahrscheinlichkeit einer Pestinfektion sei äußerst gering, und bei all den Vorsichtsmaßnahmen, die sie im Pathologischen Institut trafen, hatte er sicherlich Recht – aber nicht auszudenken, wenn es doch der Fall war! Wenn Barisch wirklich infiziert war, dann standen sie vor einer Situation, auf die sie alle nicht vorbereitet waren. Niemand hatte ernstlich damit gerechnet, dass es zu einem Laborzwischenfall kommen könnte. Sie hatten sich alle darauf verlassen, dass – was ja auch das Stadtphysikat bestätigt hatte – alle notwendigen Vorsichtsmaßnahmen getroffen worden waren.

Der Professor überschlug in Gedanken die notwendigen Maßnahmen, die dann ergriffen werden mussten. In der Klinik für Innere Medizin konnte ein pestverdächtiger Patient auf keinen Fall bleiben, der gehörte in ein speziell ausgerüstetes Infektionsspital. Nur das moderne Kaiser-Franz-Joseph-Spital am südlichen Stadtrand von Wien verfügte über eine abgeschlossene Infektionsabteilung und darin über eine Expektanzbaracke, die zur Isolierung von Verdachtsfällen errichtet worden war. Aber wenn er den Leiter der dortigen Infektionsabteilung Dr. Fritz Obermayer anrief und ihn bat, Barisch aufzunehmen, dann würde das wie eine Bestätigung der Diagnose „Pest“ aussehen und ganz Wien würde in Aufruhr geraten.

Nothnagel hatte noch sehr lebhaft in Erinnerung, welche Aufregung der Zeitungsartikel ausgelöst hatte, der kurz nach der Rückkehr der Expedition im „Wiener Tagblatt“ erschienen war. Da hatte dieser Journalist sie, die Ärzte, hingestellt, als spielten sie zum Vergnügen mit den tödlichen Erregern herum, unbekümmert um Leben und Gesundheit ihrer Mitmenschen! „Ärzte brachten den schwarzen Tod nach Wien!" So etwas wollte er nicht noch einmal lesen.

Und außerdem würde eine Anfrage den Eindruck erwecken, dass das stolze AKH mit dem Verdachtsfall überfordert war und eine andere, viel jüngere und weniger berühmte Krankenanstalt um Hilfe bitten musste.

Als sie das Isolierzimmer erreichten, trat den beiden Ärzten im Vorraum Oberschwester Johanna Hochecker entgegen. „Es ist alles vorbereitet."

Nothnagel war zufrieden. „Gut, dass Sie da sind, Schwester Johanna, auf Sie kann ich mich verlassen. Und wer ist die junge Frau da?"

Das blondlockige Mädchen in der weißen Schwesternuniform errötete vor Ehrfurcht, als der große Wissenschaftler sie ansprach. Sie knickste zierlich. „Pecha, Herr Professor, Albine Pecha ist mein Name."

„Gut. Sie beide werden sich um ihn kümmern – ausschließlich um ihn. Alle anderen Patienten überlassen Sie Ihren Kolleginnen."

Nothnagel trat ans Bett des Kranken und fühlte ihm den Puls. „Sieht nicht gut aus", sagte er. Barisch sah auch wirklich erschreckend aus. Sein Gesicht hatte einen abstoßend bläulichen Farbton angenommen, tiefe Schatten lagen um die Augen, die Backen waren eingesunken. Schweiß stand wie ein glänzender Film auf der Haut. Immer wieder röchelte und würgte er, als wollte er husten oder sich noch einmal übergeben. Auf die Fragen des Arztes gab er verworrene Antworten; er schien nicht zu wissen, dass er im Krankenhaus lag, und hielt die Wärterin für seine Frau.

Dozent Müller brachte die Blut- und Sputumproben persönlich hinüber ins Pathologische Institut. Jetzt mussten Ghon und Albrecht sich um die Sache kümmern, er selbst war ja kein Bakteriologe.

Er fand Albrecht und Pöch bei der Arbeit. Die Ärzte hatten bereits davon gehört, dass Barisch erkrankt war.

Albrecht bemerkte mit gedämpfter Stimme: „Wenn es wirklich eine Pestinfektion ist, sind alle, die mit ihm Kontakt hatten, in höchster Gefahr."

„Ich glaube nicht, dass wir es mit einer Pestinfektion zu tun haben", widersprach Müller. Es war schon über ein Jahr mit Pestbazillen gearbeitet worden – nichts war geschehen. Jetzt, wo die Arbeit fast abgeschlossen war, sollte der Diener sich infiziert haben? „Das wäre nicht der erste falsche Alarm. Schließlich sind Sie, Albrecht, im Sommer auch an der Ruhr erkrankt, und Rudolf hatte vergangenen Februar die Grippe. Jedes Mal sind wir erschrocken, und jedes Mal war nichts dahinter. Wir haben alle Vorsichtsmaßnahmen getroffen, die für die Arbeit mit Seuchenerregern vorgeschrieben sind. Es kann einfach nicht sein. Ich habe ihn aber auf jeden Fall isolieren lassen. Er liegt in der Klinik Nothnagel."

Albrecht zwirbelte an seinem langen, strähnigen Vollbart. „Dann wollen wir sehr hoffen, dass es nur eine simple Lungenentzündung ist, denn das Isolierzimmer dort ist ein schlechter Witz. Warum haben Sie ihn nicht nach Favoriten geschickt?"

„Nothnagel will das nicht. Er meint, das würde in der Öffentlichkeit als Beweis gelten, dass Barisch an der Pest erkrankt ist, und eine Massenpanik auslösen. Da nützt es dann auch nichts mehr, wenn wir nach ein paar Tagen erklären, dass es doch nur eine schwere Grippe war."

Albrecht verzog das Gesicht. „Nothnagel ist ein großartiger Diagnostiker auf dem Gebiet der inneren Medizin, aber er hat keine Ahnung von Infektionskrankheiten. Schön, wir wollen tun, was wir können. Geben Sie die Proben her, wir wollen … ah, Dr. Ghon, gut, dass Sie kommen, wir sind da gerade in einer wichtigen Besprechung."

Ghon hängte seinen Mantel und Zylinder an den Garderobenhaken. „Was gibt es?"

Müller berichtete. Er sah mit Erstaunen, wie sein Kollege blass wurde und mit einer heftigen Geste die geballte Rechte in die offene Linke schlug. „Was ist denn?", fragte er besorgt.

Ghon, der immer noch zutiefst erschrocken war, stieß die Worte hervor: „Diese Verletzung an der Hand …"

„Aber was soll die denn damit zu tun haben? Barisch hat sich die Hand in der Haustür eingeklemmt, als er nach der Leichenwache nach Hause kam, also lange nachdem er den letzten Kontakt mit infektiösem Material hatte."

„Hat er Ihnen das so gesagt, ja? Dann hat er Ihnen den Buckel voll gelogen, mit Verlaub gesagt. Ich war ja selbst dabei – das heißt, ich wollte gerade die Tür öffnen, als ich ihn drinnen im Pestzimmer aufschreien hörte, und als ich hineinging, hielt er den Hammer in der Rechten und versteckte die Linke unter der Achsel. Er sagte, er hätte sich auf den Daumen geschlagen, als er einen der Käfige geradeklopfen wollte; es sei aber nur ein blauer Daumen, keine offene Verletzung, und er hätte keinen Kontakt mit den Ratten gehabt. Er sagte das so selbstverständlich, dass ich nicht weiter darauf bestanden habe, mir die Verletzung anzusehen – ehrlich gesagt, ich war in Eile und hatte den Kopf voll mit anderen Dingen."

Ghon teilte den Kollegen auch seinen Verdacht mit, dass der Labordiener an dem unheilvollen Freitag angetrunken gewesen war, dass dieser es zwar heftig abgestritten hatte, der Anatom aber überzeugt gewesen war, Alkohol zu riechen.

„Wenn er mich angelogen hat“, sagte Müller langsam, „dann hat er etwas zu verbergen. Machen Sie sich bitte hier sofort an die Arbeit, ich sehe mir die verletzte Hand noch einmal an.“

Pöch lief ihm nach, als er mit langen Schritten das Labor verließ und die Treppe des Pathologischen Instituts hinuntereilte, zurück zur Klinik Nothnagel. Müller war so in Gedanken, dass er seine Gegenwart gar nicht bemerkte. Erst auf der Treppe, die zu den Krankensälen der Ersten Medizinischen Klinik führte, nahm er seinen Begleiter wahr. Er blieb stehen und fuhr ihn ungewohnt scharf an. „Was machen Sie denn hier?“

„Ich möchte dabei sein, wenn Sie den Patienten untersuchen, Herr Dozent. Es ist doch entscheidend wichtig ...“

„Sie kommen dem Patienten nicht in die Nähe! Wenn er infiziert ist ...“

„Herr Dozent“, protestierte Pöch heftig, „im Arthur Road Hospital waren alle infiziert, und da war ich auch an Ihrer Seite!“

Müller gab nach. „Gut, kommen Sie, aber mit Vorsicht, bitte!“

Gemeinsam betraten sie das Isolierzimmer. Eine Wolke von üblem Geruch schlug ihnen entgegen. Schwester Hochecker, die auf einem Stuhl vor dem Paravent saß, blickte auf. „Gut, dass Sie kommen, Herr Dozent, es wird immer schlechter mit ihm.“

Müller nickte nur. Er trat hinter den Paravent. Barischs Zustand hatte sich tatsächlich weiter verschlechtert. Es war offenkundig, dass er schwer krank war.

Er ergriff die Linke des Kranken, die schlaff auf der Bettdecke lag. Er drehte und wendete sie, bis das Licht auf die Daumenwurzel fiel, und sah, was er befürchtet hatte: Inmitten der Schwellung, die der Hammerschlag hervorgerufen hatte, waren zwei winzige Punkte zu sehen – die Bissspuren einer Ratte.

Er untersuchte den Kranken und notierte seine Symptome: hohes Fieber, Husten, Kopfschmerzen, Schwäche, Schüttelfrost. Allerdings keine Schwellungen in den Leistenbeugen und unter den Achseln, keine Hautblutungen. In Gedanken verglich er das mit den Befunden aus Bombay. Auch dort hatte er festgestellt, dass die Pest mit unspezifischen Symptomen begann, die zu jeder anderen Fieberkrankheit ebenfalls passten. Es konnte bis zu zehn Tagen dauern, ehe die charakteristischen Beulen und die dunkle Verfärbung der Haut auftraten.

Eine Welle von Übelkeit stieg in ihm auf, sodass er sich einen Augenblick lang an der Wand abstützen musste. Dann fasste er sich, trat hinter dem Paravent hervor und desinfizierte sich gründlich die Hände am Waschbecken.

Zu Pöch gewandt, sagte er: „Wir gehen sofort zu Professor Nothnagel."

Sobald sie das Isolierzimmer verlassen hatten, sagte er: „Ja, es stimmt. Gestern hat ihn eine der Ratten gebissen, und ich befürchte, dass ein Zusammenhang mit seiner Erkrankung besteht – aber ich möchte das nicht verlauten lassen, ehe ich ganz sicher bin. Ich weiß ja gar nicht, ob ihn eine gesunde oder eine verseuchte Ratte gebissen hat. Das Risiko ist jetzt natürlich viel größer, aber ob er infiziert ist, kann erst die bakteriologische Untersuchung klären."

Pöch schritt schweigend neben ihm her, tief in Gedanken versunken. Der junge Arzt wusste, in welchem inneren Zwiespalt der Dozent sich befand. Sein Gefühl sagte ihm, dass sich Barisch durch den Biss einer verseuchten Ratte eine Pestinfektion zugezogen hatte, aber seine pedantische Genauigkeit verbot ihm, nach seinem Gefühl zu handeln. Erst wenn das klinische Bild in allen Punkten stimmte und die Kulturen einen eindeutigen Schluss zuließen, würde er seine Diagnose abgeben.

Aber diese Sorgfalt und Genauigkeit, so gut sie dem Forscher und Beobachter anstand, hatte auch einen Nachteil: Sie war im Krisenfall zu langsam.

Pöch wagte es nicht, das laut auszusprechen, aber er überlegte, ob es nicht klüger gewesen wäre, sofort die allerstrengsten Maßnahmen zu ergreifen, auf das Risiko hin, dass sie sich später als überflüssig erwiesen. Vielleicht hätte man den Patienten doch gleich in die Favoritner Expektanzbaracke bringen sollen. Aber Dozent Müller war kein Mensch, der intuitiv handelte. Er war ein geduldiger, pedantischer Dokumentar, er war nicht darauf eingestellt, blitzschnell und ohne Rücksicht auf Hindernisse einen kühnen, entscheidenden Schritt zu tun. Nothnagel auch nicht. Pöch, der eine weitaus schneller entschlossene Natur war, dachte: „Ich hätte es sofort getan, ich hätte Barisch und jeden, der mit ihm Kontakt gehabt hat, isolieren lassen, bis wir hundertprozentig sicher sein können, dass niemand an Pest erkrankt ist. Soll man uns für überängstlich halten, sollen die Zeitungen ihr Gezeter anstimmen – ich würde tun, was mein Innerstes mir sagt."

Müller würde erst handeln, wenn er alles schwarz auf weiß vor sich hatte: ein konkretes Ergebnis der bakteriologischen Untersuchung, ein klinisches Bild, das mit allem bisher Erforschten bis aufs i-Tüpfelchen übereinstimmte. Und dann mochte es zu spät sein.

Professor Nothnagel war fassungslos, als er von der unheilvollen Entdeckung hörte. Er eilte sofort mit den beiden Kollegen hinunter zum Isolierzimmer, um die notwendigen

Maßnahmen anzuordnen. Dazu gehörte die Anweisung an Schwester Hochecker und Schwester Pecha, ab sofort die Hände mit sublimatgetränkten Lappen zu umwickeln, wenn sie den Patienten berührten, alle beschmutzten Objekte und die Ausscheidungen des Kranken in einen mit Torfmull gefüllten Behälter zu entsorgen und bei jedem Betreten des Zimmers Schutzmasken anzulegen.

Albine wurde totenblass, als sie diese Anweisungen hörte, waren sie doch der schlagende Beweis dafür, dass der Patient an einer bösartigen Infektion litt. Sie wich Schritt für Schritt zurück und blieb im Vorraum stehen, starr vor Furcht und Abscheu.

Schwester Hochecker klatschte in die Hände. „Na los, Mädel, steh da nicht dumm herum. Hol alles, was gebraucht wird, Sublimatlösung, Lappen, Baumwollhandschuhe, Gazemasken, und zwar ein bisschen flott!“

Das Mädchen gehorchte, sah aber so verzweifelt unglücklich aus, dass der gütige Professor Nothnagel einen Stich des Mitleids mit ihr empfand. Er erinnerte sich, dass das die hübsche Kleine war, die eigentlich nur einen Erste-Hilfe-Kurs machte. Am liebsten hätte er gesagt: „Gehen Sie nach Hause, es gibt genug erfahrene Krankenschwestern, die die Arbeit machen können!“ Aber das war unmöglich. Er durfte jetzt nicht den Fehler machen, sie von der ungeliebten Aufgabe zu entschuldigen. Das hätte sowohl die Autorität von Johanna Hochecker wie auch die seine untergraben, ganz besonders, weil die Lernschwester ein richtig „süßes Wiener Mädl“ war mit ihrem blondem Lockenkopf und den rosigen Wangen.

Es hätte sofort geheißen, dass eine Schwester auf der Ersten Medizinischen Klinik nur herzig[15] auszusehen brauchte,

---

[15] Niedlich

um von allen unangenehmen Aufgaben befreit zu werden. Es war ja wirklich Pech, dass es gerade sie getroffen hatte, aber das war nun einmal Schicksal. Andere Wärterinnen mussten auch zupacken, wenn sie an der Reihe waren, sich um einen unappetitlichen, gewalttätigen oder boshaften Kranken zu kümmern, und konnten die Ärzte es sich etwa aussuchen? Nein, solche Sonderbehandlungen durfte man gar nicht erst einreißen lassen.

Albine unterdrückte einen Seufzer, während sie den Ärzten im Vorraum des Isolierzimmers die weißen Schutzmasken reichte. Breite Gazestreifen hielten ein faustgroßes Wattestück vor Mund und Nase fest. Die Masken wurden außen stark mit einpromilliger Sublimatlösung befeuchtet, die sich in die Watte einsaugte und so den Zutritt der Keime in die Atemwege blockierte. Die Hände umwickelten sie mit Lappen, die in Sublimatlösung getränkt waren. Die beiden Frauen schützten sich auf dieselbe Weise, ehe sie von neuem das kleine Zimmer betraten.

Nothnagel betrachtete den Patienten, der völlig unansprechbar war, vermied es aber, ihn zu untersuchen. Es war nicht notwendig, ein zusätzliches Risiko einzugehen. Es war schon schlimm genug, dass zumindest drei Personen unmittelbaren Kontakt mit dem Kranken gehabt hatten: seine Frau, Dr. Stejskal und Dr. Müller. Vielleicht sogar noch mehr: Dr. Ghon war am Vortag im Pathologischen Institut gewesen und hatte im Labor vorbeigeschaut, und er wiederum hatte Kontakt mit den Ärzten Pöch und Albrecht gehabt. Und alle diese verdächtigen Personen hatten ihrerseits mit anderen Menschen gesprochen und waren ihnen nahe genug gekommen, um den Erreger zu übertragen …

Dann fiel ihm plötzlich ein, dass er dem Kranken bei der Einlieferung den Puls gefühlt hatte. Also gehörte er selbst auch zu den Gefährdeten! Nothnagel spürte, wie ihm der

Kragen zu eng wurde. Was würde geschehen, wenn das Schlimmste eintrat? Aber sie konnten jetzt nichts anderes tun als warten, ob die Kulturen positiv wurden, und hoffen und beten, dass sie negativ blieben.

Dozent Hermann Müller hatte angeordnet, dass die beiden Wärterinnen Hochecker und Pecha ab sofort permanent im Dienst bleiben mussten, solange sie dem Isolierzimmer zugeteilt waren, im Krankenhaus verköstigt wurden und auch dort schliefen. Ein Diener wurde zu Albines Mutter geschickt, um ihr mitzuteilen, dass ihre Tochter in nächster Zeit nicht nach Hause kommen würde, da besondere Arbeiten ihre ständige Anwesenheit notwendig machten. Die Hochecker hatte keine Angehörigen, also gab es niemanden zu verständigen.

Die Folge war, dass Johanna Hochecker Dr. Müller am Ärmel fasste, sobald sie ihn allein auf dem Korridor vor dem Krankenzimmer fand. „Herr Dozent sind mir nicht böse, wenn ich so frage, aber ... es ist etwas Schlimmes, nicht wahr? Warum dürfen wir die Klinik nicht mehr verlassen? Das Fräulein Pecha ist ganz außer sich, und ich ... nun, ich mache mir auch Sorgen."

Er bemühte sich, sie zu beruhigen. „Es ist nur eine Vorsichtsmaßnahme, bis wir das Ergebnis der bakteriologischen Untersuchung haben. Das dauert eben seine Zeit. Bis dahin wollen wir kein Risiko eingehen."

Die Hochecker blieb jedoch beharrlich. „Die Leute reden aber, Herr Dozent. Die Patienten und auch das Personal. Sie sind alle beunruhigt. Es hat sich herumgesprochen, wer der Patient ist und wo er gearbeitet hat. Sie fragen, warum man den Barisch nicht irgendwo anders hinbringt. Wenn er nun wirklich die Pest hat ..."

„Frau Hochecker, wir waren in Bombay drei Monate lang von früh bis spät in einem Spital, in dem ein Pestkranker neben dem anderen lag und nicht die Hälfte der Sicherheitsvorkehrungen getroffen wurde, die wir hier anwenden, und wir sind alle bei bester Gesundheit zurückgekehrt, also übertreiben wir die Gefahr nicht."

Die Krankenwärterin widersprach nicht weiter, aber da sie eine kluge Frau war, dachte sie sich ihr Teil. Müller hatte ja Recht – er und seine Mitarbeiter hatten das Grauen von Bombay unbeschadet überstanden, obwohl die Zustände in dieser tropischen Stadt des Elends wirklich entsetzlich gewesen sein mussten. Das Problem war, dass die vier Ärzte seit diesem Abenteuer insgeheim überzeugt waren, dass ihnen die Pest nichts anhaben konnte. Wer Bombay überlebt hatte, brauchte sich vor nichts mehr zu fürchten. So dachten sie – wie junge Männer denken, dreist, draufgängerisch, furchtlos, zwar theoretisch gut informiert, aber ohne wirkliches Gefühl für die Gefahr.

Das Gespräch war kaum beendet, als ein Diener auftauchte und Müller – dem Pöch immer noch an den Fersen hing – zurück zu Professor Nothnagel beorderte.

Der hatte inzwischen erste Vorsichtsmaßnahmen ergriffen. „Ich habe mit Professor Dr. Paltauf vom Pathologischen Institut gesprochen. Er schlägt vor, dass Sie vorsichtshalber sich selbst und die beiden Wärterinnen impfen lassen, und hat uns auch bereits eine kleine Quantität Pestserum zur Verfügung gestellt. Nur für den Fall, dass es doch keine gewöhnliche Lungenentzündung ist."

Müller wehrte jedoch ganz entschieden ab. „Ich lasse weder mich noch die beiden Frauen auf gut Glück impfen. Sie wissen genau, dass der Wert der Impfung noch längst nicht erwiesen ist, dass sie aggressive Nebenwirkungen hat und die Gefahr vielleicht größer ist als der Nutzen.[16] Ich habe die Anwendung des *serum antipesteux* in Bombay gesehen. Die Leute, die es sich spritzen ließen, bekamen Beulen in den Leisten, geschwollene Arme und Beine und waren über und über getüpfelt mit linsengroßen Hautblutungen. Ich weiß die Hilfsbereitschaft des Kollegen zu schätzen, aber wie gesagt, ich bin nicht überzeugt von diesem Serum."

„Sturer junger Bock", dachte der Professor verärgert. Sicher, er hatte Recht, das Serum, mit dem man in Paris am neu gegründeten Pasteur-Institut experimentierte, war noch im Versuchsstadium. Ghon und Albrecht hatten berichtet, dass es sich in Bombay als wirkungslos erwiesen hätte. Es hatte schlimme Fehlschläge mit unausgereiften Impfstoffen gegeben. Sogar dem großen Robert Koch war mit seinem Tuberkulin ein solcher Fehler unterlaufen.

Dennoch wäre Nothnagel wohler gewesen, hätte der Kollege sein Angebot angenommen. Sie hatten schon genug Fehler gemacht. Barisch, der seine Verletzung verheimlichte, Stejskal und Müller, die sich dem gefährlichen Kranken ohne Maske und Handschutz genähert hatten, und er selbst, der nicht sofort darauf bestanden hatte, den Patienten in die Favoritner Expektanzbaracke zu verlegen, auch wenn es nur ein Verdachtsfall war. Aber zur Impfung zwingen konnte er Müller nicht, und wenn der Arzt sie verweigerte, würden natürlich auch die beiden Wärterinnen sie verweigern.

---

[16] Dr. Müller sollte Recht behalten. Das Serum erwies sich als Fehlschlag.

Dritter Tag: Sonntag, 16. Oktober 1898

Marie Barisch freute sich, als sie beim Verlassen des Narrenturms auf den jungen Mann – Medizinstudent oder was er war – stieß, der sie immer so freundlich grüßte und ein paar Worte mit ihr wechselte. Sie hatte Kopf und Herz voll Sorgen und brauchte jemanden, der ihr verständnisvoll zuhörte.

„Na, wie geht's immer und wie geht's dem werten Herrn Gemahl?", rief er ihr fröhlich zu. Dann blieb er stehen und betrachtete sie aufmerksam. „Ist was? Sie schaun ja richtig traurig aus!"

„Mir geht's auch net gut. Der Franz ist krank. Gestern haben sie ihn in die Klinik Nothnagel gebracht." Sie empfand eine gewisse Befriedigung, als sie sah, wie der junge Mann zusammenzuckte, und sein fassungsloses „Na geh, is net wahr!" hörte. Ermuntert von seinem Mitgefühl, fuhr sie eifrig fort: „Jaja! Eine schwere Erkältung, Verdacht auf Lungenentzündung, sagt unser Hausarzt, und Dr. Müller ist derselben Meinung. Ist ja kein Wunder in dem grauslichen Turm. Wissen Sie, wie kalt unsere Wohnung ist? Im Sommer kriegt man keine Luft, und kaum ist die ärgste Hitze vorbei, wird's das reinste Eishaus. Wahrscheinlich ist der Franzl wieder einmal in der Nacht ohne Schlapfen auf den Lokus gegangen, die Steinplatten auf dem Boden sind ja eiskalt, da holt man sich so leicht einen Schnupfen, und in der Leichenkammer ist es auch kalt, da ist dann eine Lungenentzündung draus geworden."

Der Student zeigte mehr als nur beiläufiges Interesse. Er schlenderte neben ihr her, als sie sich auf den Weg zur Kirche in der Alserstraße machte, und stellte aufmerksame Fragen, die Marie Barisch bereitwillig beantwortete.

„Wie es war? Na ja, wie eine Erkältung eben ist! Erst hat es ihn schon während des Nachtdiensts gebeutelt, dass ihm nur so die Zähne klirrten, aber das kann auch von der eiskalten Sezierkammer gekommen sein. Als er heimgekommen ist, hat er sich schon richtig mies gefühlt. Er hat gejammert, dass er solche Kopfschmerzen hat und ein Stechen in der Brust, also hab ich ihm eine Wärmflasche aufgelegt, aber bald darauf hat er sie weggestoßen und gesagt, jetzt ist ihm heiß. Du hast Fieber, Franz, hab ich ihm gesagt. Aber ein Mann muss ja immer widersprechen! Nein, hat er gesagt, ihm ist nur heiß von dem Tee mit Rum und der Wärmflasche. Dann hat er auch noch die Decke abgestrampelt, in dem kalten Schlafzimmer! Kein Wunder, dass ihm noch schlechter geworden ist. Am Morgen hat er einen Kaffee getrunken, ist aber gleich hinausgestolpert und hat ihn ausgekotzt. War ihm zu stark, hat er gesagt. Na ja, und er hat so elendig ausgesehen, dass ich unseren Hausarzt geholt habe, Dr. Stejskal. Und dann den Dr. Müller, weil der ja informiert sein muss, wenn sein Mitarbeiter krank wird, und außerdem versteht ein Internist mehr davon als nur ein praktischer Arzt."

„Und jetzt ist er in der Klinik Nothnagel? Da haben Sie ihn sicher schon besucht?"

„Nein, das geht noch nicht. Dr. Müller hat ihn in das Isolierzimmer einweisen lassen, wo er keine Besuche empfangen darf – nur als Vorsichtsmaßnahme, bis sie genau wissen, was er hat."

Der nette junge Mann lachte, wenn auch etwas gepresst. „Na, wenigstens hat Ihr Mann Sie nicht angesteckt, Sie sehen ja aus wie das blühende Leben."

„Das sagen die Ärzte auch. Dr. Müller hat mich schon genau ausgefragt, ob ich Kopfweh habe oder Druck auf der

Brust oder Bauchschmerzen, und er hat auch eine Speichelprobe genommen und mich genau untersucht, aber ich bin gesund. Das fehlte mir gerade noch, dass ich auch noch Lungenentzündung bekomme! Wenn der Mann krank ist, läuft der Haushalt weiter, aber wenn die Frau krank ist, bricht das Chaos aus! Wie? Auf Wiedersehen, und war nett, dass Sie mir so freundlich zugehört haben."

Anton Stieglitz sah ihr nach, wie sie die Treppe hinunterstieg, die zum Pathologischen Institut und zu dem Ausgang Lazarettgasse führte. Sein Herz klopfte so heftig, dass er sein eigenes Blut in den Ohren rauschen hörte. Isolierzimmer! War es jetzt so weit? Hatte der unsichtbare Feind zugeschlagen? Andererseits – wenn Franz pestinfiziert war, hätte eigentlich auch Marie krank sein müssen, aber die war ja anscheinend gesund. Und war da nicht auch ein Hausarzt gewesen, der den Kranken untersucht hatte? Wenn dieser auch erkrankt wäre, hätte Marie ihm doch sicher davon erzählt, oder? Also war es vielleicht doch nur eine heftige Pneumonie, die der Laborant sich in seiner ungemütlichen Dienstwohnung geholt hatte.

Stieglitz schlängelte sich unauffällig von Hof zu Hof an die Erste Medizinische Klinik heran. Sollte er die Besuchszeit ausnutzen und ein wenig darin herumspionieren? Aber er wusste nicht, wo sich das Isolierzimmer befand, und wenn er fragte, würden sie misstrauisch werden und ihn hinauswerfen. Vielleicht konnte er sich als entfernter Verwandter der Barischs ausgeben, der von Franz' Erkrankung erfahren hatte und ihn besuchen wollte? Allerdings hatten sie nicht einmal die Ehefrau zu ihm gelassen, also würden sie einen Vetter schon gar nicht hineinlassen.

Er blieb unschlüssig stehen. Sich selbst gegenüber konnte er ja zugeben, dass er Angst hatte. Niemand steckte die Nase gerne in die Höhle dieses unsichtbaren Ungeheuers. Andererseits konnte das hier eine Geschichte werden, von der man noch in hundert Jahren sprach. Er würde sich nie verzeihen, wenn er sie sausen ließ und dann jemand von der Konkurrenz sie aufpickte. Nein, das war seine Geschichte, die überließ er keinem anderen. War es nicht ein Wink des Himmels gewesen, dass er Frau Barisch getroffen hatte?

Entschlossen schritt er auf die Portierloge der Ersten Medizinischen Klinik zu und guckte durch das Fensterchen hinein. Seine fuchsähnlichen Züge nahmen einen täppischen Ausdruck an, und er blökte die Worte bäurisch heraus. „Grüß Gott! Die Marie hat mir gesagt, dass mein Vetter bei Ihnen auf der Klinik liegt, und ich möchte ihn gern besuchen, wenn ich schon ein paar Tage in Wien bin. Ich bin nämlich aus Krems."

Der schnauzbärtige Portier warf ihm einen Blick zu, der besagte: „Leute gibt's!" In einem Ton, als redete er mit einem Schwachsinnigen, antwortete er: „Das ist ein bisserl wenig Information, dass es der Vetter von dem Herrn ist. Wie heißt der Patient? Wissen's vielleicht die Abteilung?"

Stieglitz drehte mit linkischen Gesten den Hut zwischen den Händen. „Die Abteilung, hmm ... wahrscheinlich eine Abteilung für Lungenentzündung, denn so was hat er, sagt die Marie. Und Barisch heißt er, Franz Barisch. Er ist am 15. eingeliefert worden."

Die Antwort kam sofort. „Barisch? Den können'S nicht besuchen, der ist isoliert. Strengste Besuchssperre, auch für die Familie."

Stieglitz registrierte, dass der Portier plötzlich ganz genau wusste, um wen von den zahlreichen Patienten es sich handelte, also erregte der Fall lebhafte Aufmerksamkeit in der Ersten Medizinischen Klinik. Er ließ sich jedoch nichts anmerken, sondern stellte sich weiterhin dumm. „Na geh ... nicht einmal kurz reinschauen darf ich?", bettelte er.

„Wollen'S unbedingt, dass Ihnen der Teufel holt?", schnauzte der Portier. „Das hat einen Sinn, lieber Herr, wenn ein Kranker isoliert wird, nämlich dass er sonst jeden ansteckt, der mit ihm in Kontakt kommt. Nix da! Fahren'S zurück nach Krems und bleiben'S dort, wenn Ihnen an einem guten Rat was gelegen ist."

Stieglitz zog sich brummelnd und kopfkratzend hinter die nächste Ecke zurück. Kaum war er außer Sicht der Portierloge, als er klatschend die Hände zusammenschlug. Was Marie Barisch gesagt hatte, stimmte also, und er hatte das sichere Gefühl gehabt, dass der Portier wusste oder ahnte, dass Barisch kein gewöhnlicher Patient war. Er spürte in allen Fasern, dass er zur richtigen Zeit am richtigen Ort war. Jetzt musste er handeln. Die Sache konnte sich innerhalb von Stunden entwickeln, so viel hatte er aus seinen eifrigen Nachforschungen gelernt.

Mit langen Schritten eilte er durch das Torgewölbe auf die Alser Straße hinaus. Jetzt war es an der Zeit, die Kontakte zu nutzen, die er in den vergangenen Jahren so sorgfältig geknüpft hatte.

Vierter Tag: Montag, 17. Oktober 1898

Die meisten Patienten im Männersaal schliefen schon, manche ruhig und tief, andere von seelischen und körperlichen Schmerzen zu einem unruhigen Dösen verurteilt. Das Licht war gelöscht worden, nur an den beiden Ausgängen brannte je eine Gaslampe mit niedriger Flamme, um den diensttuenden Wärterinnen den Weg zu erleuchten.

Der Leutnant namens Karl schlüpfte lautlos unter der Decke hervor und kniete neben dem Bett des Nachbarn nieder, sodass er ihm ins Ohr flüstern konnte. „Du, Kamerad! Hansl! Schlafst?“

„Jo! I schlaf und hör nix!“, brummte der Angesprochene, der eben dabei gewesen war einzunicken. Seine Verbände waren entfernt worden, die Blessuren abgeheilt, er fühlte sich schon fast wieder gesund und schlief entsprechend gut.

„Sei net deppat, es ist ernst!“, zischte Karl. „Hör zu … ich hau ab, kommst mit?“

Jetzt war der andere hellwach. „Du haust ab? Wegen dem im Isolierzimmer?“

„Ja. Ich weiß net genau, was er hat, es sagt einem ja keiner was, aber egal, was es ist – ich will's nicht auch kriegen. Wenn die Schwestern so rumhuschen und kein Wort auslassen und die Ärzte nur mit Masken hineingehen, dann ist was faul, und ich bleib net hier liegen, bis es mich auch erwischt hat. Ich weiß vom Militär, wie schnell so was gehen kann. Erst hat's einer und am nächsten Tag ist die ganze Armee krank.“

„Sag halt, sie sollen dich entlassen.“

Der Leutnant stieß einen Zischlaut aus wie ein zorniges

Tier. „Ah ja? Und wer sagt, dass sie uns überhaupt noch entlassen? Wenn der so ansteckend ist, dass sich die Ärzte und Schwestern dauernd desinfizieren, dann stehn wir morgen vielleicht schon unter Quarantäne, und dann müssen wir hier liegen bleiben, ob wir wollen oder nicht. Also, kommst mit?"

„Wie denn? In dem Kasperlgwand?" Hans hob die Decke und ließ seinen Spitalsanzug sehen. „Und wie willst denn überhaupt am Portier vorbeikommen?"

„Ich war schon öfter hier, ich kenn die Hintertüren. Und ich hab zwei Decken unterm Bett versteckt, die hängen wir uns um. In der finstern Nacht sehen die genau wie Mäntel aus. Ein Freund von mir wohnt in der Nähe, der besorgt uns dann was zum Anziehen. Also? Kommst mit, Kamerad? Oder willst dableiben und warten, bist du auch im Isolierzimmer liegst?"

Hans schlüpfte lautlos aus seinem Bett. „Ich komm mit."

Am Morgen wurden die beiden leeren Betten bemerkt und aufgeregtes Gewisper machte die Runde. Waren die beiden Soldaten in der Nacht gestorben? Beide gleichzeitig, nachdem sie schon fast gesund gewesen waren? Hatte man sie heimlich verlegt – vielleicht in ein geheimes Isolierzimmer, von dem nur die Ärzte wussten? Oder waren sie entwichen – weil sie vielleicht mehr über die drohende Gefahr wussten als alle anderen? Eine erstickende Wolke der Furcht senkte sich über den Krankensaal. Keine Theorie erschien den Patienten zu wüst, um sie nicht zu glauben. Da lagen sie, hilflos, auf Pflege und ärztliche Behandlung angewiesen, oft unfähig, das Bett aus eigener Kraft zu verlassen, viele alleinstehend und ohne Angehörige – Menschen, die sich nicht wehren konnten. Zu all den Ängsten und Schmerzen, die ihre eigenen Krankheiten ihnen verursachten, kam nun auch dieses unbestimmte, an allen Ecken lauernde Grauen.

Sie bekamen keine Antwort auf ihre Fragen, sie wurden zurechtgewiesen, wenn sie aufbegehrten, sie spürten, dass etwas Schreckliches vor sich ging, und wussten nicht, wie sie sich davor schützen könnten.

Die Wärterinnen bekamen, als sie die Flucht meldeten, von Professor Nothnagel die Anweisung, sie sollten einfach erklären, die beiden Soldaten seien in aller Morgenfrühe gesund entlassen worden. Das war ein höchst ungeschickter Schachzug, der nur weiteres Gerede provozierte. Die am häufigste kolportierte Variante hieß, sie seien entfernt worden, auf welche Weise auch immer, weil sie zu viel erfahren hatten über den Mann im Isolierzimmer. Vielleicht hatte man sie versteckt, vielleicht überhaupt ermordet und bei Nacht und Nebel verscharrt? Es wäre nicht das erste Mal gewesen, dass Menschen verschwanden, die den „Oberen" lästig fielen.

War nicht erst vor kurzem sogar eine allerhöchste Dame, Louise von Coburg, die Schwester der Kronprinzessin-Witwe Stephanie, unter fragwürdigen Umständen in das Nervensanatorium Obersteiner in Döbling eingeliefert worden, nachdem sie ihrem Mann mit einem Oberleutnant durchgebrannt war? Und hatte nicht der ungarische Nationalheld Istvan Graf Szechenyi in einem solchen Sanatorium Selbstmord begangen, nachdem man ihn seelisch bis zum Zusammenbruch gequält hatte? In ganz Wien schwelte der unerfreuliche Verdacht, dass unbequeme Mitwisser, Störenfriede und andere Unerwünschte in geschlossene Anstalten abgeschoben wurden – wenn man sie nicht überhaupt auf noch drastischere Weise aus dem Weg räumte.

Das Getuschel beschränkte sich nicht auf den Männersaal, sondern sprang wie fliegende Funken auf den Frauensaal über und von dort auf die Angehörigen, die zu Besuch kamen. Jetzt ließ Hofrat Nothnagel zu, dass die Wahrheit eingestanden wurde: Die Soldaten seien entwichen, aus welchem Grund auch immer; vielleicht hätten sie ihren Krankenhausaufenthalt genutzt, um zu desertieren. Zu spät! Nach den anfänglichen Lügen und Ausflüchten glaubte niemand mehr, sie seien freiwillig gegangen. Plötzlich begann man sich an alle Patienten zu erinnern, die in der letzten Woche gestorben waren, in andere Krankenhäuser verlegt oder gesund entlassen worden waren. Jeder einzelne Fall erschien nun verdächtig. Die Furcht wuchs.

Als eine junge Krankenwärterin einem Patienten sein Essen brachte, schleuderte er den Teller zu Boden. „I fress das net! Wer weiß, was da drin ist! Am End geht's uns noch wie den Soldaten und wir werden alle umbracht!"

Wären die meisten nicht so schwach gewesen, hätten sich noch viel mehr solcher Szenen abgespielt, aber der größte Teil war ernsthaft krank und konnte nichts anderes tun, als Ärzte und Schwestern mit angstvollen und vorwurfsvollen Blicken zu betrachten.

Hofrat Nothnagel wünschte, er hätte seinem Assistenten nie die Erlaubnis erteilt, Barisch in seiner Klinik unterzubringen. Inzwischen konnten sie ihn nicht einmal mehr wegschaffen, da der Patient nicht mehr transportfähig war. Und was hätte es auch genutzt? Wenn er den Keim der Pest in sich trug, hatte der inzwischen Zeit genug gehabt, sich auszubreiten; eine Verlegung hätte nur bedeutet, die Krankheit noch weiter zu verschleppen.

Der Klinikchef überhäufte den Dozenten mit Vorwürfen. „Was soll ich jetzt machen? Wissen Sie, was sich in der Klinik abspielt? Schwer kranke Patienten erklären den visitierenden Ärzten auf einmal, es ginge ihnen schon wieder gut und sie könnten nach Hause gehen! Angehörige verlangen, dass man ihnen ihre Eltern, Gatten oder Kinder mitgibt! Die Leute glauben uns kein Wort mehr von der Lungenentzündung, aber wir können ihnen doch nicht sagen, dass der Barisch die Pest hat!"

Müller blieb verbissen bei seiner Meinung. „Ich werde der Öffentlichkeit sagen, dass er an der Pest erkrankt ist, wenn ich absolut sicher bin, dass es der Fall ist. Bislang habe ich ein klinisches Bild, das mich nicht überzeugt, und Bakterienkulturen, die verwirrende Ergebnisse erbringen. Was die Leute schwatzen, ist mir gleichgültig. Ich gebe eine Diagnose ab, wenn ich hundertprozentig dahinter stehen kann. Was glauben Sie, was passiert, wenn wir mit einer bloßen Vermutung eine Massenhysterie auslösen?"

Nothnagel starrte ihn an. „Und was passiert, wenn sich die Vermutung als Tatsache erweist?"

Müller machte sich in aller Morgenfrühe auf den Weg ins Pathologische Institut. Im Pestzimmer traf er seine beiden Kollegen Ghon und Albrecht. „Und? Wie steht es?", fragte er nach kurzem Gruß. „Gibt es schon Ergebnisse?"

Heinrich Albrecht kam hinter dem mit Reagenzien beladenen Tisch hervor. „Ja, aber wir wissen nicht, was wir daraus machen sollen. Sehen Sie nur selbst!" Er bedeutete Müller, sich zwei der kleinen Käfige anzusehen. „Diese beiden Versuchstiere haben wir mit Kulturen, die aus dem Sputum des Barisch gewonnen wurden, infiziert. Es sind Geschwister aus demselben Wurf und wir haben beide genau gleichzeitig geimpft."

Müller spähte durchs Gitter. In dem einen Käfig lag eine tote weiße Ratte. In dem anderen saß das zwillingsgleiche Gegenstück und knabberte mit gesundem Appetit an einem Endchen Karotte. „Was! Von denselben Kulturen?"

„Ganz denselben."

„Wenn es Pest wäre, müsste die zweite auch tot sein. Lassen Sie mich einmal durchs Mikroskop schauen."

Er stellte das Okular ein und betrachtete, was auf dem Nährboden in der Petrischale gewachsen war. Erleichtert stellte er fest, dass die Kultur eindeutig negativ war. Keines der unverkennbaren Stäbchen war zu sehen. „Da sind keine Balken. Die Kultur ist negativ. Also ist es doch eine Lungenentzündung. Wäre er an der Pest erkrankt, müsste sie positiv sein; sie hat lange genug Zeit gehabt, sich zu entwickeln."

Ghon mischte sich ein. „Das wissen wir eben nicht, Herr Kollege", widersprach der Anatom. „Das Ergebnis bestätigt weder die Diagnose einer Lungenentzündung noch den Verdacht einer Pestinfektion. Gut, wir haben bislang erst einen einzigen Fall, dessen Symptome obendrein zweifelhaft sind, die Kulturen sind auch negativ, aber heißt das, dass es nicht doch Pest sein kann?"

„Für mich sind die Kulturen maßgebend, und die sind negativ."

„Aber wir wissen nicht mit Sicherheit, wie lange es genau dauert, bis die Kulturen sich entwickeln. Es kann sein, dass das noch später der Fall ist. Ein abschließendes Urteil kann frühestens nach drei Tagen gefällt werden, vielleicht erst viel später. Wir experimentieren weiter."

„Ja, natürlich, auf jeden Fall." Müller richtete sich auf und schob das Mikroskop weg. „Verständigen Sie mich bitte sofort, wenn sich irgendeine Änderung ergibt."

Albrecht seufzte. Er wechselte das Thema mit der Frage: „Haben Sie heute schon Zeitung gelesen?"

„Nein. Ich lese selten Zeitung. Warum?", fragte Müller zerstreut.

„Es muss etwas durchgesickert sein, denn heute war im ‚Wiener Tagblatt' ein großer Artikel, wahrscheinlich von demselben Burschen, der damals, im Juni 1897, so viel

Radau wegen der Kulturen gemacht hat. Eigentlich ging es in dem Artikel vor allem um die Rattenplage in Wien und insbesondere im Allgemeinen Krankenhaus, aber er hat Andeutungen gemacht, die mir nicht gefallen – dass Patienten ‚versteckt' würden, sogar vor ihren engsten Angehörigen, und in Nothnagels Klinik ein ‚mysteriöser Krankheitsfall' aufgetreten sei und dass sich bei den vielen Ratten eine einmal ausgebrochene Seuche in Windeseile über ganz Wien verbreiten könnte."

Müller zuckte die Achseln und bemerkte: „Es wissen viele Leute davon – mehr, als mir recht ist. Ein Isolierzimmer, das mitten zwischen zwei Krankensälen liegt, kann man nicht gut geheim halten. Die Wärterinnen machen sich Gedanken darüber, was da vorgeht. Mir wäre auch schon leichter, wenn es Barisch ein wenig besser ginge, aber es wird immer schlimmer mit ihm."

Auch Dr. Schilder und sein Vorgesetzter Dr. Obermayer hatten den Zeitungsartikel gelesen und diskutierten ihn lebhaft mit ihren Kollegen. Manche waren der Meinung, es handle sich um eine Zeitungsente oder irgendeine Mücke, die zum Elefanten aufgeblasen wurde, aber das Misstrauen war geweckt. Zwischen den beiden großen Krankenanstalten herrschte eine gewisse Rivalität – nicht gerade Feindschaft, aber doch eine unbehagliche Spannung. Dem AKH mit seinem historischen Glanz und seinem weltweiten Ruhm als Zentrum der Zweiten Wiener Medizinischen Schule stand mit dem Kaiser-Franz-Joseph-Spital eine moderne und fortschrittlichere, aber weitaus weniger berühmte Anstalt gegenüber. Ursprünglich hatte es sogar den Namen Kaiserliche Krankenanstalt Nummer Vier getragen, mit dem nun wirklich kein Staat zu machen war. Gerüchte flogen hin und her, aber das AKH reagierte mit keiner offiziellen Antwort auf die Zeitungssticheleien, und so wussten Direktor Dr. Karl Klimesch und seine Ärzte vorerst auch nicht mehr, als in den Zeitungen stand.

Dieser Zustand dauerte allerdings nicht lange. Wenn formelle Nachfragen nichts erbrachten, ging man eben informelle Wege. Das war nicht allzu schwer, denn immer wieder wechselten Ärzte und Verwaltungspersonal von einer Klinik zur anderen und hielten den Kontakt mit früheren Freunden und Kollegen aufrecht, sodass jeder einen kannte, der einen kannte, der einen kannte …

Severin Schilder war der Erste, der nach einigen privaten Telefonaten die Information in die Finger bekam, und er eilte sofort in den Aufenthaltsraum, wo auf Sofas und in Lehnstühlen eine Gruppe seiner Kollegen beisammensaß und die Luft mit Tabakrauch schwängerte. „Ich weiß, was los ist. Scheint ein zweiter Fall Stöckl zu sein."

Ludwig Stöckl war Diener am Pathologischen Institut des Rudolfsspitals gewesen und hatte sich vor fünf Jahren im Zuge seiner Arbeit mit Lungenmilzbrand infiziert, dem er nach kurzem Leiden erlegen war.

„Ein Diener im Pathologischen Institut im AKH ist erkrankt und sie machen sich Sorgen, dass er sich bei der Arbeit infiziert haben könnte, aber sie wissen noch nichts Sicheres. Er liegt im Isolierzimmer in der Klinik Nothnagel. Dr. Müller behandelt ihn."

Der Prosektor des Spitals Dr. Rudolf Kretz blickte auf. Seine scharfen, blauen Augen zogen sich zu schmalen Schlitzen zusammen, der graue Bürstenhaarschnitt schien sich zu sträuben. „Sag bloß! Der Pestmüller? Heißt das am Ende, es hat bei den indischen Experimenten einen erwischt?"

„Das wäre doch bekannt geworden, oder?", fiel ein junger

Hilfsarzt ein, den der Gedanke sichtlich erschreckte. „Ich meine, das muss man sich vorstellen, eine Pestinfektion …"

Schilder unterbrach ihn. „Nein, bislang weist nichts auf Pest hin. Laut offizieller Diagnose hat er eine Lungenentzündung, es scheint ihm aber sehr schlecht zu gehen. Durchaus möglich, dass da jemand voreilige Schlüsse gezogen hat und das Ganze nur ein Gerücht ist. Aber ich bleibe am Ball."

Dasselbe tat Anton Stieglitz. Er hatte einen wichtigen Kontaktmann ausfindig gemacht, den Labordiener Matthias Stöbich vom Kaiser-Elisabeth-Spital, der die Expedition nach Bombay begleitet hatte. Der Mann hatte sich sehr gekränkt gefühlt, als man die Obsorge über die Kulturen und Versuchstiere nicht ihm übergab, sondern dem „hauseigenen" Diener Barisch am Pathologischen Institut, und er war gerne bereit, seinen Groll vor einem verständnisvollen Zuhörer auszuschütten.

„Ich habe die Ärzte damals gewarnt, dass der Barisch ein Quartalssäufer ist, aber sie haben mir nicht geglaubt; haben mir sogar vorgeworfen, ich verleumde den Mann nur aus Eifersucht. Sie hätten nie etwas davon bemerkt, dass er trinkt. Natürlich nicht! Er ist schlau, er hat es immer so eingerichtet, dass er sich einfach krankgemeldet hat, wenn er einen seiner Saufanfälle hatte, und erst zurückgekommen ist, wenn er nüchtern war. Seine Frau hat ihn immer gedeckt, hat gesagt, er sei bei seinen Eltern in Mistelbach[17] draußen, sodass ihn auch keiner untersuchen konnte. Ah, ich könnte Ihnen ein paar Geschichten erzählen von Dienern, Wärterinnen und sogar Ärzten, die an der Flasche hängen oder, noch

[17] Ortschaft nördlich von Wien, nahe der tschechischen Grenze

schlimmer, am Morphium oder Kokain, aber niemand weiß es, will heißen, niemand will es wissen. Erinnern Sie sich noch an Lorenz Biermayer, den berühmten Professor für pathologische Anatomie? Der soff jahrelang wie ein Loch, wurde mehrmals verwarnt, aber rausgeworfen hat man ihn erst 1829, als er schon so verkommen war, dass er den Weingeist für die anatomischen Präparate auspipperlte.[18] Und was ist mit dem Dr. Freud, von dem jetzt so viel geredet wird? Kokainsüchtig ist er, das weiß alle Welt, deswegen hat er auch so spinnerte Ideen."

Stieglitz zeigte sich für die Informationen erkenntlich, indem er eine Runde für sie beide bestellte, und erhielt prompt weitere. Es gab kaum einen internen Skandal an den Wiener Spitälern, den Stöbich nicht vor ihm ausbreitete, und immer wieder kam er auf das Pathologische Institut zu sprechen, das seiner Meinung nach jeden Anspruch auf Wissenschaftlichkeit verloren hatte, seit es ihm, Stöbich, die Mitarbeit verweigerte. Er war mit in Indien gewesen, er hatte geholfen, die Proben zu sichern, er hatte all den Dreck und Staub und Lärm und die fürchterlichen Gerüche in diesem Müllhaufen dort unten geschluckt, und dann hatte man seine Arbeit einem Taugenichts übergeben, der nur Suff und Weibergeschichten im Kopf hatte!

Als diese Zitrone ausgepresst war, dankte Stieglitz und verabschiedete sich. Gut gelaunt machte er sich nach dem Gespräch mit Stöbich auf zu weiteren Informanten, die ihm ihrerseits ihre Geschichten erzählten. In einem Vorstadtgasthaus traf er sich mit einem abgesandelten[19] Subjekt, einem ehemaligen Medizinstudenten, der es schon fast bis zum Arzt gebracht hatte, als er eines unappetitlichen Skandals

---

[18] Süffeln

[19] Versifft, verkommen

wegen aus der Ärzteschaft verstoßen worden war. Stieglitz bezahlte dem ausgehungerten Mann, der in seiner Liste von Spionen unter den Pseudonym Gustl geführt wurde, ein Gulasch und mehrere Flaschen Bier und wurde damit belohnt, dass der Ex-Mediziner sich weit über den Tisch beugte und ihm verschwörerisch zuflüsterte: „So wie's im Pathologischen Institut zugeht, würd's mich ja nicht wundern, wenn was dran wäre, was man hinter der vorgehaltenen Hand sagt."

Der Journalist spitzte die Ohren. Bei seinen vielen vertraulichen Gesprächen war immer wieder, aufflackernd wie ein Irrlicht, das Gerücht aufgetaucht, im streng abgeschotteten Pestzimmer im Pathologischen Institut würde nicht nur mit Ratten und Meerschweinchen experimentiert, sondern es würden auch höchst geheime und verbrecherische Versuche an Menschen durchgeführt. Es war die Art Gerücht, die alle für die Öffentlichkeit unzugänglichen Orte umschwebte. Von den Irrenhäusern erzählte man sich ähnliche Schauergeschichten, dass geistig völlig gesunde Personen dorthin verschleppt würden, um dann systematisch in den Wahnsinn getrieben zu werden. Spitäler waren den Menschen nun einmal unheimlich; sie fürchteten sich davor, den Ärzten ausgeliefert zu sein, und argwöhnten, in ihrer Hilflosigkeit missbraucht zu werden. „Mir hat eigentlich gar nichts gefehlt, krank gemacht haben mich erst die Ärzte!", war ein Satz, den Stieglitz schon oft gehört hatte. Manchmal hatte die Klage ihre Berechtigung, aber oft verstanden die Patienten nicht, wieso der Arzt sie für krank erklärte, obwohl sie sich doch ganz gesund fühlten, sie ins Krankenhaus steckte – und ein paar Tage später waren sie dann tatsächlich krank! Er brauchte nur an die zahlreichen Syphilitiker zu denken, die sich freuten, wenn ihre lästigen Ausschläge „ganz von selbst abheilten", und an die TBC-

Kranken, die nicht glauben wollten, dass das bisschen Husten etwas zu bedeuten hätte.

Jetzt offerierte ihm sein Informant dieselbe Geschichte. „Vielleicht ist der Barisch ja gar nicht zufällig erkrankt, weil er sich bei seiner Sauferei patschert[20] angestellt hat."

„Was!" Stieglitz setzte eine finstere Verschwörermiene auf. „Sie meinen, man hat ihn ..."

„Absichtlich infiziert, jawohl! Und er war sicher nicht der Erste. Kann ja sein, dass er zu viel gewusst hat und deshalb gehen musste. Aber ich hab nix gesagt, verstehn'S? Es wird ja alles vertuscht, keiner glaubt einem ein Wort. Und wenn sie merken, dass man was weiß, wird man ..." Er blies eine imaginäre Kerze aus. „Haben'S denn noch nix gehört von den zwei Soldaten, die im AKH in der Nacht weggeräumt wurden? Die zwei haben herausgefunden, was wirklich los ist. Und damit sie niemandem was weitersagen können, hat man sie verschwinden lassen, mitten in der Nacht. Niemand hat was gemerkt, erst am Morgen, als alle die leeren Betten gesehen haben. Da hat der falsche Jud, der Nothnagel, dann alle möglichen Lügen erzählen lassen, aber jeder weiß, die sind ermordet worden. Wahrscheinlich hams die Leichen bei Nacht und Nebel in den Alserbach geworfen, der fließt ja unter dem Spital vorbei."

Stieglitz wusste, dass Professor Hermann Nothnagel kein Jude war, aber in der heftigen antisemitischen Stimmung im Wien der Lueger-Zeit wurde jeder, den man nicht ausstehen konnte, automatisch „a Jud", vor allem, wenn er noch einen jüdisch klingenden Namen hatte. Er selbst war auch schon als „das jüdische Vogerl, das seine Lügen von allen Dächern pfeift, der Herr Stieglitz" betitelt worden.

Nach dem Gespräch mit dem Ex-Mediziner hatte er ein

---

[20] Unbeholfen

weiteres, weitaus angenehmeres Rendezvous, diesmal mit einer Dame, zu deren Klienten viele Mediziner gehörten, von Studenten angefangen bis zu angesehenen Ärzten. Sie trafen sich unauffällig in einem der beliebtesten Etablissements von Wien, dem ersten Kino der Hauptstadt. 1896 eröffnet, war das Lichtspieltheater des Monsieur Dupont immer noch eine Sensation. Aufregung am laufenden Band, täglich zwischen zehn Uhr vormittags und acht Uhr abends, Eintritt fünfzig Kreuzer. Die Wiener drängten zur Kasse, um das halbe Dutzend Kurzfilme zu sehen: den nervenzerfetzenden Pariser Großstadtverkehr auf der Place de la Concorde, einen dahinbrausenden Eisenbahnzug, fröhlich plätschernde Kinder im Meer, die lebensgefährliche Sprengung einer Mauer. Das groteske Hüpfen der Figuren auf der Leinwand, das Rucken und Zucken – fünfzehn Aufnahmen pro Sekunde –, das Flimmern der bewegten Bilder löste bei den Zuschauern Aufregung sondergleichen aus. Stieglitz erwartete seine niedliche Spionin im Foyer und erwies sich als Gentleman, indem er die zarte Hand der Dame küsste – wobei er allerdings den Kuss nur andeutete, um sich nicht am Ende eine galante Krankheit zu holen – und sie mit den Worten begrüßte: „Annerl, Sie schauen aus wie ein Engel."

Sie lächelte neckisch. „Ja, wenn Sie mir einen Schampus zahlen, dann bin ich auch ein Engerl zu Ihnen. Oder ein Teuferl, wie's Ihnen besser gefallt."

„Sie wissen, dass ich mir das nicht leisten kann. Außerdem ist's geschäftlich."

„Weiß ich eh." Annerl, die „ihren" Journalisten schon lange genug kannte, gab sich mit einem Kinobesuch und dem Versprechen, für interessante Nachrichten das übliche Honorar zu erhalten, zufrieden. Sie eröffnete prompt mit der Geschichte von den verschwundenen Soldaten, allerdings in einer neuen Variante. „Ich hab von jemand im Krankenhaus gehört, dass die beiden sich auch mit der Pest angesteckt haben, genau wie's der Franz Barisch hat – und wie man die ersten Symptome an ihnen entdeckt hat, hat man sie schnell und heimlich in ein Isolierzimmer geschafft."

„Wo denn? In der Klinik Nothnagel gibt es nur eines."

Sie beugte sich so weit zu ihm, dass ihr Parfüm ihn ebenso schwindlig machte wie der plötzlich eröffnete Blick in ein überwältigendes Dekolleté. „Das ist geheim! Mein Freund im Krankenhaus hat mir gesagt, es gibt schon mehrere Fälle, die aber versteckt gehalten werden, damit nichts an die Öffentlichkeit dringt; was glauben'S, was das für einen Aufruhr gäb!"

Stieglitz hakte nach, ob die Diagnose „Pest" schon offiziell sei.

„Net direkt, aber alle reden, dass es nichts anderes sein kann. Ich fahr jedenfalls weg, heute Abend noch. Nach Payerbach an der Rax.[21] Da ist die Luft sauber und außerdem gibt's genug reiche Herren, die dort in der Sommerfrische sind und sich über a bisserl eine Unterhaltung freuen."

Als sie sich verabschiedeten, konnte er die Frage nicht unterdrücken, ob sie den Dozenten Müller auch schon einmal unter ihren Kunden gehabt hätte. Sie lachte herzlich. „Was, der? Der Pestmüller? Ich sag Ihnen was: Wenn der net Anatomie studiert hätt, wüsst er bis heute nicht, wie a nackerte Frau ausschaut. Da ist so ein frommer Schwärmer, dass seine Kollegen alle über ihn lachen. Der wird alt und hutzlig werden, ohne dass er's jemals probiert hat."

---

[21] Beliebter Kurort in den niederösterreichischen Kalkalpen

Am Nachmittag erreichte Müller ein Anruf aus dem Pathologischen Institut. Ghon war am Apparat. Seine Stimme klang zutiefst bedrückt. „Es hat sich etwas verändert, Herr Kollege."

„Und was? Nun sagen Sie es mir schon!"

„Das zweite Versuchstier ist jetzt ebenfalls verendet."

„Mein Gott! Und die Kulturen?"

„Die sind immer noch negativ!"

„Das verstehe ich nicht. Die infizierten Tiere sterben, aber die Kulturen bleiben negativ? Ist es möglich, dass Sie irgendeinen Fehler bei der Inkubation gemacht haben?"

„Nein, der Kollege Albrecht und ich haben unabhängig voneinander Kulturen angesetzt und beide sind negativ. Wie sieht das klinische Bild bei Barisch aus?"

„Es geht ihm sehr schlecht, aber keine Beulen, keine Hautverfärbungen. Unspezifische Symptome."

Fünfter Tag: Dienstag, 18. Oktober 1898, 17 Uhr

„Schwester Johanna! Schwester Johanna!“ Albine Pecha steckte den Kopf durch die offene Tür des Schwesternzimmers. Sie hatte in den letzten Stunden bei Barisch Wache gehalten. Ihre Wangen waren hektisch gerötet, ihre Stimme ein heiseres, gejagtes Flüstern. „Kommen Sie bitte … ich glaube, er stirbt.“

„Hat noch nie einen Sterbenden gesehen, das junge Ding“, dachte Johanna Hochecker, als sie die angstvoll geöffneten Augen der jungen Schwester sah. Einen Augenblick lag es ihr auf der Zunge, schroff zu sagen: „Gewöhn dich an den Anblick, du wirst ihn noch oft sehen.“ Dann fiel ihr wieder ein, dass die Pecha ja gar nicht vorhatte, Krankenwärterin zu werden. Nun gut, dann würde eben sie selbst sich um die Sache kümmern. Sie stand auf und rückte ihr Häubchen zurecht. „Schon gut, mach Pause und trink eine Tasse Tee. Ich sehe nach ihm.“

Albine Pecha sank mit einem dankbaren Seufzer auf den Sessel nieder, von dem Johanna soeben aufgestanden war. Man sah ihr an, wie froh sie war, dass ihr der beklemmende Anblick des Sterbens im Krankenzimmer erspart blieb. „Richtig krank vor Angst sah sie aus, das dumme kleine Ding“, dachte Schwester Johanna. Johanna Hochecker legte im Vorraum die Maske an, umwickelte ihre Hände mit Tüchern und schob dann den weißen Vorhang um das Bett des Patienten beiseite. Barisch war ohne Bewusstsein, sein Atem ging schwer und rasselnd. Für die erfahrene Krankenwärterin war sofort klar, dass der Mann im Sterben lag.

Und sein Aussehen gefiel ihr ganz und gar nicht. Auch wenn sie keine Ärztin war, wusste sie doch: Diese stellenweisen dunklen Verfärbungen der Haut passten nicht zu der immer noch geltenden Diagnose Pneumonie. Das waren Nekrosen, die typischen Flecken, die der Pest den Beinamen „der schwarze Tod“ eingetragen hatten.

Ihr Herz schlug hart und schnell. Sie griff mit der umwickelten Hand nach der Decke und zog sie von den Füßen aufwärts zurück. Die Füße waren bläulich verfärbt, ebenso wie die auf der Decke liegenden Hände. Mit Sicherheit waren sie auch eiskalt, ein deutliches Zeichen für das beginnende Kreislaufversagen. Johanna zog die schweißfeuchte Decke noch ein Stück höher. Mit der Decke rutschte das Hemd des Kranken zurück und enthüllte die Unheilszeichen, die die Wärterin schon halb und halb zu sehen erwartet hatte. In der Leistengegend erhoben sich beidseitig deutlich sichtbar zwei faustgroße, weiche Schwellungen – die Pestbeulen.

Sie hielt unwillkürlich den Atem an und wandte sich, während sie die Decke zurückschlug, rasch ab. Dann eilte sie zur Tür, wusch sich die Hände und warf die Maske und die Tücher in den Abfalleimer. Sie blickte gerade nur ins Schwesternzimmer hinein und rief Albine Pecha zu, sie solle Dr. Müller und Professor Nothnagel verständigen, dass der Patient im Sterben liege, dann kehrte sie zurück.

In dem stillen Raum war das Atmen des Bewusstlosen laut zu hören. Das Lungenödem behinderte seinen Atem, sodass er heiser und gepresst klang, aber dann kam plötzlich noch etwas anderes hinzu: ein lang anhaltendes Keuchen, als würde alle Luft mit einem einzigen Stoß aus den gequälten Lungen gepresst, und darauf ein kurzes, schnappendes Japsen. Der Körper krampfte sich zusammen, drehte sich halb auf die Seite und fiel mit einem schlaffen Plumps wieder auf den Rücken zurück. Als Johanna ans Bett trat, sah sie Franz Barisch mit weit offenem Mund reglos daliegen.

Schritte kamen den Flur entlang, hastige, aber gedämpfte Schritte. Dann traten die beiden Ärzte ein, der Professor und Dr. Müller. Beide waren blass und angespannt. Sie legten die Maske an und zogen sublimatgetränkte Baumwollhandschuhe über, dann beugten sie sich über den Toten und schlugen die Decke zurück. Sie sahen dasselbe, was Johanna Hochecker gesehen hatte. Die Wärterin hörte, wie der Professor einen scharfen, zischenden Schreckenslaut ausstieß und einen Schritt weit zurückwich. Er deutete auf die Bubonen[22], ohne ein Wort zu sprechen. Dr. Müller nickte wortlos. Der Professor verschwand eilig, um die administrativen Anordnungen zu treffen und die Doktoren Ghon und Albrecht zu verständigen.

Für Johanna Hochecker war es zwar das erste Mal, dass sie die Leiche eines an Pest Verstorbenen versorgte, aber mit hochinfektiösen Leichen hatte sie schon früher zu tun gehabt. Für sie war der Vorgang Routine. Sie schickte Albine Pecha um einen Eimer mit Sublimatlösung und ein frisches Leintuch, während sie bereits die Decken vom Bett entfernte und dem Leichnam das besudelte Hemd auszog. Alles, was der Patient getragen, benutzt und berührt hatte, musste verbrannt werden, der gesamte Raum und alle Einrichtungsgegenstände aufs Sorgfältigste desinfiziert.

Sie ärgerte sich über Albine Pecha, die außer sich vor Entsetzen war und erst auf grobe Rippenstöße hin tat, was ihr aufgetragen wurde. Dem Mädchen stockte beinahe der Atem vor Angst, sie keuchte und japste hinter ihrer weißen Maske und wurde abwechselnd puterrot und leichenblass. Hätte die gefürchtete Autorität der Vorgesetzten sie nicht gezwungen

[22] Entzündliche Lymphknotenschwellungen im Leistenbereich

zu bleiben, so wäre sie wahrscheinlich wie von Sinnen aus dem Zimmer und dem Krankenhaus gelaufen. Tränen standen ihr in den Augen, als sie das Leintuch in den Eimer tauchte, mit der beißend riechenden Flüssigkeit tränkte und auswand. Gemeinsam breiteten die beiden Frauen das nasse Tuch auf das Bett, rollten die Leiche darauf und schlugen es über dem Körper zusammen. Albine beruhigte sich ein wenig, als sie das verfärbte Gesicht des Toten mit seinem herabhängenden Unterkiefer nicht mehr ansehen musste und es nur mehr mit einem langen weißen Paket zu tun hatte. Sie begann, die Laken und Decken vom Bett zu entfernen, und warf sie in einen Winkel, leerte den Spucknapf und die Leibschüssel in den torfgefüllten Eimer und legte beides zum Desinfizieren beiseite.

Sie waren kaum fertig damit, als der Pathologe Dr. Heinrich Albrecht erschien. Auch seinem Gesicht war der Schock anzusehen. Zweifellos hatte Nothnagel ihn bereits über den Stand der Dinge informiert. Er nickte stumm seinem Kollegen und den beiden Wärterinnen zu und deutete in Richtung Korridor. Von dort kam das blecherne Geräusch einer Rollbahre, die über die Fliesen geschoben wurde. Sie hielt vor der Tür an und die beiden Wärterinnen hoben den Sarg, der darauf stand, herab und trugen ihn ins Zimmer. Der Boden des Behälters war mit einer dicken Schicht Sägespäne bedeckt, die sie nun mit der Sublimatlösung tränkten. Gemeinsam hoben Dr. Müller und die beiden Wärterinnen den vermummten Toten vom Bett und legten ihn auf sein feuchtes Lager, das einen beißenden chemischen Dunst ausströmte. Dann wurde ein graues Laken darüber gebreitet und der draußen wartende Diener angewiesen, ihn in die Leichenkammer zu bringen. Die beiden Ärzte würden auf der Stelle die Obduktion vornehmen. Die Zeit drängte, denn das Opfer der Seuche musste, wie es die sanitätspolizeilichen Vorschriften verlangten, binnen vierundzwanzig Stunden begraben werden.

Albine Pecha fühlte sich völlig erschöpft. Einerseits war sie erleichtert, dass der Patient gestorben war; sie hätte es nicht länger ertragen, sein rasselndes Stöhnen zu hören und die schwarzfleckige Verfärbung an seinem Gesicht und seinem Körper zu sehen. Andererseits hatte sein Tod sie in die entsetzlichsten Ängste gestürzt. Hatten die Ärzte nicht anfangs versichert, der Mann leide nur an einer schweren Erkältung? Und dann war es immer schlimmer geworden, das Fieber war gestiegen, er hatte zu delirieren begonnen und zuletzt war er gestorben.

Sie hatte darum gebeten, nach Hause gehen und sich richtig ausruhen zu dürfen, aber die Ärzte hatten es nicht erlaubt, und als sie angefangen hatte zu weinen und zu betteln, war sie von der Hochecker nur böse angeschnauzt worden. Also hatte sie sich in das Zimmerchen zurückgezogen, in dem sie während der Tage des Permanenzdienstes gewohnt hatte, und versuchte ein wenig zur Ruhe zu kommen. Die scheußlichen Karboldämpfe brannten immer noch in ihrer Nase, ihrem Mund und ihren Lungen, sie versuchte vergeblich, das giftige Zeug auszuhusten. Es kratzte und juckte und brannte, und als sie den Mund mit mehreren Gläsern Wasser ausspülen wollte, schmeckte auch das Wasser danach. Müde und verdrossen legte sie sich voll angekleidet aufs Bett, zog die Decke über sich und schloss die Augen. Schlafen konnte sie dennoch nicht. Jeder Nerv in ihrem Körper vibrierte. Ständig sah sie dieses schreckliche Totengesicht vor sich, hatte das Ächzen des Sterbenden in den Ohren. Sobald sie einen der Zuständigen zu sprechen bekam, würde sie ihren

Dienst aufkündigen. Niemand konnte von ihr erwarten, dass sie noch einmal etwas so Entsetzliches durchmachte. Es gab ja auch andere Stellen, an denen sie ihren Erste-Hilfe-Kurs machen konnte.

Sie schlug die Augen wieder auf, setzte sich auf und starrte in den billigen Spiegel. Wie sie aussah! Das Haar verwirrt und verschwitzt, die Haut gerötet, die Augen wässrig – es würde Stunden dauern, bis sie sich wieder in Ordnung gebracht hatte. Außerdem stank sie von Kopf bis Fuß nach Desinfektionsmittel und den fauligen Ausdünstungen, die sich in dem schlecht gelüfteten Isolierzimmer gesammelt hatten. Sie brauchte unbedingt ein ausgiebiges, heißes Bad und frische Kleidung, und zwar bevor sie einen Fuß auf die Straße setzte. Was sollten die Leute von ihr denken, wenn sie sich in diesem Zustand blicken ließ! Man würde von ihr abrücken wie von einer der schmutzigen, nach Branntwein miefenden Weibern, die in den Kehrichteimern nach Verwertbarem wühlten.

Die Tür des Kämmerchens knarrte und Schwester Hochecker blickte herein. „Na, du warst auch schon einmal schöner. Müde, hm?“

„Zum Umfallen.“

Ausnahmsweise zeigte die Alte Verständnis. „Ja, das kann ich mir vorstellen. Ist nicht angenehm, wenn man so etwas zum ersten Mal erlebt. Ich bin auch müde.“

„Können wir denn nicht nach Hause gehen? Er ist doch tot, wir haben nichts mehr zu tun.“

Die Hochecker zögerte. „So schnell geht das nicht. Wir müssen noch hier bleiben, bis die Obduktion und alles andere erledigt ist. So, jetzt mach einmal einen Tee für uns beide, und ich sehe zu, dass man uns Essen heraufschickt.“

Albine zuckte verdrießlich die Achseln. Warum mussten sie noch hier herumlungern, während der Tote obduziert wurde? Damit hatten sie nichts zu tun. Es war pure Schikane, dass sie noch hier in diesem grauen Gefängnis sitzen musste. Ihre Stimmung schlug jäh um und zornig wie ein erschöpftes Kind stampfte sie plötzlich mit dem Fuß auf. „Ich will heim! Ich halte es hier nicht mehr aus! Ich kündige!“ Sie sprang auf und riss sich das Schwesternhäubchen vom Kopf, schleuderte es in eine Ecke. „So, jetzt bin ich hier nicht mehr im Dienst, und jetzt gehe ich, wohin ich will!“

Im nächsten Augenblick wurde ihr Handgelenk von einer knochigen Faust gepackt und sie flog rücklings aufs Bett, so hart, dass sie sich den Kopf an den Metallstangen des Betthauptes anschlug. „Du gehst nirgends hin!“, schrie die Hochecker sie an, in einem Ton, dass Albine vor Schreck der Atem stockte. „Bist du übergeschnappt, blödes Mensch? Wir stehen unter Quarantäne, ist dir das klar? Wir haben einen Pestkranken gepflegt! Ehe hier nicht alles gereinigt und desinfiziert ist und die Ärzte uns für unbedenklich erklären, setzt du keinen Schritt ins Freie!“

Albine brach in ein hysterisches Schluchzen aus. Der körperliche Angriff der alten Frau hatte sie ebenso sehr erschreckt wie der Satz: „Wir haben einen Pestkranken gepflegt!“

Johanna Hochecker ignorierte ihre Tränen. Sie zog den Schlüssel, der normalerweise innen steckte, aus dem Schloss und öffnete die Tür. „Du bist so unvernünftig, Mädel, deshalb schließe ich jetzt hier ab, bis du dich beruhigt hast.“ Damit verschwand sie.

Die harte Maßnahme hatte keineswegs den Erfolg, dass Albine sich beruhigte. Im Gegenteil, das Knirschen des Schlüssels im Schloss brachte sie um den letzten Rest Fassung. Sie sprang auf und schlug, weinend und kreischend, mit beiden Fäusten auf die verschlossene Tür ein, bis ihr die

Arme wehtaten. Einmal flehte sie verzweifelt, man möchte sie freilassen, dann wieder brach sie in einen Strom von Beschimpfungen aus, die sämtlich aus den Hinterhöfen des Lichtentals stammten und wenig zu ihrem sonstigen damenhaften Benehmen passten. Angst, Erschöpfung, Entsetzen und Wut mischten sich mit dem körperlichen Missempfinden, den Kopfschmerzen und dem immer lästiger werdenden Kratzen in der Kehle, sodass sie eine Weile einem völligen Zusammenbruch nahe war. Panik überkam sie, wahnwitzige Angstvorstellungen flackerten auf, Phantasmen, die durch ihr Gehirn huschten, nahmen einen schrecklichen Anschein von Realität an. Zuletzt jedoch siegte die überwältigende körperliche Müdigkeit. Sie schleppte sich zurück zum Bett und fiel in einen bleiernen Schlaf, der bis zum nächsten Morgen dauerte. Erst als die Hochecker lärmend die Tür aufschloss und nach ihrer Gefangenen sah, wachte sie auf.

In der Leichenkammer standen vier vermummte Gestalten um den marmornen Seziertisch herum: die Assistenten des Pathologischen Instituts, die die Sektion vornehmen würden, und als Beobachter Dozent Müller und Dr. Pöch. Der Diener hatte den Rollwagen mit dem Sarg in die Kammer geschoben und sich dann entfernt. Die Ärzte allein lösten die Verschraubung und hoben den in ein sublimatgetränktes Laken gehüllten Leichnam auf den Seziertisch.

Müller beobachtete schweigend, wie Heinrich Albrecht das feuchte Laken zurückschlug und den Körper entblößte, auf dem jetzt deutlich die Zeichen des schwarzen Todes erkennbar waren. Er wusste, wie riskant die Obduktion eines Pestopfers war. Der Bazillus behielt im Leichnam noch über einige Zeit hinweg seine zerstörerische Kraft. Immer wieder in der Geschichte hatten Ärzte, die das Wagnis auf sich genommen hatten, ihren Mut mit dem Leben bezahlt. Aber wie sollte die Wissenschaft voranschreiten, wenn man das Risiko scheute? Müller trat an den noch unversehrten Leichnam heran und notierte sorgfältig alle äußeren Zeichen der Krankheit, die er an ihm entdecken konnte, ehe der erste Schnitt gesetzt wurde. Das klinische Bild stimmte jetzt vollkommen mit dem überein, das er in Bombay an so vielen Kranken gesehen hatte. Es war Pest, kein Zweifel. Wieso die Kulturen nicht aufgegangen waren, blieb ihm vollkommen unverständlich. War irgendein Fehler gemacht worden? Oder dauerte es einfach manchmal länger, als sie alle erwartet hatten?

Albrecht warf ihm einen fragenden Blick zu und er deutete: Ihr könnt anfangen.

Das glitzernde Skalpell drang tief in den abgemagerten Oberkörper des Toten, zog seine ypsilonförmige Spur in das fahle Fleisch. Ghon klappte die Hautlappen beiseite und machte sich daran, die Rippen zu durchtrennen, um ins Innere des Brustkorbs zu gelangen.

Müller blickte in das schmutzig verfärbte Innere der Leiche und erinnerte sich an historische Obduktionsberichte, in denen die Ärzte von einem „Giftschwamm" berichtet hatten, den sie nahe am Herzen der Pestopfer entdeckt hätten. Es war schwer nachzuvollziehen, was sie damit gemeint hatten. Vielleicht ein Blutgerinnsel? Das Problem war, dass sie alle nicht observiert, sondern interpretiert hatten, was sie sahen, und zwar gemäß der jeweils herrschenden Lehre. Wie oft waren Obduktionen überhaupt nur durchgeführt worden, um zu bestätigen, was Galenus in seinen Schriften postuliert hatte, mitsamt allen Irrtümern, denen er unterlegen war! Erst mit Andreas Vesalius hatten die Ärzte begonnen, das „Buch des Körpers" mit aufmerksamen Augen zu lesen.

Der junge Dozent konnte sich mit berechtigtem Stolz sagen, dass er nie einer vorgefassten Meinung gestattet hatte, die klare Aussage von Anamnese und Status zu verdunkeln. Er beobachtete und er zog seine Schlüsse aus nichts anderem als seinen Beobachtungen. Dennoch hatte er eine Fehldiagnose gestellt, das war jetzt offensichtlich geworden. Er konnte sich damit entschuldigen, dass die Symptome zweifelhaft und die Ergebnisse der Kulturen irreführend gewesen waren, dennoch ließ ihn das Gefühl des Versagens nicht los.

Als die Obduktion beendet war, verließen er und Pöch die Sezierkammer, während die beiden anderen Ärzte noch die abschließenden Maßnahmen durchführten.

Rudolf Pöch sah, wie tief niedergeschlagen sein Lehrer war, und versuchte ihm Mut zu machen. „Ich weiß, was Sie jetzt denken, Herr Dozent. Aber dass es überhaupt zu der Infektion gekommen ist, daran trug allein Franz Barisch die Schuld. Er hat sich freiwillig zu dem gefährlichen Dienst gemeldet, er hat genau gewusst, in welcher Gefahr er sich befand und dass er sich keine Schlamperei, keine Unaufmerksamkeit leisten durfte – und schon gar keinen Rausch."

Hermann Müller wusste, dass der Kollege Recht hatte, aber er war kein Mensch, der sich selbst sofort freisprach, nur weil ein anderer die Hauptlast der Schuld trug. Gewohnt, sein medizinisches Gewissen so streng zu erforschen wie sein moralisches, stellte er sich die Frage: War er unaufmerksam gewesen? Hatte er etwas versäumt?

Er hatte alle Untersuchungen korrekt durchgeführt. Dass er die Diagnose, die jetzt bestätigt worden war, nicht früher gestellt hatte, war eine Folge eben seiner Genauigkeit und Sorgfalt gewesen. Er hatte nie eine Diagnose gestellt, deren er sich nicht hundertprozentig sicher war. Der Möglichkeit, dass Barisch an Pest erkrankt sein könnte, hatte er damit Rechnung getragen, dass er ihn vorsichtshalber ins Isolierzimmer der Ersten Medizinischen Klinik einliefern ließ. Nein, er hatte sich nichts vorzuwerfen.

Dennoch, sie waren jetzt in der Situation, die sie alle gefürchtet hatten. Die Seuche hatte einen Menschen dahingerafft. Wenigstens würde er nicht zulassen, dass sie noch nach weiteren Opfern griff. Die Arbeit, das Isolierzimmer gründlich zu desinfizieren, würde er selbst tun. Er wusste, wie gefährlich sie war, und wollte nicht, dass sich die Spitalsdiener – denen Nothnagel sie aufgetragen hatte – dabei infizierten.

Die Uhr über dem Krankensaal zeigte drei Uhr morgens, als die Putzfrau Maria Göschl mit Eimer, Mop und Besen im Korridor vor den beiden Krankensälen der Ersten Medizinischen Klinik unterwegs war. Tiefe Stille lag über dem Allgemeinen Krankenhaus. In dem hohen, endlos langen Korridor brannten nur wenige Lichter, sodass die Göschl das Gefühl hatte, in einem Eisenbahntunnel unterwegs zu sein. Es war kalt in dem alten Gebäude, Herbstnebel hauchte durch die geöffneten Lüftungsklappen der Fenster herein und mischte sich mit dem säuerlichen Spitalsgeruch. In den Krankensälen schliefen die Patienten mehr oder minder ruhig, während zwei Nachtschwestern beim schwachen Licht eines Lämpchens an ihren Schreibtischen saßen und gelegentliche Kontrollgänge durch den ihnen zugewiesenen Saal hielten.

Maria Göschl zögerte, als sie sich allmählich der Mitte des Flurs näherte. Schon war sie beim Zimmer Nummer 92 angelangt. Die nächste Tür musste es sein: Dort war der Mann, der an Pest erkrankt war, gestorben. Sie war erleichtert, dass man ihr bei Dienstbeginn gesagt hatte, das Zimmer sei abgeschlossen und sie brauche nicht einmal den Vorraum zu betreten. Es war aber nicht nur die Möglichkeit einer Infektion, vor der sie Angst hatte. Es waren auch die unheimlichen Geschichten, die unter dem Krankenhauspersonal die Runde machten. Vom ersten Tag an war den Leuten nicht geheuer gewesen, was da in dem stets verschlossenen Raum vor sich gehen mochte, den Ärzte und Schwestern nur mit Masken betraten. Schon bald hatte das Gerücht die Runde gemacht, der Patient, der darin lag – und dessen heisere, von qualvollem Husten unterbrochene Schreie man zuweilen bis auf den Flur hinaus hörte –, leide an einer schrecklichen tropischen Krankheit, die jeden aufs Äußerste gefährdete, der ihm in die Nähe kam. Dann, als man seine Identität herausgefunden hatte, waren die Gerüchte konkreter geworden: Der Kranke war Franz Barisch, den man allseits als Dozent Müllers Untergebenen kannte, und er hatte sich bei Pestexperimenten im Pathologischen Institut infiziert! Bald darauf war er gestorben und die Wärterinnen und Diener flüsterten einander zu, wie schrecklich der Tote mit seinem schwarzfleckigen Gesicht ausgesehen hatte, wie eilig man ihn in desinfizierende Tücher gewickelt und eingesargt hatte, wie man seiner weinenden Frau und seinen Eltern verboten hatte, ihn noch einmal zu sehen …

Maria Göschl stellte Eimer und Mop ab und machte sich hastig daran den Boden vor dem Unheilszimmer zu fegen. Je schneller sie damit fertig war, desto schneller konnte sie von hier wieder verschwinden. Jetzt noch einmal aufwischen und …

Sie hielt lauschend inne.

Hatte sie sich das nur eingebildet oder kam aus dem Raum hinter der weiß lackierten Tür ein Geräusch? Tatsächlich, da war es wieder! Es wiederholte sich beständig, in einem gleichmäßigen Rhythmus, und es klang wie keuchende, ächzende Atemzüge!

Die Frau stand wie erstarrt da, den Besen in der Hand. Schimmerte nicht auch ein schwacher Lichtschein durch die Ritze unter der Tür? Hatte man vielleicht schon wieder einen Kranken eingeliefert? Oder war das, was sie hörte, eine gespenstische Wiederholung der tragischen Szenen, die sich vor kurzem in dem Raum abgespielt hatten – vernahm sie das Röcheln des im Todeskampf liegenden Kranken? Für gewöhnlich war sie eine sehr resolute und praktisch denkende Frau, aber als sie da um drei Uhr morgens in dem verlassenen Korridor stand, ganz allein mit dem widerwärtigen Ächzen hinter der Tür, lief es ihr eiskalt über den Rücken. Und jetzt – jetzt bewegte sich etwas da drinnen, bewegte sich auf die äußere Tür zu!

Sie stieß einen Schrei aus und sprang so unbedacht vorwärts, dass sie den Eimer mit der heißen Lauge umstieß und sich ein schaumbedeckter See über den Fliesenboden ergoss.

Im nächsten Augenblick wurde die Tür aufgesperrt und eine Gestalt im hochgeschlossenen weißen Operationskittel spähte heraus. „Was ist denn hier los? Haben Sie so geschrien?"

„Herr Dozent!" Die Putzfrau war zugleich zutiefst erleichtert und äußerst verblüfft, als sie sah, dass sein Kittel über und über mit Flocken abgekratzter, feuchter Tünche bedeckt war. Ein Schwall von karbolgeschwängerter Luft umwehte ihn. „Mein Gott, haben Sie mich erschreckt! Was machen Herr Dozent denn um die Zeit da drinnen?"

„Die Tünche abkratzen und die Wände desinfizieren, wie Sie sehen." Er zog den Kopf zurück und schloss die Tür wieder.

Maria Göschl starrte ihm nach. Jetzt wusste sie natürlich, dass sie das rhythmische Geräusch der schabenden Spachtel mit dem von gequälten Atemzügen verwechselt hatte. Das war aber auch ein närrischer Mensch! Wer kam denn auf die Idee, dass der Dozent höchstpersönlich in finsterster Nacht das Isolierzimmer putzte? Waren dafür nicht genug Spitalsdiener da? Kein Wunder, dass er sie entsetzlich erschreckt hatte!

Hastig begann sie, das verschüttete Wasser aufzuwischen.

Sechster Tag: Mittwoch, 19. Oktober 1898

Am Morgen des 19. Oktober rief Dr. Ghon seinen Kollegen Müller an. „Jetzt haben wir auch den bakteriologischen Beweis: die ersten positiven Pestkulturen aus dem Sputum von Franz Barisch. Damit heißt die offizielle Diagnose: Beulenpest! Und die müssen wir umgehend dem Direktor des Allgemeinen Krankenhauses melden."

„Das mache ich schon, sagen Sie es der Leitung des Pathologischen Instituts."

Mittlerweile war Professor Nothnagel in einem Zustand heller Verzweiflung. Zumindest eine Zeitung hatte vom Tode des Franz Barisch Wind bekommen, nämlich das „Deutsche Volks-Blatt", das schon in der Morgenausgabe vom 19. Oktober 1898 einen Bericht brachte. Glücklicherweise, dachte Nothnagel, war keine Rede von weiteren Verdachtsfällen gewesen, aber es gefiel ihm nicht, dass die Zeitung an seinen Fersen hing. Eigentlich hatte er mit der ganzen Sache ja überhaupt nichts zu tun. Er befasste sich nicht mit bakteriologischen Forschungen. Ins Spiel gekommen war er nur, weil Müller als Assistent an seiner Klinik arbeitete und daher als Erstes an sein Isolierzimmer gedacht hatte. Außerdem war der erkrankte Barisch mit der Diagnose Influenza eingeliefert worden.

Dass Dozent Müller sein Arbeitszimmer mit der Nachricht betrat, der letzte Zweifel an der Pesterkrankung des Barisch sei durch den bakteriologischen Befund ausgeräumt, kam ihm gerade recht. Jetzt hatte er wenigstens jemanden, an dem er seine Wut auslassen konnte.

„Das habe ich jetzt von meinem Entgegenkommen!“, jammerte er, als der Dozent ihm die Nachricht überbrachte. „Wie konnte ich denn wissen ... Ich wollte Ihnen einen Gefallen tun und Sie verwickeln mich da in eine Sache, die mich in Teufels Küche bringen kann ...Ich habe mit der ganzen Pestgeschichte doch überhaupt nichts zu tun, ich bin Facharzt für innere Medizin ...“

Müller ließ den alten Herrn zetern. Er machte keine Bemerkung darüber, dass Nothnagel selbst sich dagegen ausgesprochen hatte, den Patienten auf der Stelle ins Kaiser-Franz-Joseph-Spital verlegen zu lassen. Sollte der Hofrat ihm die Schuld geben, was hatte das schon zu bedeuten! Wichtig war jetzt nur die Frage, ob Barisch das einzige Opfer war – oder ob es weitere Verdachtsfälle gab.

„Hören Sie!“ Nothnagel, der seine Gleichgültigkeit bemerkte, packte ihn an den Schultern und rüttelte ihn. „Sie müssen mir helfen, den Karren aus dem Dreck zu ziehen! Was glauben Sie, was passiert, wenn der Verdacht aufkommt, wir hätten einen Pestkranken mit voller Absicht tagelang zwischen zwei voll belegten Krankensälen liegen lassen! Wir müssen sofort einen amtlichen Bericht aufsetzen. Es muss jeder Verdacht zerstreut werden, dass wir etwas verabsäumt haben. Setzen Sie sich, ich werde Ihnen den Brief diktieren, den wir dem Direktor vorlegen.“

Müller gehorchte zögernd. „Was wollen Sie schreiben?“, fragte er.

Nothnagel spürte das Misstrauen in seiner Stimme, spürte, dass Müller ihm zutraute, mit einer glatten Lüge den Kopf aus der Schlinge zu ziehen, und fuhr gereizt auf. „Die Wahrheit, was denn sonst? Aber wir werden großes Gewicht darauf legen, dass erst im Verlauf des letzten Krankheitstages, nur wenige Stunden vor dem Tod, mit Sicherheit eine Erkrankung an Pest angenommen werden konnte. Zu diesem Zeitpunkt war der Patient nicht mehr transportfähig, und da die endgültige Auflösung zweifelsfrei bevorstand, konnten wir nur mehr den Weg wählen, ihn aufs Strengste abzusondern. Es wurde sofort eine Autopsie vorgenommen, und zwar von Ärzten des Pathologischen Instituts, um keine weiteren Personen hineinzuziehen. Ist das die Wahrheit oder nicht?"

Der Dozent gab etwas widerwillig zu, dass es – wortwörtlich genommen – die Wahrheit war. Nothnagel ließ nur einfach unerwähnt, dass schon einige Zeit vorher ein schwerer Verdacht bestanden hatte, der eine Verlegung nach Favoriten gerechtfertigt hätte. Er schrieb den Brief, und beide Ärzte setzten ihre Unterschrift darunter.

So wurde das Schreiben dem Direktor des Allgemeinen Krankenhauses übergeben, der es unverzüglich per Boten an die Statthalterei weiterleitete und so den amtlichen Bericht vom Tode des Patienten Franz Barisch erstattete.

Zur selben Zeit wie dieses offizielle Schreiben ging auch ein durchaus inoffizielles sowohl an das Stadtphysikat wie auch an mehrere Zeitungen ab. Doktor „Galenus" freute sich an dem Gedanken, dass das Ereignis auf jeden Fall einen schweren Rückschlag für Müllers Karriere bedeuten würde, und das gerade jetzt, wo er die Früchte seiner rastlosen, aufopfernden Tätigkeit zu ernten begann und eine verantwortungsvolle Stellung an der Klinik innehatte, die ihm viel Freude und Befriedigung einbrachte. Gestern noch ein Mann voll Schaffenskraft und Schaffensfreude, auf dem besten Weg, die höchsten Höhen einer medizinischen Karriere zu erklimmen – jetzt stand er auf der Kippe. Der falsch diagnostizierte Laborzwischenfall würde ihn viel von seinem Ansehen kosten, würde ihn vielleicht sogar vernichten. In dem pseudonymen Brief hieß es:

„Es sind Professor Nothnagel und insbesondere Dozent Müller die schwersten Vorwürfe wegen ihrer Vernachlässigung der elementarsten Vorsichtsmaßnahmen zu machen. Der Kranke, bei dem unter den Umständen von Anfang an eine Pestinfektion ernstlich befürchtet werden musste, wurde in ein gänzlich unzureichendes Isolierzimmer in der unmittelbaren Nähe dicht belegter Krankensäle gebracht. Seine Ehefrau, welche seit dem Zeitpunkt der Infektion mit ihm beisammen war, wurde ebenso wenig interniert wie der Hausarzt Dr. Stejskal, welcher als Erster den Kranken untersuchte, noch wurde festgestellt, mit welchen anderen Personen dieser Kontakt gehabt hatte. Die hochinfektiöse Leiche wurde in der allgemeinen Leichenkammer obduziert, sodass diese zu einer Quelle der Ansteckung für das dort arbeitende Personal wird. Einige mit der Sache bekannte Personen teilen mit, dass Frau Barisch der Anblick ihres verstorbenen Gatten bei Öffnung des Sarges gestattet wurde, weiters wurden den Eltern des Toten, welche aus ihrer Heimatgemeinde Mistelbach angereist waren, dessen Effekten ausgehändigt, welche ebenfalls als infektiös zu gelten haben[23]. Zum gegenwärtigen Zeitpunkt standen mit dem bereits Infizierten in engem Kontakt:

- die Ehefrau,
- die Doktoren Stejskal, Müller, Nothnagel, die ihn untersuchten, sowie die Doktoren Ghon, Albrecht und Pöch, mit denen er an seiner Arbeitsstelle in bereits infiziertem Zustand Kontakt hatte,

---

[23] Dieser Vorwurf wird tatsächlich in einigen Dokumenten erhoben, in anderen jedoch entschieden bestritten.

- die Wärterinnen Hochecker und Pecha, welche zwar in Permanenzdienst versetzt, aber nicht unter Quarantäne gestellt wurden,
- sowie eine unbekannte Anzahl weiterer Personen, mit denen er ab Eintritt der Infektion Kontakt gehabt haben kann.

Daraus ergibt sich, dass allerhöchste Gefahr einer Verbreitung der Seuche besteht, und ich kann nur wiederholen, wer die Schuldigen an dieser enormen Gefahr sind."

Professor Nothnagel und Dozent Müller waren kaum von einem sehr unerfreulichen Treffen mit dem Direktor des Allgemeinen Krankenhauses zurückgekehrt, als sie eine neue Hiobsbotschaft erwartete. Johanna Hochecker ersuchte um ein vertrauliches Gespräch.

Die Oberschwester war sichtlich besorgt. „Ich dachte, ich muss es Ihnen sofort melden, damit Sie beurteilen können, ob es etwas zu bedeuten hat … Fräulein Pecha war eben bei mir und hat angefragt, ob sie nach Hause gehen könne; sie fühle sich sehr angegriffen durch den Tod des Patienten Barisch, der sie überaus erschreckt hat. Dabei ist mir aufgefallen, dass es ihr beträchtlich schlechter zu gehen scheint als gestern."

Die beiden Ärzte blickten alarmiert auf. „Es ging ihr gestern auch schon schlecht?"

„Ja. Sie klagte, dass sie von den Karboldämpfen Husten und Beklemmungen in der Brust bekäme. Das ist nichts Ungewöhnliches, und ich habe ihre Klage über allgemeines Unwohlsein für eine Folge ihrer ängstlichen Erregung gehalten.

Der tagelange Permanenzdienst war ja etwas ganz Ungewohntes und sehr Anstrengendes für sie."

„Und Sie?", fragte Hermann Müller. „Wie fühlen Sie sich?"

„Oh, ich stecke so etwas viel besser weg als das junge Ding", antwortete die Alte lachend. „Mir geht es gut." Müller fiel auf, dass ihr Lachen in einem kurzen, kaum merklichen Hüsteln endete, als kratzte das Lachen sie unangenehm in der Kehle.

Die junge Frau musste unbedingt in Quarantäne. Es musste aber auch mit einer eventuellen Infektion der Pflegerin Hochecker gerechnet werden, die die ganze Zeit sowohl mit Barisch wie auch mit der Pecha beisammen gewesen war.

Theres Pecha, Albines Mutter, hatte die letzten Tage bei Verwandten verbracht, und da sie weder Zeit noch Geld fürs Zeitunglesen übrig hatte, erfuhr sie erst bei ihrer Rückkehr von der Nachbarin, was sich ereignet hatte. Die stürzte zur Tür heraus, als sie die Heimkehrende mit der Reisetasche in der Hand vor der Wohnungstür stehen und nach dem Schlüssel kramen sah.

„Frau Pecha! Frau Pecha! Ist alles in Ordnung mit der Albine?"

Theres starrte die Nachbarin verdutzt an. „Warum, was soll denn nicht in Ordnung sein? Sie macht ein paar Extraschichten, hat mir der Diener vom AKH ausgerichtet, aber inzwischen müsst sie schon wieder zu Hause sein."

„Ja, dann haben Sie es noch gar nicht gehört? Furchtbar ist es! Die Pest! Der Mensch ist an der Pest gestorben, jetzt stellen Sie sich das einmal vor!"

Theres kniff die Augen zusammen. „Was denn – Pest? Und wer ist g'storben? Sagn'S, Sie sind doch net am End betrunken, dass Sie so wirres Zeug daherreden?"

Die Nachbarin wehrte entrüstet ab und brachte zum Beweis ihrer Nüchternheit die Zeitung, in der schwarz auf weiß zu lesen stand: „Bei der allgemeinen Schlamperei und Misswirtschaft in der Klinik des Herrn Hofrat Sargnagel ist nicht auszuschließen, dass die Seuche weiter um sich greift. Zwar behauptet man, die beiden Pflegerinnen des an Beulenpest verstorbenen Barisch, Oberschwester Johanna Hochecker und Hilfsschwester Albine Pecha, befänden sich noch in gutem gesundheitlichen Zustande …"

Theres verschwammen die Buchstaben vor den Augen. Das alles erschien ihr wie ein bizarrer, dämonischer Scherz. Ein Pesttoter in Wien! Wer hatte seit ewigen Zeiten von einer Pesterkrankung in Wien gehört! Und ihre Tochter hatte ihn gepflegt … da stand ganz deutlich ihr Name, und als wäre das noch nicht genug, hatte ein Zeichner ihr Bildnis hinzugefügt. Ihre Tochter, die noch immer nicht von den „Extraschichten" nach Hause gekommen war.

„Ich muss hin! Ich muss wissen, was mit der Albine passiert ist!" Ohne sich um die Reisetasche zu kümmern, die verloren vor der Wohnungstür stand, drehte Theres sich um und rannte die wacklige Holztreppe hinunter, verfolgt von den Rufen der Nachbarin, die wissen wollte, was mit der Tasche geschehen sollte. Die Röcke raffend, um sie nicht durch den Straßendreck zu schleifen, den Hut schief auf dem Kopf, hastete sie die Gassen entlang, unbekümmert um die Menschen, die ihr nachblickten und einander zuriefen: „Schau dir die Alte an, die is narrisch! – Aber geh, die is' bsoffen!"

Atemlos und mit stechenden Lungen erreichte die Frau endlich das Haupttor des Allgemeinen Krankenhauses. Ein großes Plakat klebte an der Mauer und sie blieb stehen, fischte die Brille aus der Schürzentasche und las:

> „Zirkularschreiben des Dekans der medizinischen Fakultät, Prof. Dr. Theodor Puschmann. Zur allgemeinen Beachtung: Reinigungsarbeiten im Allgemeinen Krankenhaus machen es notwendig, dass die Vorlesungen und Kurse in demselben auf einige wenige Tage geschlossen werden. Es finden während dieser Zeit keine Rigorosen statt."

Theres, die eine sehr einfache Frau war, wusste mit Worten wie Zirkular, Dekan, Fakultät und Rigorosen nichts anzufangen, aber die ungewöhnliche Größe des Plakats und die fetten schwarzen Buchstaben verrieten ihr, dass es eine dringende und unheilvolle Bedeutung hatte. Sie eilte durch den finsteren Torbogen, irrte eine Weile in den Höfen herum, wo sie den und jenen nach der Klinik Nothnagel fragte, und fand diese endlich. Erschöpft stützte sie beide Arme auf das Fenstersims der Portierloge.

„Ich bin Theres Pecha. Ich suche meine Tochter. Sie ist hier Lernschwester."

„Das Fräulein Pecha?" Der schnauzbärtige Mann hinter dem Fensterchen schüttelte den Kopf. „Da kann ich Ihnen nicht weiterhelfen, die ist in Quarantäne. Sie wird demnächst ins Kaiser-Franz-Joseph-Spital verlegt."

„Ja, ist sie denn krank?" Theres schrie die Worte heraus.

Der Portier merkte, dass sie drauf und dran war, völlig die Fassung zu verlieren, und bemühte sich, sie zu besänftigen. „Nein, nein ... Quarantäne, das heißt nur, dass sie sozusagen auslüften muss, bis wir sicher sind, dass alle Keime abgestorben sind. So ungefähr, wie wenn jemand Läus' hat."

„Ah. Und dann kommt sie wieder nach Hause?"

„Na freilich."

Über das verhärmte Gesicht der Frau zog ein Lächeln. „Ach … dann hab ich mich ganz umsonst geschreckt."

Gleichzeitig spielten sich im Pathologischen Institut gespenstische Szenen ab. Auf Anordnung des Leiters Prof. Richard Paltauf wurden alle Personen aus dem Haus entfernt, die nicht unbedingt gebraucht wurden. Die Türen zwischen dem Korridor, an dessen hinterstem Ende das Pestzimmer lag, wurden geschlossen und abgesperrt. Die vier Ärzte der Pestexpedition, sorgfältig in sterile Kittel, Masken und Handschuhe vermummt, übernahmen es gemeinsam, das Zimmer zu reinigen, um keine anderen Personen der Gefahr auszusetzen. Die Pestpräparate, die das Ärzteteam aus Bombay mitgebracht hatte, wurden vernichtet. Die Versuchstiere erhielten eine Henkersmahlzeit, der eine ausreichende Dosis Gift beigemischt war, die Kadaver wurden in einer Holzkiste gesammelt, die mit desinfizierender Lösung abgewischt und im Ganzen in dem Ofen im Keller verbrannt wurde. Ein großer Kessel wurde auf die Gasbrenner gesetzt und eine dreiprozentige Lysollösung darin zum Kochen gebracht. In dieser Brühe – die einen schauderhaften Geruch ausströmte – wurde alles ausgekocht, was gebraucht worden war, die Petrischalen und Reagenzgläser, Instrumente und Geräte, Handschuhe und Lappen, und nach dem Auskochen ebenfalls im Ofen verbrannt.

Danach schleppten zwei Diener ein Gerät an, das einer großen Milchkanne mit daran befestigten Sprührohren ähnelte – einen Glykoformal-Desinfektor. Er wurde mitten im Pestzimmer aufgestellt, Türen und Fenster geschlossen, und alle Anwesenden mussten den Raum verlassen. Als der Apparat zu laufen begann, erhitzte sich das Wasser in seinem Inneren bis zum Sieden und bald entströmten seinen Düsen Dämpfe einer tödlichen Mischung aus Glyzerin und Formalin, giftig genug, um selbst die zähesten Mikroorganismen zu vernichten. Der Dampf trug das Giftgemisch in die feinsten Ritzen und hintersten Winkel. Erkaltete er dann an der Außenluft, so schlug sich das Glykoformal als feine Schicht an den Wänden und allen Gegenständen des zu desinfizierenden Raumes nieder. Mehrere Stunden lang wurde das Laboratorium auf diese Weise ausgeräuchert, dann die Tür versperrt und versiegelt. Vorsichtshalber wurde der gesamte Teil des Korridors abgeriegelt.

Die vier Ärzte schlüpften aus ihren Kitteln und warfen Masken und Handschuhe in die Kiste, die in den Ofen geschafft wurde. Auch die Alltagskleidung, die sie darunter getragen hatten, samt der Schuhe kam in die Kiste, und nur in frische weiße Mäntel gehüllt, eilten die Männer hinunter ins Badezimmer des Instituts. Dort schrubbten und seiften sie sich von Kopf bis Fuß ein und wuschen sich, bis ihnen die Haut rosig brannte.

Müller rubbelte sich gerade Haar und Schnurrbart trocken, während er eine Bemerkung machte, und so verstanden die Kollegen ihn zuerst nicht. Er musste den Satz wiederholen, was er lachend tat. „Wenigstens mache ich im Kaiser-Franz-Joseph-Spital einen guten Eindruck, dort nehmen sie es ja unerbittlich genau mit der Sauberkeit.“

„Wieso Kaiser-Franz-Joseph-Spital?“, fragte Heinrich Albert, der seinen triefenden Vollbart über dem Waschbecken ausdrückte. „Sie werden doch nicht fahnenflüchtig werden und die Klinik Nothnagel verlassen?“

„Eine Weile schon. So lange, bis wir genau wissen, wie es mit dem Fräulein Pecha steht. Bei der Hochecker glaube ich weniger an eine Gefahr, aber wir können nicht noch einmal ein Risiko eingehen."

Albrecht verstand noch immer nicht. „Sie können doch von hier aus telefonieren, wie es ihr geht, dazu müssen Sie nicht nach Favoriten übersiedeln."

„Ich will nicht telefonieren, ich will vor Ort sein. Ich begleite die beiden Frauen in die Expektanzbaracke und werde selbst dort wohnen."

Jetzt starrten sie ihn alle an. „Aber hören Sie", rief Ghon kopfschüttelnd, „dort draußen gibt es genug Ärzte, die speziell für die Behandlung von Infektionskranken ausgebildet sind, die können das übernehmen."

„Nein, das können sie nicht." Müllers sanfte Stimme wechselte zu dem harten Tonfall, der verriet, dass er von seinem Entschluss nicht mehr abgehen würde. „Erstens haben diese Ärzte noch keinen Pestfall gesehen und zweitens will ich die Frauen jetzt nicht im Stich lassen und fremden Leuten übergeben. Ich will nicht noch einmal etwas verabsäumen. Wenn ich mitgehe, haben die Frauen einen Arzt bei sich, den sie kennen, und es wird keiner von den Favoritner Ärzten in die Sache hineingezogen."

Ein paar Sekunden lang herrschte Stille, dann meldete sich Rudolf Pöch zu Wort. „Wenn Sie meine Assistenz brauchen, Herr Dozent ..."

„Nein, das wird nicht notwendig sein. Es sind ja nur zwei Patientinnen und das Kaiser-Franz-Joseph-Spital stellt das Pflegepersonal, ich komme also sehr gut zurecht." Er griff nach dem Stapel frischer Wäsche und Oberkleidung, die man für alle vier zurechtgelegt hatte, und begann sich anzuziehen. „Es wird mir sicher nicht langweilig werden, ich nehme Bücher und Schreibzeug mit und werde den Status der beiden Patientinnen genauestens dokumentieren." Er gähnte ausgiebig und streckte beide Arme weit von sich, bis die Gelenke knackten. „Und außerdem wird es mir sehr gut tun, einmal in Ruhe auszuschlafen, ich fühle mich auch sehr erschöpft."

Niemand von den anderen fand etwas Ungewöhnliches an dieser Bemerkung, nur der junge Rudolf Pöch wunderte sich. In Indien hatte es tiefen Eindruck auf ihn gemacht, welche enorme Zähigkeit und körperliche Tüchtigkeit Müller bei seiner unermüdlichen Arbeit an den Tag gelegt hatte, eine unerschöpfliche Energie, die Pöch bei ihm von vornherein nicht vermutet hätte. Dabei machte ihm die Arbeit offenbar Vergnügen, nie klagte er darüber, dass zu viel zu tun sei, nie langweilte sie ihn. Der Pestforscher schien auf eine geradezu wunderbare Weise immun gegen Müdigkeit und Schwäche, Hunger und Durst, Verdruss und Entmutigung. Täglich arbeitete er vor- und nachmittags im Spital, oft ohne Mittagspause, oft ohne den ganzen Tag auch nur einen Bissen zu sich zu nehmen, vom frühen Morgen bis in die ersten Stunden der Nacht. Dann folgten ein paar Stunden Schlaf in der dumpfen, feuchtwarmen, von Lärm erfüllten Nacht, und ein neuer Arbeitstag begann.

Es war nie vorgekommen, dass er gesagt hätte: „Ich will in Ruhe ausschlafen, ich bin erschöpft."

Wenig später spach Dozent Müller bei Hofrat Nothnagel vor und ersuchte ihn offiziell um Beurlaubung von seinem Posten als Assistenzarzt, um die beiden Wärterinnen in die Quarantäne zu begleiten. Nothnagel protestierte ebenso wie Ghon und Albrecht. „Ich brauche Sie hier! Wer soll hier Ihre Arbeit machen?"

„Es gibt genug Internisten, die für eine kurze Zeit meinen

Platz ausfüllen können, Herr Professor, aber ich bin der Einzige, der sich mit der Pest befasst hat. Ich muss diese Fälle studieren können."

„Ah, darum geht es Ihnen! Sie wollen weiteres Untersuchungsmaterial sammeln!"

Müller antwortete steif: „Ich muss Ihnen als dem Älteren und Erfahreneren nicht sagen, dass der Arzt immer zwei Aufgaben hat: zu behandeln und zu forschen. Falls sich die Verdachtsfälle bewahrheiten, werde ich alles in meiner Macht Stehende tun, die Patientinnen zu behandeln, aber ich sehe zugleich jeden Krankheitsfall, der gründlich dokumentiert wird, als einen weiteren Schritt auf dem Weg zur Ausrottung einer Krankheit. Ich will genau das tun, womit man mich beauftragt hat: die Pest studieren, so genau und tief greifend wie nur möglich. Nicht nur die Entdeckung eines neuen, sondern auch jede gesetzmäßige Wiederkehr selbst des elementarsten klinischen Phänomens ist von Bedeutung, nur so konnten wir in Indien eine in vielen wesentlichen Punkten neue, klinische Kenntnis der Pest erlangen. Da sich die Gelegenheit hier bietet, werde ich sie genauso nutzen."

„Mein Gott", keuchte Nothnagel, der nach den Aufregungen allmählich die Fassung verlor, „man könnte meinen, Sie freuen sich darüber, hier zwei weitere Fälle zu haben, die Sie dokumentieren können!"

Müller blickte ihn lange und unbewegt an. „Sie tun mir Unrecht, Herr Hofrat, und Sie wissen es selbst. Ich bete, dass diese beiden Frauen und alle anderen Gefährdeten verschont bleiben. Aber wenn Gott es anders will, werde ich meine Aufgabe erfüllen, so gut ich kann."

„Ist Ihnen klar, in welche Gefahr Sie sich selbst begeben?" Nothnagel machte sich Sorgen um den Kollegen, den er auch persönlich schätzte, aber ebenso fürchtete er, einen ausgezeichneten Assistenzarzt zu verlieren. Er würde ihn schon sehr vermissen, wenn er nur ein paar Wochen in Favoriten festsaß. An Schlimmeres mochte er gar nicht denken.

Müller blieb beharrlich. „Diese Gefahr habe ich in Indien hundertfach bestanden. Und die Ärzte, das Pflegepersonal in der Infektionsabteilung bestehen sie jeden Tag. Ist denn nur die Pest allein tödlich? Sind es Scharlach, Diphterie und Blattern nicht genauso?"

Nothnagel schwieg. Was sollte er auch sagen? Er drehte sich um und tat, als suchte er nach etwas Wichtigem auf seinem mit Papieren überhäuften Schreibtisch.

„Darf ich Sie nun bitten, mir einen Beurlaubungsschein auszustellen?", fragte die sanfte Stimme hinter seinem Rücken.

Als Professor Nothnagel – bereits mit einem unangenehmen Vorgefühl – die Abendzeitungen öffnete, fand er seine schlimmsten Befürchtungen bestätigt. Die deutschnationalen und antisemitischen Blätter schossen sich auf ihn ein, und zwar mit einem wahren Trommelfeuer. Jetzt schon apostrophierten sie ihn als „Professor Sargnagel"! Man konnte meinen, er hätte die Pest mit Absicht auf die Wiener losgelassen! Die Bluthunde schienen nur darauf gewartet zu haben, dass etwas dergleichen passierte, um in ihr hasserfülltes Kläffen auszubrechen. Eine Flut wüster Verbalattacken ergoss sich nicht nur über ihn, Nothnagel, sondern über die Medizin und die experimentelle Forschung im Allgemeinen, als sei die Bakteriologie zu nichts anderem da, als Kulturen der gefährlichsten Erreger zu züchten und zu verbreiten!

Der sonst so geduldige und gütige Professor schäumte vor Wut. Hatten diese Idioten allesamt schon vergessen, was die Bakteriologen geleistet hatten? Hatten sie vergessen, wem sie es zu danken hatten, dass sie und ihre Kinder nicht mehr an den Pocken krepierten? Dass der Fluch der Tollwut von Europa genommen war? Hatten sie alles vergessen, was Lister, Pasteur, Kitasato, Yersin, Koch und Roux geleistet hatten?

Marie Barisch stand, begleitet von ihren Schwiegereltern, auf dem Wiener Nordbahnhof und wartete auf den Zug, der sie nach Mistelbach bringen sollte. Sie war in Trauerkleidung, ein schwarzer Halbschleier an ihrem Hütchen verhüllte den Blick, der ins Leere ging. Sie nahm weder das Getriebe der Passagiere um sich wahr noch das Pfeifen der Lokomotiven. In der Hand hielt sie eine kleine Reisetasche mit dem kläglichen Rest ihres Vermögens.

Sie hatte die tröstliche Gewissheit, dass ihre eigenen Sputumproben negativ waren, es blieb ihr erspart, dasselbe tragische Ende zu finden wie ihr Mann, aber im Übrigen hatte sie fast alles verloren. Der Ernährer war tot, die Dienstwohnung versiegelt, nachdem ein Trupp Sanitätsdiener sie mit Karbolspray ausgeräuchert hatte. Das Bettzeug und alles, was Franz an Kleidern getragen hatte, war in den Hof des Narrenturms geschleppt und dort verbrannt worden. Selbst von ihren persönlichen Dingen hatte sie nichts mitnehmen dürfen, nicht einmal ihre Kleider; alles galt als gefährlich. Hätte das Pathologische Institut ihr nicht eine kleine Abfindung ausgezahlt, so wäre sie vollkommen verloren gewesen.

„Marie, unser Zug! Komm, einsteigen!" Der Schwiegervater nahm ihren Arm und zog sie mit sich durch das Gewimmel. Scharen von galizischen Juden, die fast täglich mit der Nordbahn nach Wien kamen, um hier ihr Glück zu suchen, umdrängten sie: Männer in langen schwarzen Mänteln, mit Schläfenlöckchen und Pelzhüten, Frauen mit Kopftüchern und Umschlagtüchern, Scharen von seltsam altmodisch gekleideten Kindern, alle schwer bepackt mit Koffern, Kisten und Säcken, in denen sie ihre Habseligkeiten mit sich schleppten. Das Geschrei fremder Sprachen schallte der verstörten Marie in die Ohren. Sie war froh, dass die Schwiegereltern sie begleiteten, allein wäre sie vielleicht stundenlang nur dagestanden und hätte ins Leere gestarrt, versteinert vor Schrecken über die plötzliche schreckliche Wendung in ihrem Leben. Franz war tot, und sie hatte ihn in seiner Krankheit nicht besuchen dürfen, hatte ihn im Sarg nicht sehen dürfen, wie es sonst Brauch war. Das Begräbnis war in aller Eile organisiert worden, sodass sie nicht einmal die Verwandtschaft zusammenrufen konnte, gerade nur seine Eltern waren da gewesen, sie selbst, der Pfarrer und seine Messbuben und die Leute von der Bestattung. Das erschien ihr als die schlimmste Strafe für seinen Leichtsinn. Nicht einmal ein anständiges Begräbnis hatte er bekommen. Nur schnell, schnell unter die Erde mit dem verseuchten Kadaver. Was hatte der Narr auch so saufen müssen!

Erst als sie im Zug saß und durch ein vom Dampf schmieriges Fenster einen Abschiedsblick auf Wien warf, keimte zum ersten Mal wieder ein Lichtstrahl in ihr. Sie lebte. Sie war gesund. Sie war der Seuche entkommen. In Mistelbach wartete ein bescheidenes Häuschen auf sie, in dem es für sie zu dritt zwar knapp werden würde, aber wenigstens musste sie nicht mehr in diesem entsetzlichen Irrengefängnis mit seinen Luken und kreisrunden Korridoren wohnen. Sie war jung und kräftig, sie würde sich da draußen eine Arbeit suchen und sich wieder hochbringen, sodass sie den Verwandten nicht zur Last fallen würde.

Der Zug stieß einen gellenden Pfiff aus und setzte sich unter lärmenden Dampfstößen und mit viel Gerumpel in Bewegung. Für Marie Barisch war ein Kapitel ihres Lebens abgeschlossen.

Hermann Müller hatte noch unangenehm in Erinnerung, wie bestürzt seine Eltern gewesen waren, als er ihnen von seiner Berufung nach Indien erzählte, und es war ihm zuwider, dass er jetzt dieselben Szenen wahrscheinlich noch einmal durchmachen musste. Aber er würde vielleicht mehrere Wochen in Favoriten festsitzen, da gehörte es sich einfach, dass er ihnen sagte, wo er sich aufhielt, und sich verabschiedete. Er versuchte, es ihnen so leichthin wie nur möglich mitzuteilen. Nach einem kurzen Besuch bei der Familie, bei Kaffee und Kuchen, rückte er damit heraus: „Übrigens … wir werden uns ein Zeitel[24] nicht sehen, zwei Wochen vielleicht. Ich habe einen wichtigen Fall und bin unabkömmlich, werde wahrscheinlich Tag und Nacht daran arbeiten müssen."

Er hatte sich sehr getäuscht, wenn er meinte, seine Mutter damit abspeisen zu können. Pauline, die ihren Sohn kannte, spitzte augenblicklich alarmiert die Ohren. „Hermann! Ist das vielleicht schon wieder so eine furchtbare Bakterien-g'schicht? Wir lesen auch die Zeitungen, dein Vater und ich." Dann dauerte es keine fünf Minuten, bis sie alles aus ihm herausgeholt hatte, und natürlich war ihre Aufregung groß. „Warum musst denn du das machen? Dafür sind die Ärzte im Infektionsspital zuständig! Wofür wär es denn sonst extra gebaut worden? Du bist Internist, was hast du überhaupt mit Infektionen zu tun? Dafür gibt's Spezialisten!"

[24] Kurzer Zeitraum

„Aber von denen hat noch keiner einen Fall von Pest gesehen! Ich schon!“

Pauline schrie beinahe vor Aufregung. „Ah ja, und nur deswegen lässt du dich jetzt mit den Kranken einsperren, so lang, bis du's auch kriegst? Hermann, ich flehe dich an, sei vernünftig! Tu uns das nicht noch einmal an! Du weißt ja gar nicht, was Papa und ich geweint und gebetet haben, während du in Indien warst, und jetzt, wo ich schon gehofft habe, es ist endlich ein Ende mit diesen grauslichen Gschichten, fängst du schon wieder an!“

Wenn sie so mit nassen Augen und zitternder Unterlippe auf ihn einschrie, fühlte der Arzt sich so unbeholfen wie als Junge, wenn sie ihm wegen irgendetwas Vorwürfe gemacht hatte. Sie verstand seine Einstellung nicht und er verstand nicht, wie sie sich so aufführen konnte. Indien, ja, das hatte er noch halbwegs verstanden, Indien war weit weg, die Umstände dort unbekannt, die ganze Kultur fremd, aber jetzt fuhr er doch nur die paar Kilometer hinaus bis nach Favoriten! „Du brauchst dich nicht zu grämen, Mutter“, sagte er. „Es ist überhaupt nicht gefährlich. Die haben dort so viele Sicherheitsmaßnahmen, dass überhaupt nichts passieren kann. Da hättest du sehen sollen, wie es in Indien zuging! Aber hier in Wien, im modernsten Infektionsspital der Stadt, da wird mir wirklich nichts passieren.“

Ihre Antwort klang scharf. „Es hat auch geheißen, dass im Pathologischen Institut nichts passieren kann, und trotzdem ist dein Diener tot. Es ist gefährlich!“

Sein Gesicht wurde urplötzlich hart und auch seine Stimme veränderte sich. „Dann ist es eben gefährlich. Du hast Recht, es hat einen unerwarteten Zwischenfall gegeben. Umso mehr müssen wir uns jetzt einsetzen, dass die Seuche nicht weiter um sich greift. Mutter, wenn ein Krieg ausbräche, würdest du mich auch dann davon zurückhalten, ins

Feld zu ziehen? Gewiss nicht. Dann sieh es so, dass das Spital mein Kriegsschauplatz ist."

Pauline, die die Veränderung in seinem Wesen gemerkt hatte und ihre Bedeutung nur zu gut kannte, schwieg lange. Schließlich sagte sie: „Diesmal wird dich der Feind töten, das spüre ich. Aber wenn du gehen musst, geh."

Er wollte ihr von neuem erklären, wie sorgsam man in dem neu erbauten Spital alle Risiken zu vermeiden trachtete, aber sie schüttelte nur den Kopf. „Versuch nicht, mich zu beruhigen. Du hast deine Entscheidung getroffen, und wie ich dich kenne, wirst du keinen Schritt davon zurücktreten, was auch passiert."

„Ich bin überzeugt, dass ich das Richtige tue."

„Ich zweifle nicht daran, dass du das Richtige tust. Aber ich habe ein schreckliches Gefühl, wenn ich daran denke. Ich fürchte, ich werde dich nicht wieder sehen."

Als er sich verabschiedete, drückte sie ihn eng an sich, und statt des gewohnten „Komm bald wieder!", flüsterte sie: „Leb wohl. Gott segne dich."

Siebter Tag:
Donnerstag, 20. Oktober 1898

Der aggressive Bericht des „Deutschen Volksblattes" hatte das gesamte Kaiser-Franz-Joseph-Spital, besonders aber das Personal der Infektionsabteilung in fieberhafte Erregung versetzt. Was alle vermutet und gefürchtet hatten, war eingetreten: Es gab einen Pesttoten in Wien. Hektische Betriebsamkeit herrschte, das Telefon läutete fast ununterbrochen, als offizielle und inoffizielle Stellen nach Auskunft verlangten. Es war ein Kommen und Gehen, ein Fragen und Antworten, und doch konnte niemand die entscheidende Frage beantworten: Gab es weitere Krankheitsfälle? Zwar hieß es von Seiten des AKH, es könne von irgendwelchen Krankheitssymptomen an den beiden Wärterinnen des Verstorbenen keine Rede sein, aber diese Behauptung wurde mit gerechtem Zweifel aufgenommen. Die Stimmung im Kaiser-Franz-Joseph-Spital war erwartungsvoll und erregt.

Abteilungsvorstand Dr. Fritz Obermayer betrat das Zimmer seines Assistenten Dr. Severin Schilder. „Kommen Sie schnell!", rief er dem jungen Mann zu. „Es ist so weit! Landessanitätsinspektor Dr. Friedinger ist da, der Direktor ist bei ihm. Er will die Expektanzbaracke besichtigen."

Schilder sprang hinter seinem Schreibtisch auf. „Es gibt also weitere Fälle?"

Dr. Obermayer beantwortete die Frage seines Untergebenen zögernd. „Das wissen wir noch nicht mit Sicherheit. Die beiden Wärterinnen befinden sich nicht ganz wohl – was aber auch an der Aufregung liegen kann. Vor allem die Jüngere ist gänzlich unerfahren und scheint vor Angst und Aufregung außer sich zu sein, seit die Diagnose Pest bei Franz Barisch mit Sicherheit gestellt wurde. Sie wissen ja, wie das oft ist – kaum hört man von einer gefährlichen Krankheit, tut einem schon alles weh."

„Wer von uns wird die Patientinnen ärztlich betreuen?" Schilder fühlte, wie hart sein Herz klopfte, als er die Frage stellte. Er stand in der ersten Reihe derjenigen, die für diesen Dienst infrage kamen. Die Aussicht, so plötzlich mit dem schrecklichen Feind der Menschheit konfrontiert zu werden, war beängstigend, aber auch ungemein erregend. Er empfand eine leise Enttäuschung, als Obermayer antwortete: „Ihr eigener Arzt kommt mit, Dozent Hermann Müller. Er will die Frauen jetzt nicht einem Kollegen überlassen. Er zieht mit ihnen in die Expektanzbaracke."

Severin Schilder blickte seinen Vorgesetzten überrascht an. „Er lässt sich mit einsperren?"

„Er hat sich freiwillig angeboten und ich bin sehr froh darüber. Wenn er selbst in der Baracke wohnt, verringert sich das Risiko der weiteren Infektionen."

„Und wer wird sie betreuen und sie pflegen, falls sie wirklich erkranken?"

Obermayer erwiderte, man hätte bereits unter den etwa hundert am Kaiser-Franz-Joseph-Spital diensttuenden Nonnen von der Genossenschaft der Dienerinnen des Heiligsten Herzen Jesu drei ausgewählt, die Schwestern Verona, Wilfrieda und Perpetua, die als besonders erfahren und verlässlich bekannt waren. „Aber jetzt kommen Sie schon, einen Landessanitätsinspektor lässt man nicht warten!"

Direktor Klimesch und Dr. Obermayer begrüßten den Landessanitätsinspektor, einen würdigen ältlichen Bürokraten mit weißem Backenbart, und wiesen ihm eifrig den Weg.

Beide waren erregt und besorgt, aber auch voll Stolz, dass ihre Anstalt als einzige Wiens im Stande war, die Herausforderung anzunehmen. Vor allem Obermayer konnte sich mit gutem Grund loben: Er war der geistige Vater der Expektanzbaracke, die genau nach seinen Entwürfen und Vorschriften erbaut worden war. Obermayer hatte auch, fast im Alleingang, das Maßnahmenpaket geschnürt, das er für nötig hielt, um einem Verschleppen der Infektion Einhalt zu gebieten; er hatte alle Einzelheiten bedacht, jede noch so alltägliche Handlung überprüft und den tödlichen Keimen alle Schlupflöcher verstopft. Jetzt stand sein Werk auf dem Prüfstand.

Sie schritten, gefolgt von Severin Schilder, zur Expektanzbaracke. Rund um diese war ein roter Strick von Baum zu Baum gespannt, der allseitig den Zugang verwehrte – der Pestkordon.

Direktor Klimesch erklärte: „Wir stehen vor dem Problem, dass die Diagnose der Infektionskrankheiten im Anfangsstadium, also zu einer Zeit, wo diese bereits ansteckend sind, ohne längere Beobachtung unmöglich ist. Also ist es wichtig, über ein vollkommen abgetrenntes Gebäude zu verfügen, in dem wir die Patienten hundertprozentig isolieren können. Die Personen in der Baracke, die drei Pflegeschwestern, der rangälteste Diener der Infektionsabteilung, die drei Wächter sowie die Patientinnen sind von jedem direkten Verkehr mit der Außenwelt abgeschnitten." Ursprünglich, so sagte er, war man auf Masern, Diphterie und Scharlach beschränkt geblieben und die Bestimmung der Expektanzbaracke keineswegs die, auch andere Infektionskrankheiten, etwa Milzbrand, Rotz, Flecktyphus und so weiter, aufzunehmen. Erst kurz zuvor war angeordnet worden, dass auch Infektionskrankheiten im weiteren Sinne des Wortes, ja allenfalls auch die Pest, in die Baracke aufzunehmen seien.

„Wir dachten, ehrlich gesagt, nicht daran, dass dieser Fall jemals eintreten könnte, schon gar nicht, dass es die allerersten Verdachtsfälle sein würden, die wir hier aufnehmen", gestand er. „Aber wir sind überzeugt, dass wir gut vorbereitet sind."

Dr. Friedinger bemerkte düster: „Mir standen die Haare zu Berge, als ich gehört habe, dass sich im AKH das so genannte Isolierzimmer mit dem Pestkranken zwischen zwei voll belegten Krankensälen befand, in denen täglich Dutzende Besucher, Ärzte und Studenten herumlaufen. Ich hoffe, Sie sind besser vorbereitet."

Klimesch konnte selbstbewusst behaupten, dass das der Fall war. „Sehen Sie nur! Rund um die Expektanzbaracke befindet sich eine Quarantänezone von mindestens fünfzehn Meter Luftraum. Wir haben ein ganzes Paket von Maßnahmen entworfen, die es eigentlich unmöglich machen, dass die Seuche aus dem Quarantänebereich ausbricht. Es dürfte keine weiteren Fälle mehr geben." Vorsichtig fügte er hinzu: „Für Infektionen, die bereits früher erfolgt sind, können wir natürlich keine Verantwortung übernehmen. Wie Sie soeben sagten, waren die ersten Maßnahmen ... nicht ausreichend."

„Nicht ausreichend! Pfusch waren sie!", platzte der Landessanitätsinspektor wütend heraus. „Ich hätte mir nie im Leben gedacht, dass ausgerechnet ein Pestspezialist wie Hermann Müller, der als die erste Autorität auf diesem Gebiet gilt, eine falsche Diagnose stellt! Wie konnte das passieren? War der Mann blind?"

Severin Schilder mischte sich ein. Er fühlte sich gedrängt, den gleichaltrigen Kollegen, der der Pest in Bombay furchtlos entgegengetreten war, gegen diesen arroganten Schreibtischhengst zu verteidigen, der nur seine Aktenmappen und Formulare kannte. „Im Anfangsstadium ist die Pest nach dem klinischen Bild allein sehr schwer zu diagnostizieren,

Herr Kollege.[25] Die Symptome sind unspezifisch und gleichen stark denen anderer Krankheiten. Der bakteriologische Befund war vier Tage lang negativ."

Als er sah, wie Friedinger eine abschätzige Grimasse schnitt, setzte er in scharfem Ton hinzu: „Mit Verlaub, Herr Sanitätsinspektor, hinterher ist man immer gescheiter."

Klimesch deutete ihm hinter dem Rücken des Inspektors: Sind Sie verrückt, in einem solchen Ton mit einem Bonzen zu reden? Aber Schilder war schon zu sehr in Fahrt, um noch aufzuhören. Heftig fuhr er fort: „Wir haben es hier mit einer Seuche zu tun, über die es viele Mythen, viel Aberglauben, viel schauerliche Geschichten, aber noch sehr wenige wissenschaftliche Erkenntnisse gibt. Jahrhundertelang dachten die Ärzte, sie würde durch ungünstige Planetenkonstellationen oder faulige Körpersäfte ausgelöst. Bitte bedenken Sie, dass der Erreger erst vor vier Jahren entdeckt wurde und noch keine zuverlässigen Erkenntnisse über das innerste Wesen der Krankheit vorliegen."

Der Direktor unterbrach ihn hastig. „Wenn Sie mir folgen wollen, Herr Sanitätsinspektor, zeige ich Ihnen gerne das Innere der Baracke."

Der Bürokrat zögerte. „Sie steht doch leer, nicht wahr?", vergewisserte er sich.

„Natürlich." Klimesch führte die kleine Gruppe ins Innere des Gebäudes. Er zeigte dem Sanitätsrat, dass die Wände aus Gipsdielen – einer steinartigen, künstlich hergestellten Masse – bestanden und innen mit wasserunempfindlichem Anstrich versehen waren, sodass sie ohne Schaden mit desinfizierenden Flüssigkeiten abgespült werden

---

[25] Noch 1994 wurde, einem Bericht der Ärztezeitung „The Lancet" zufolge, in Indien eine Pestepidemie erst als solche erkannt, nachdem bereits über 200 Menschen gestorben waren.

konnten. Am Boden befanden sich Klinkerplatten, die keine Flüssigkeit durchsickern ließen, die weiß lackierten Betten und Betttischchen waren wegen der oft notwendigen gründlichen Desinfektion aus Eisen. Jeder Patient, jede Patientin konnte mitsamt der geistlichen Schwester in einem eigenen Zimmer getrennt versorgt werden. Darüber hinaus gab es ein Badezimmer, spezielle Toiletten, eine winzige Küche sowie Aufenthaltsräume für das Personal.

„Hier", erklärte er, während er die Tür eines Zimmers nach dem anderen öffnete, „werden die beiden Frauen wohnen, und dieses Zimmer ist für Dr. Müller vorgesehen."

„Dr. Müller? Wieso denn der?", fragte Friedinger überrascht.

„Weil die beiden Wärterinnen seine Mitarbeiterinnen sind und er sie selbst betreuen möchte. Gleichzeitig will er Studien machen."

„Ach. Ich dachte schon, er sei am Ende auch krank."

„Ganz sicher nicht." Primarius Obermayer wies auf einen Apparat, der an der Wand des Zimmers hing. „Sehen Sie hier? Diese Telefonanlage ist mit dem Inspektionszimmer des Stöckls, in dem die Ärzte wohnen, verbunden. Dort wird ein permanenter Anwesenheitsdienst geführt. Wenn von den Internierten etwas gewünscht wird, braucht der Arzt nur anzurufen; dem Appell wird absoluter Vorrang eingeräumt."

Die Gruppe verließ die Baracke wieder und wurde von Direktor Klimesch weitergeführt, um auch noch den Desinfektionsplatz und die Remise der Infektionswagen zu besichtigen. Diese wurden von Pferden gezogen, denn „Kraftdroschken", wie die ersten Automobile genannt wurden, gab es erst zwanzig Stück in Wien, und denen war das Fahren in der Stadt ebenso verboten wie den gleichermaßen neumodischen Fahrrädern.

Severin Schilder nutzte die erste Gelegenheit, um zurückzubleiben. Sollten die Vorgesetzten den Inspektor herumführen, die wussten am besten, wie man so hohe Tiere behandelte. Wahrscheinlich würde der Direktor ihm hinterher eine Standpauke halten, weil er so unhöflich gewesen war, aber er kam einfach nicht zurecht mit den Medizinfunktionären des Stadtphysikats und der Statthalterei. Was verstanden die schon von Infektionskrankheiten! Sie glaubten, weil ihr eigenes Leben von Formularen bestimmt wurde, müssten auch die Krankheiten sich an Formulare halten, aber eben das war nicht der Fall. Der junge Arzt hatte bereits dieselbe Erfahrung gemacht wie der um vieles ältere Professor Obermayer: Seuchen verhielten sich seltsam. Warum war beispielsweise die Frau des Verstorbenen nicht erkrankt, obwohl sie zu einer Zeit, als ihr Mann bereits infiziert gewesen war, mit ihm im selben Bett geschlafen und ihn gepflegt hatte? Wäre es nach den Formularen gegangen, so hätte sie, die völlig ungeschützt mit ihm den innigsten körperlichen Kontakt hatte, als Nächste betroffen sein müssen. Die beiden Wärterinnen hatten sich weitaus besser geschützt und doch wies zumindest eine von ihnen beunruhigende Symptome auf.

Als Dr. Fritz Obermayer wenig später zurückkehrte, hatte er seinem Assistenten erst einmal einiges über den diplomatischen Umgang mit hohen Beamten zu sagen, aber dann wandte er sich rasch dem eigentlichen Thema zu. „Ich habe keine guten Nachrichten, Schilder. Eben habe ich aus dem AKH erfahren, dass die Wärterin Pecha ziemlich hohes Fieber hat und sich allgemein sehr unwohl fühlt. Wir müssen befürchten, dass sie sich tatsächlich im Stadium der Inkubation befindet. Ich bin froh, dass die Nonnen schon ausgewählt sind, sie sind zurzeit beim Direktor und werden dann gleich hierher gebracht. Eine von ihnen ist übrigens

Schwester Verona, die seinerzeit den Diener Stöckl betreut hat, erinnern Sie sich?“

Schilder nickte. Er erinnerte sich gut an den Fall des Labordieners, den der Lungenmilzbrand dahingerafft hatte. Obermayer wandte sich dem Weg zu, auf dem ihm einige Herren neugierig und zugleich zögernd entgegenkamen. „Die Bibel hat Recht, Schilder“, murrte er. „Wo ein Aas ist, sammeln sich die Geier. Die Presse ist da.“

Anton Stieglitz konnte nicht anders: Er war zufrieden mit der Entwicklung der Dinge. Nicht, dass er irgendjemandem das Unglück wünschte, an der Pest zu sterben, aber nun war es schon einmal geschehen und es tat einfach gut, der Erste gewesen zu sein, der auf eine wirklich heiße Sache stieß. Außerdem waren sie beim „Deutschen Volksblatt“ weniger ängstlich gewesen, sie hatten ihm die Zügel schießen lassen, und er hatte sich seinen ganzen aufgestauten Ärger und den darauf folgenden finsteren Triumph vom Herzen geschrieben. Jetzt standen sie dumm da mit ihren „perfekten Sicherheitsmaßnahmen“! Jetzt konnte er dem Stadtphysikat und dem arroganten Hygieniker Gruber den Marsch blasen! Über Nothnagel hatte er eigentlich gar nicht herfallen wollen, aber mit dem hatte das „Deutsche Volksblatt“ ein politisches Hühnchen zu rupfen, also hatte der Redakteur darauf bestanden, dass er ihn auch in die Mangel nahm. Warum auch nicht? Sie waren einer so arrogant wie der andere, so aufgebläht in ihrer Selbstsicherheit, es tat richtig gut, ihnen einmal die Luft rauszulassen. In nächster Zeit würde den Bakteriologen ein kalter Wind ins Gesicht blasen. Stieglitz war lange genug im Zeitungsgeschäft, um zu wissen, wie schnell Bewunderung in Schmähungen und Begeisterung in Wut umschlagen konnte.

Vorderhand freilich schienen die Wiener noch gar nicht begriffen zu haben, was die Meldungen bedeuteten, denn die öffentliche Erregung war bislang ausgeblieben. Wahrscheinlich waren sie so gewöhnt daran, dass sich die miteinander verfeindeten politischen Gruppen und Grüppchen aufs Unflätigste beschimpften und einander als die Ursache allen Übels der Welt hinstellten, dass sie gegen Gräuelmeldungen abgestumpft waren. Und Infektionskrankheiten waren schließlich nichts Neues, dauernd starben Menschen an Scharlach, Masern, Diphterie, Typhus, Syphilis und Rotlauf, deshalb war ja auch die große neue Quarantäneabteilung erbaut worden. Noch war die Pest ein schwarzer Schatten, der aus ferner, ferner Zeit auf die Gegenwart fiel. Es würde ein bisschen dauern, bis die Wiener begriffen.

Ein zugleich berauschendes und unheimliches Hochgefühl erfüllte den Journalisten, als er an die Portierloge des Kaiser-Franz-Joseph-Spitals herantrat und seinen Presseausweis vorlegte. „Ich komme wegen der Aufnahme der Pestverdächtigen in die Expektanzbaracke."

Der Portier beugte sich weit vor und musterte ihn unfreundlich. „Sie wissen, dass Sie sich auf keinen Fall in die Infektionsabteilung selbst hineinschleichen dürfen? Es sind Wächter dort, und wenn Sie einen Schritt zu viel machen, stecken die Sie in Quarantäne, und dort bleiben Sie, bis Sie vermodern."

„Hab schon verstanden." Stieglitz schritt rasch davon, den von Hecken gesäumten Weg entlang, der zur Infektionsabteilung führte. Auf dem freien Feld hinter dem Krankenhaus ließen Kinder Drachen steigen, die bunt im hellen Himmel schwebten. Er hörte die jungen Stimmen quietschen und lachen. Jetzt, wo er seine Wut ausgetobt hatte, überkam ihn eine friedliche und nachdenkliche, beinahe melancholische Stimmung. An dem düsteren Tor der Infektionsabteilung blieb er stehen und spähte durch die Gitterstäbe hinein. Die quadratische Expektanzbaracke inmitten des großen, leuchtend grünen Rasenplatzes war leicht an der roten Kordel zu erkennen, die rundum gespannt war und von drei Dienern bewacht wurde. Es war ein ebenerdiges, weiß getünchtes Gebäude mit großen Fenstern, die es ermöglichten, von außen in die Zimmer hineinzuschauen. Die Lüftungsklappen standen weit offen, um frische Luft durchziehen zu lassen.

Anton Stieglitz erspähte einen jungen Arzt, von dem er sich Auskünfte erhoffte. Er sprach ihn an und sagte, wobei er auf die Mauern und das Eisengitter der Infektionsabteilung und die allein stehende Baracke deutete: „Sie sind hier sehr viel vorsichtiger als im AKH."

„Wir sind ein modernes Spital, das von Anfang an nach den neuesten Erkenntnissen errichtet wurde." Dr. Schilder konnte nicht anders – die Schmeichelei des Journalisten tat ihm wohl und er ließ sich gerne dazu bewegen, in allen Einzelheiten die getroffenen Vorsichtsmaßnahmen zu schildern, als Stieglitz ihn danach fragte. „Selbst wenn es sich um reine Verdachtsfälle handelt und bei keiner der Patientinnen eine Infektion festgestellt wurde, haben wir doch die strengsten Isolierungsmaßnahmen getroffen. Sehen Sie die Absperrung? Jede direkte Verbindung mit der Außenwelt wird dadurch verhindert. Jeweils drei zuverlässige Wächter sind beauftragt, den Kordon um die Expektanzbaracke zu bewachen, damit kein Unbefugter eindringen kann. Sie werden alle acht Stunden abgelöst, sodass Tag und Nacht eine Wache um das Gebäude steht."

Stieglitz bemerkte mit einem schiefen Lächeln: „Ich glaube nicht, das irgendjemand Lust hat, dort einzudringen, sobald die Verdächtigen eingezogen sind. Sehen Sie sich nur meine Kollegen an, die halten jetzt schon größten Sicherheitsabstand!“ Er hatte Recht: Was die Journalisten anging, die sich im Krankenhaus eingefunden hatten, wäre die strenge Bewachung nicht nötig gewesen. Ausnahmsweise hielten sich die Presseleute strikt an das Verbot, dem Ort des Geschehens zu nahe zu kommen.

„Das zeigt, dass sie kluge Leute sind“, erwiderte Severin Schilder. „Allerdings befindet sich zurzeit nur das Personal in der Baracke, nämlich die drei geistlichen Pflegeschwestern und der rangälteste Diener der Infektionsabteilung, Herr Dollischal. Die Wächter wohnen ebenfalls separat. Auch sie sind von dem Augenblick an, wo die Patientinnen eintreffen, von jedem direkten Verkehr mit der Außenwelt abgeschnitten.“

„Wie bekommen sie zu essen?“

„Die Speisen werden von einem ausschließlich zu diesen Verrichtungen bestimmten Diener zugetragen und in Schalen umgeleert, die auf dem Fensterbrett eines Nebenraumes der eigentlichen Krankenzimmer bereitstehen. Schriftstücke, Medikamente und andere Dinge werden nie von Hand zu Hand überreicht, sie werden vom Diener hingestellt und nach seiner Entfernung von den Pflegeschwestern übernommen. Damit kein Gegenstand die Exspektanzbaracke verlässt, werden Aufträge und Wünsche der Internierten je nachdem, worum es sich handelt, vom Diener oder dem behandelnden Arzt telefonisch oder schriftlich aufgenommen und an die zuständigen Stellen weitergegeben.“

Stieglitz war beeindruckt. Nach der Katastrophe im AKH war es eine Erleichterung festzustellen, dass sie wenigstens hier wussten, was sie taten. Aber schaurig musste das sein, auf unbestimmte Zeit in diesem Pestloch eingesperrt zu bleiben! Er erinnerte sich, dass der Begriff „Quarantäne“ von dem italienischen „quaranti giorni“, vierzig Tage, herstammte. So lange hatten pestverdächtige Schiffe außerhalb des Hafens von Venedig liegen müssen. „Wie lange müssen sie denn da drinnen eingesperrt bleiben? Und dürfen sie nie an die Luft?“

„Das Personal darf sich während der dienstfreien Zeit auf dem Rasenplatz innerhalb des Kordons aufhalten. Der Aufenthalt an der frischen Luft ist eine sehr wichtige präventive Maßnahme. Und wie lange? Das wissen wir nicht genau. Nach den bisherigen Erfahrungen beträgt die Inkubationszeit bei der Beulenpest zwei bis zehn Tage, bei der Lungenpest ein bis zwei Tage.“

Die Augen des Journalisten wurden zu schmalen, argwöhnischen Schlitzen. „Das heißt, wenn die beiden Wärterinnen sich nun doch infiziert haben, kommen sie schon krank hierher? Und haben mittlerweile vielleicht schon andere Personen angesteckt?“

„Dazu kann ich nichts sagen. Ich weiß nicht, in welchem Zustand sich die Leute befinden.“ Schilder spürte die Gefahr. Wenn er nicht aufpasste, was er sagte, würde der Mann ihn zitieren: „Quarantäne kommt zu spät, die Seuche hat sich bereits in Wien verbreitet!“ Glücklicherweise entdeckte er in just diesem Augenblick, dass der Infektionswagen eingetroffen war und den schmalen Weg heraufrumpelte. „Da kommen sie ja! Gehen Sie doch hin und fragen Sie Dr. Müller selbst, der ist die höchste Autorität auf dem Gebiet.“

„Ich werd mich hüten“, murmelte Stieglitz und zog sich ein Dutzend Schritte weit zurück.

Es war ein Uhr mittags, als sich das dunkle Tor der Infektionsabteilung öffnete und der von zwei Pferden gezogene, geschlossene Wagen langsam auf die Gruppe der Ärzte zufuhr, die an der Expektanzbaracke zur Begrüßung bereitstanden. Severin Schilder, der hinter dem Direktor und seinem Vorgesetzten Dr. Obermayer wartete, hielt ein Merkheft in der Hand. Er hatte sich vorgenommen, das denkwürdige Ereignis selbst zu dokumentieren, streng wissenschaftlich, ohne Sensationsgier und ohne Furcht.

Der Wagen ging auf und Dr. Müller stieg als Erster aus, gewandt und leichtfüßig, aber gezeichnet von den Aufregungen der vergangenen Tage. Er sah angegriffen und blass aus, wirkte jedoch aufgeräumt, ja geradezu heiter. Er trat mit ausgestreckter Hand auf die Ärzte zu – und hielt überrascht inne, als nur zwei seine Hand ergriffen, während die Übrigen sich verlegen zurückzogen. Aber seinen Humor hatte er nicht verloren. „Was ist denn los?“, fragte er. „Meine Herren, ich bin ja der Arzt – der Arzt ist nie infektiös!“

Daraufhin lachten die meisten, aber es war ein verlegenes und unbehagliches Lachen. Nur Dr. Obermayer war gefasst genug, auf den scherzhaften Ton einzugehen. „Sie haben es gut getroffen, lieber Herr Kollege, dass Sie an einem Donnerstag hierher kommen, denn an dem Wochentag ist immer Fassbier im Spital zu haben, und man sagte mir, Sie schätzten einen guten Trunk!“

Müller lächelte. „Ja, da schicken Sie mir gleich eins! Wo es gutes Bier gibt, da halte ich mich immer gerne auf. Und heute wird es mir speziell wohl tun – Sie können sich vorstellen, dass ich nach den Ereignissen sehr erschüttert bin.“

Als die beiden Frauen – beide in ihren Dienstkleidern und in warme Decken gehüllt – den Wagen verließen, geriet Dr. Schilder einen Augenblick lang aus der Fassung. Die ältere fiel ihm nicht sonderlich auf, aber die junge! Mein Gott, so blutjung und so hübsch! Im Augenblick vergaß er völlig, dass er vorgehabt hatte, einen rein wissenschaftlichen, klinisch kühlen Bericht zu schreiben. Sein Stift flog über das Papier.

> „Die Wangen der Pecha sind hoch gerötet. Ob ihre Augen in Tränen schwimmen oder nur vom Fieber so sehr glänzen, lässt sich nicht entscheiden. Sie fällt allen durch ihre vorteilhafte Erscheinung und gute Haltung wie Kleidung angenehm auf. Ziemlich hoch gewachsen, von fast junonischer Fülle, das sehr schön gewellte Blondhaar im Nacken zu einem griechischen Knoten geschlungen, so schreitet sie im sauberen weißen Kurzrock, in Lackhalbschuhen und schwarzen Strümpfen, die ihre natürlichen Gaben aufs Beste zur Geltung bringen, in das Zimmer Nr. II, während die Hochecker in Nr. III untergebracht wird."

Dr. Obermayer blickte ihm über die Schulter und stieß ihn an. „Was schreiben Sie denn da? Einen ärztlichen Bericht? Mein bester Herr Kollege, das ist ja eher eine Liebesromanze! Vergucken Sie sich nur nicht in die schöne Patientin! Kommen Sie, wir müssen den Kollegen Müller über die Grundsätze der Quarantänemaßnahmen informieren, die wir hier vornehmen. Das können gleich Sie machen, damit ich sehe, ob Sie nichts vergessen haben."

Schilder wandte sich etwas verlegen dem Pestarzt zu und steckte sein Merkheft ein. Er hatte nicht vorgehabt, so lyrisch zu werden, aber er war jung, kein abgebrühter alter Hase wie sein Chef. Er war froh, dass das Gespräch mit Dr. Müller ihn ablenkte.

Dieser war höchst erstaunt, als Schilder ihm eine Liste mit den strengen, komplizierten Vorschriften der Isolierung vorlegte. „Müssen alle diese Zeremonien denn wirklich sein?", fragte er wiederholt. Er schien die Maßnahmen für etwas übertrieben zu halten – eine Meinung, mit der er in der Wiener Ärzteschaft nicht allein stand. Sogar im Kaiser-Franz-Joseph-Spital hatten sich Stimmen gemeldet, dass man mit kaum weniger gefährlichen Infektionskrankheiten ohne all das Brimborium fertig geworden sei.

Müller protestierte vor allem dagegen, dass jede der beiden Frauen mit ihrer Pflegerin in ihrem Zimmer eingeschlossen bleiben sollte. Er wollte mit seinen Patientinnen in engem Kontakt bleiben, da er so viel wie möglich über die Krankheit in Erfahrung bringen wollte, sollte sich eine oder beide Krankenschwestern infiziert haben. „Sie müssen mich unbedingt zu meinen Patientinnen lassen! Wie soll ich sie denn untersuchen und behandeln, wenn ich selber in Einzelhaft sitze? Für den Arzt müssen Sie schon eine Ausnahme machen."

Das sah Dr. Obermayer ein. „Halten Sie die Frauen für bereits infiziert?"

Müller zuckte die Achseln. „Das kann ich Ihnen nicht beantworten. Die Pecha hat hohes Fieber, aber sie ist eine äußerst leicht erregbare junge Frau, die von all den Ereignissen stark seelisch erschüttert ist; es würde mich nicht wundern, wenn sie vor lauter Angst und Entsetzen Symptome bekäme – ist doch sogar die erfahrene alte Hochecker zutiefst erschüttert und ich fühlte mich am Morgen auch nicht gerade gesund. Aber jetzt ist mir schon wieder ganz wohl."

Dr. Obermayer erlaubte den Kontakt, bestand jedoch darauf, dass alle seine sonstigen Anordnungen absolut korrekt befolgt wurden. „Wenn Sie einmal drin sind, dürfen Sie unter keinen Umständen den Quarantänebezirk wieder verlassen. Wir haben kein anderes Mittel gegen die Seuche, das wissen Sie selbst, Herr Kollege. Das Pestserum, von dem so viel die Rede ist, ist nicht erprobt ..."

„Ich halte es für wirkungslos."

„Damit mögen Sie Recht haben. Umso genauer müssen wir es mit der Quarantäne nehmen."

Müller hob laut auflachend beide Hände. „Sie haben gewonnen! Ich gehe ja schon! Sie dürfen mich einsperren, so lange Sie wollen, ich habe genug Arbeit mitgebracht." Er hob eine schwere Tasche hoch, die er mit sich schleppte. „Die steckt voll mit medizinischen Büchern, Schreibzeug und Merkheften. Ich will meine Zeit hier gut nutzen und an meinem Bericht über die indische Pest weiterschreiben."

Severin Schilder wollte in Gegenwart seines Vorgesetzten nicht vorpreschen, aber ihm schien, dass auch Dr. Hermann Müller nicht gesund wirkte. Seine ungewöhnliche und unangebrachte Heiterkeit mochte eine nervöse Reaktion sein, aber zusammen mit seiner hastigen Sprechweise, seinen geröteten Wangen und glänzenden Augen passte sie auch zu einem schnell ansteigenden Fieber.

Er schwatzte viel und mit unruhigen Gesten, erzählte von Bombay, von der Verbrennung der Leichen in den primitiven Krematorien, und plauderte lang und breit darüber, wie er eigenhändig und ganz allein bis vier Uhr morgens den Wandbelag des jämmerlichen Isolierzimmers in der Klinik Nothnagel abgekratzt und die Mauern mit Karbollösung abgewaschen hatte.

„Auf jeden Fall", fuhr Müller fort, während er entschlossenen Schrittes die Baracke betrat und im Zimmer I seine Tasche auf den Boden stellte, „werde ich das Befinden der beiden Frauen genau dokumentieren, und zwar ab sofort. Wer ist das Pflegepersonal? Ah, drei Schwestern der Dienerinnen des Heiligsten Herzen Jesu! Da weiß ich uns arme Eingesperrte in guten Händen." Erklärend fügte er hinzu: „Wir waren in unserer Familie immer sehr fromm, vor allem meine Mutter, und sie hat mich in einem treuen Glauben erzogen. Ich freue mich schon darauf, die Nonnen zu begrüßen." Dann wandte er sich eifrig an Dr. Obermayer. „Sie können mir doch gewiss die nötigen Reagenzien, die ich zu einer Harnuntersuchung brauche, zur Verfügung stellen? Ich möchte so viel wie nur möglich dokumentieren."

„Aber gewiss. So, jetzt ziehen Sie sich bitte um!"

Dr. Müller schnitt eine spaßige Grimasse. „Was, dieses alberne Kostüm muss ich anziehen? Kautschukschuhe? Und einen Spitalsanzug, wie ihn die Patienten tragen?"

„Jawohl, den müssen Sie anziehen. Hier sind gleich mehrere davon, Anzug und Wäsche bitte so oft wie möglich wechseln! Der Zimmerofen wird dann sofort angeheizt, in dem müssen Sie alles verbrennen, was Sie ..."

„Ja, ich weiß. Aber wenigstens mein Bier bekomme ich ohne Zusatz von Lysollösung, oder?"

Man verabschiedete sich lachend voneinander. Aber als die beiden Ärzte das Tor der Infektionsabteilung hinter sich schlossen, platzte Schilder heraus: „Er hat Fieber, darauf möchte ich wetten."

Obermayer stimmte halb und halb zu. „Er war auf jeden Fall sehr alteriert, aber das ist kein Wunder nach der durchwachten Nacht und den vielen Aufregungen. Mir würde schon die tobende Presse genügen, dass ich mich fiebrig fühle. Den armen Kollegen Nothnagel haben sie ja in der Luft zerrissen. Da kommt noch einiges auf uns zu."

Hermann Müller fühlte sich erleichtert, als die „Begrüßungszeremonien", wie er sie bei sich nannte, vorbei waren und er in Ruhe seiner Arbeit nachgehen konnte. Er zog sich um und lachte über das „Clownskostüm", das man ihm aufgezwungen hatte: dieser baumwollene, weiße Spitalspyjama und die quietschenden grauen Kautschukschuhe! Wenigstens konnte er einen weißen Ärztemantel darüber ziehen!

Dann begab er sich zu Albine Pecha, die dringend nach ihm verlangt hatte. Bereits während der Fahrt hatte sie über heftige Kopfschmerzen geklagt.

Dr. Müller fand die junge Frau in ihrem spartanisch eingerichteten Zimmerchen, das genau wie alle anderen einer Gefängniszelle ähnelte. Die Wände waren nackt und kahl, ohne den geringsten Schmuck außer einem Kruzifix über dem weiß lackierten Eisenbett, der steinerne Fußboden ebenfalls, die Fenster ohne Vorhänge. Nur der großzügige Ausblick auf den grünen Park rundum, in dem noch späte Rosen blühten, brachte eine freundliche Note in das triste Bild. Das Krankenhausbett stand auf der einen Seite des Raumes, auf der anderen, verborgen hinter einem Paravent, ein einfaches Lager, auf dem die diensttuende Schwester sich – angekleidet und in ständiger Bereitschaft – ausruhen konnte.

Albine Pecha befand sich in Gesellschaft der Nonnen Verona und Wilfrieda, die sie bereits zu Bett gebracht und den Zimmerofen angeheizt hatten. In ein langes Barchentnachthemd gekleidet, saß sie aufrecht im Bett und starrte den Arzt an wie ein verängstigtes Kind. „Wie lange muss ich denn hier bleiben, Herr Dozent? Es ist schrecklich hier ... wie in einer gemauerten Gruft."

„Wahrscheinlich nur ein paar Tage, Fräulein Pecha." Er fasste die Hand der jungen Frau und drückte sie ermutigend. „Sie dürfen sich nicht so aufregen, das treibt das Fieber hoch, und davon bekommen Sie auch diese scheußlichen Kopfschmerzen. Versuchen Sie einmal, ein bisschen ruhiger zu werden." Dann wandte er sich an die Nonnen. „Wollen Sie mir bitte einen kalten Umschlag zurichten, damit wir Fräulein Pecha von ihren Kopfschmerzen befreien? So, danke." Er wand das feuchtkalte Tuch um die Stirn der Kranken und nötigte sie sanft, sich niederzulegen. „Ist es jetzt besser?"

Albine nickte matt.

„Gut, dann nehme ich jetzt einmal eine ausführliche Untersuchung vor."

Die beiden Nonnen assistierten ihm mit der Geschicklichkeit von Frauen, die dieselben Handgriffe schon tausende Male ausgeführt hatten. Müller war sehr zufrieden und dankte ihnen dafür. „Es tut gut, erfahrene Leute hier zu haben, das wird mir meine Arbeit sehr erleichtern."

Albine beobachtete ängstlich sein Vorgehen. Ihr Gesicht war heftig gerötet und zeigte einen schwachen, für das kundige Auge des Arztes aber deutlich erkennbaren bläulichen Schimmer – eine Zyanose, die auf Sauerstoffmangel im Blut hinwies. Das Fieber war weiter gestiegen, die Temperatur betrug jetzt 39,8. Als er den Radialpuls an der Daumenseite des Vorderarms, nahe dem Handgelenk, fühlte, fand er die Arterie ungewöhnlich hart und stark verengt.

„Und?", fragte Albine mit zitternder Stimme. „Bin ich sehr krank?"

„Sie haben Fieber und ein Problem mit der Atmung, aber sonst kann ich nichts Spezifisches feststellen." Unter den Umständen war jedes Unwohlsein ein Alarmzeichen, auch wenn es noch so unbestimmt war. Aber bis die bakteriologische Untersuchung des Sputums Klarheit erbrachte, konnte er nichts Besseres tun, als die junge Frau aufzurichten, so gut er es vermochte.

Er setzte sich ans Bett, klemmte den goldgerahmten Zwicker auf den Nasenrücken und verfasste stenografisch einen ausführlichen Zustandsbericht der Kranken.

Schwester Wilfrieda, die ihn dabei beobachtete, schien es, dass auch sein Gesicht heftig gerötet war und einen schwachen Zyanoseschimmer aufwies – oder war das nur eine Folge seiner beim eifrigen Schreiben eng zusammengekauerten Haltung?

Albine fragte ihn zwischendurch immer wieder, ob sie gesund werden und wie lange es dauern würde, und er musste ihr wiederholt dieselbe Antwort geben: „Ich weiß es nicht. Es geht Ihnen nicht gut, aber das kann vielerlei Gründe haben, vor allem die große seelische Belastung, der Sie ausgesetzt waren. Sehen Sie, schon in alter Zeit hat man beobachtet, dass Leute vor Schrecken krank wurden, wenn sie einen Pesttoten nur aus der Ferne sahen. Es ist eine zutiefst erschütternde Erfahrung, und Sie sind jung und haben dergleichen noch nie erlebt."

Die junge Frau brach in Tränen aus. „Es war so schrecklich, so unbeschreiblich schrecklich! Ich hatte vorher erst einmal einen Toten gesehen, das war mein Großvater, aber der war im Schlaf gestorben, er war fast neunzig Jahre alt, und er lag so lieb und friedlich da in seinem Bett, ordentlich angezogen, mit Blumen in den Händen und einem kleinen Kreuz ... ganz anders als diese scheußliche schwarz gefleckte Leiche ..." Sie setzte sich so abrupt auf, dass die kalte Kompresse herunterfiel, und krallte die Finger in seinen Arm. „Ich will nicht so sterben, auf keinen Fall! Sie dürfen das nicht zulassen, Sie müssen mir etwas geben, das mich gesund macht!" Dann, erschöpft von der heftigen Bewegung, sank sie zurück.

„Ich bin ja gerade dabei, auszuarbeiten, wie wir Ihnen am besten helfen können."

Sein freundlicher, mitfühlender Ton beruhigte die Kranke ein wenig. „Ich rege mich wohl wirklich zu viel auf", murmelte sie. „Glauben Sie, dass ich nächste Woche schon wieder zu Hause sein kann? Meine Mutter wird sich Sorgen machen. Darf sie mich denn nicht besuchen?"

„Vorderhand nicht, wir dürfen alle keinen Besuch empfangen, aber ich kann veranlassen, dass das AKH jemanden zu ihr schickt und sie informiert."

Nach ungefähr einer Stunde beendete der Arzt seine Niederschrift und begab sich zu Frau Hochecker.

Die saß ebenfalls im Bett, in ein ganz gleiches bodenlanges Barchentnachthemd gekleidet, mit aufgelöstem grauem Haar, eine Decke um die frierenden Schultern, und empfing den Arzt mit einer Jammertirade. In dem Augenblick, wo sie von der Pflegerin zur Patientin geworden war, brach all ihre Selbstbeherrschung zusammen. Sie war so lange für andere stark gewesen, dass sie ihre eigene Schwäche vollkommen vergessen hatte. Jetzt drängte alles nach außen. Sie jammerte und schimpfte, weinte und erging sich in den düstersten Unheilsprophezeiungen, als ihre zu Stein erstarrte Psyche zum ersten Mal seit Jahrzehnten aufbrach und die alte Frau sich gestattete, an sich selbst zu denken. Es war ein Phänomen, das Müller schon öfter bei Menschen erlebt hatte, die sich für andere aufopferten. Sie waren so völlig ungeübt darin, sich um ihr eigenes Leiden zu kümmern, dass sie vollständig aus der Fassung gerieten, wenn es sie überfiel.

Sie klagte laut über starke Kopfschmerzen, Herzbeschwerden, Zittern und innere Unruhe und war überzeugt, todkrank zu sein. Es war jedoch eindeutig, dass nur die Aufregung für ihr Unwohlsein verantwortlich war, denn ihre Werte waren vollkommen normal. Ihre Pflegerin, die „alte Blatternschwester" Perpetua, besorgte ihre Arbeit ebenso ruhig und gelassen wie die beiden anderen Nonnen.

Inzwischen hatten die Ärzte im Stöckl nicht vergessen, dass sie dem Kollegen in der Baracke ein Bier versprochen hatten. Durch Max Dollischal, der die Expektanzbaracke betreute, schickten sie dem Internierten eine launige Bierkarte mit den kollegialen Grüßen aller Ärzte, die darauf unterschrieben hatten, sowie eine reichliche Portion seines Lieblingsgetränks.

Müller blickte auf, als an seine Zimmertür geklopft wurde und ein bulliger, grauhaariger Mann in der Uniform eines Spitalsdieners eintrat, ein kleines Fässchen Bier auf beiden Armen tragend. „Guten Abend, Herr Dozent. Mein Name ist Dollischal, ich bin der Betreuer der Baracke, und das schicken Herrn Dozent seine Kollegen, mit den allerbesten Grüßen."

Müller las die scherzhaften Grüße auf der Karte und betrachtete lächelnd das Fässchen. „Die Herren Kollegen wollen mich wohl sturzbetrunken sehen! Das ist ja viel zu viel für einen Einzelnen. Zapfen Sie sich nur ruhig einen Teil davon ab, und bringen Sie auch den Patientinnen und den Schwestern etwas."

„Vielen Dank, Herr Dozent, sehr freundlich."

Müller betrachtete ihn nachdenklich. „Haben Sie sich freiwillig zum Dienst gemeldet oder wurden Sie dazu bestimmt?"

„Freiwillig, Herr Dozent. Ich habe keine Angst vor der Pest. Ich bin schon so lange in der Infektionsabteilung tätig, dass ich durch die langjährige Gewohnheit ganz furchtlos geworden bin."

„Es gefällt mir, dass Sie so denken."

Der Diener zuckte die Achseln, etwas verlegen über die freundliche und vertrauliche Art, in der der Arzt – ein weit gereister, berühmter Arzt, wie er gehört hatte, der sogar Bücher schrieb – ihm begegnete. „Wissen Sie, Herr Dozent", antwortete er, „sterben kann man an allem, nicht nur an der Pest. Was habe ich schon mit Kranken und Toten zu tun gehabt, die an Diphterie, Scharlach, Masern oder sonst einer Infektionskrankheit gelitten haben! Da kann einem auch jede unbedachte Berührung den Tod bringen. Man muss vorsichtig sein, Gott um Hilfe bitten und das Schicksal annehmen, wie es kommt."

Als Dr. Müller ihm lächelnd zunickte, fasste er den Mut, seine Ansichten näher zu erläutern. „Die Zeitungen da draußen, die Behörden, die Politiker, die schreien jetzt alle wie die Verrückten, weil man an der Pest sterben kann! Ja, muss man denn etwa nicht sterben, bloß weil man der Infektion entgeht? In hundert Jahren werden wir alle tot sein, ganz gleich, woran wir gestorben sind. Dem Menschen ist es bestimmt zu sterben, wann und woran auch immer. Ich sage immer, man muss sich dem Tod nicht in die Arme werfen, aber man muss sich vor ihm auch nicht ansch... ... will sagen, nicht vor Angst verrückt machen lassen. Und jetzt, wenn ich so frei sein darf: Prost, Herr Dozent!"

Müller dankte und prostete dem grauhaarigen Mann seinerseits zu. Als er dann allein in seinem Zimmer saß und dem Bier mit Vergnügen zusprach, dachte er: Die geistlichen Schwestern und der alte Diener, das waren Leute nach seinem Herzen.

Dr. Severin Schilder hätte bereits dienstfrei gehabt, aber unter den außergewöhnlichen Umständen blieb er in seinem Büro, in dem ein einfaches Wachstuchsofa so oft sein Bett gewesen war. Er ließ sich aus der Küche ein Abendessen bringen und legte sich nach dem Essen mit einer Zigarre und einer halben Flasche Wein auf das Sofa. Seine Gedanken wanderten, aber diesmal waren es nicht allein die Gedanken eines Arztes, der sich einer großen Herausforderung und Gefahr gegenübersah, sondern die alltäglichen Gedanken eines Mannes, der einer schönen Frau begegnet ist.

Albine Pecha hatte es ihm vom ersten Augenblick an angetan. Es war ihm peinlich, dass Obermayer ihm über die Schulter geschaut und seine Notiz gesehen hatte, die er, überwältigt vom ersten Eindruck, so gedankenlos niedergeschrieben hatte. Als sich die Tür des Infektionswagens geöffnet hatte, war ihm förmlich die Luft weggeblieben. Er hatte erwartet, eine der typischen Wärterinnen zu sehen – derbe, von schwerer Arbeit gezeichnete, oft düstere und unansehnliche Frauen … Und dann war diese blonde Juno ausgestiegen mit ihren königlichen Bewegungen, ihrem scheuen Lächeln und dem betörenden Glanz in den Augen, von dem er als Arzt nur zu gut wusste, dass ihn das Fieber hervorrief. Er sah in Gedanken jede ihrer Bewegungen vor sich, die leichten Schritte, die anmutige Wendung des Kopfes, mit der sie, schon in der Tür der Baracke stehend, noch einmal zurückblickte.

Schilder war sehr empfänglich für weibliche Reize, aber sein Dienst war lang und ermüdend, die Schwestern waren Nonnen, die Patientinnen waren tabu – und selbst wenn er in die Welt außerhalb der Quarantänemauern trat, fand sich kaum eine Frau, die die intime Bekanntschaft eines Arztes der Infektionsabteilung machen wollte. Wenn er seinen Beruf erwähnte, wichen sie vor ihm zurück, als hätte er eingestanden, Filzläuse zu haben. Nein, noch schlimmer: Sie waren alle überzeugt, dass er sämtliche ansteckenden Krankheiten mit sich herumschleppte, von denen sie je gehört hatten, vom Keuchhusten bis zur Cholera. Manchmal fühlte er sich wie ein Aussätziger. Es war hart für einen jungen, lebensfrohen Mann, so von den Frauen gemieden zu werden.

Umso intensiver wurden seine Träume von der schönen Patientin in der Expektanzbaracke, je tiefer der Pegel in der Weinflasche sank. Als er am Grund angekommen, war Dr. Severin Schilder ernsthaft verliebt. Ermutigt vom Alkohol, wünschte er, er könnte mit Dozent Müller den Platz tauschen und sich persönlich um Albine kümmern. Sie hatte es verdient, von einem Arzt versorgt zu werden, der ihre Reize zu würdigen wusste. Müller war ein gütiger Mensch, zweifellos, aber wie Schilder ihn einschätzte, war es ihm vollkommen gleichgültig, ob er Albine betreute oder die knurrige alte Frau, die mit ihr zusammen eingeliefert worden war. Sie war für ihn eine Patientin, das war alles. Eine Sammlung von Daten: Herzschlag, Blutdruck, Temperatur, Lungenfunktion.

Aber auch wenn er nicht persönlich in ihre Nähe kommen konnte, einen Blumenstrauß konnte er ihr immerhin schicken, zum Zeichen, dass jemand an sie dachte – und nicht nur irgendjemand, sondern ein gut aussehender junger Arzt, der in Kürze Leiter der Infektionsabteilung sein würde. Er konnte immerhin jetzt schon vorbauen für den Tag, an dem sie wieder entlassen wurde. Sicher war sie nicht wirklich krank, sondern litt nur unter dem Entsetzen und der Aufregung der Ereignisse, die sie durchgemacht hatte. Er kannte das. Er hatte erlebt, wie junge Ärzte nach einigen Wochen Dienst nervlich zusammenbrachen, und Albine war eine zarte junge Frau – nicht einmal eine richtige Krankenschwester, sondern ein Engel, der sich durch Zufall in diesen harten und trübseligen Beruf verirrt hatte. Wenn er jetzt ihr Herz gewann, würde es ihm gehören, auch wenn sie das Spital wieder verlassen durfte.

Er schlief mit einem tiefen, melancholischen Seufzer ein.

Nachdem mehrere Zeitungen von der Einlieferung der Pestverdächtigen in die Infektionsabteilung berichtet hatten, begriffen die Wiener allmählich, was sich da zusammenbraute. Langsam machte sich in der Bevölkerung ein gewisses Unbehagen breit. Die Leute waren überzeugt, dass es gefährlich war, sich dem AKH zu nähern, gar nicht zu reden davon, dass man sich an einer der – vielleicht schon verseuchten – Kliniken behandeln ließ. Und es waren nicht nur die Einfachen und Ungebildeten, die sich ängstigten. Sogar zwei Abgeordnete fragten an, ob der Ministerpräsident bereit sei, „die schädlichen und ungeheuer gefahrdrohenden Experimente der Ärzte in den Kliniken ein für alle Mal zu verbieten".

„Herr Stieglitz, Telefon für Sie!" Der Kaffeesieder steckte den Kopf durch die Tür des verrauchten Extrazimmers. „Wieder einmal einer von den Herren, die alle keinen Namen haben."

Stieglitz grinste. „Sie fragen auch nicht jeden nach seinem Namen, mit dem Sie Geschäfte machen, oder? Sein Sie mir ja freundlich zu den Herren, die sind Gold wert." Er schlüpfte hinter dem mit Papieren bedeckten Tisch hervor und begab sich zum Telefon in der Nische hinter der Schank.

Über seine guten Kontakte zum Krankenhauspersonal war es ihm gelungen, Verbindung mit den Wächtern der Expektanzbaracke aufzunehmen, und für Geld und gute Worte hatten sich einige von ihnen bereit erklärt, ihn auf dem Laufenden zu halten. Das war zwar verboten – alle Mitteilungen an die Presse, so hatte die Direktion verfügt, wurden nur mehr über das amtliche Korrespondenzbüro Wilhelm ausgegeben –, aber über einen Telefondraht konnten sich keine Keime verbreiten, und warum sollten sie sich nicht ein kleines Taschengeld verdienen? Stieglitz, so hatte man ihnen versichert, war diskret und hatte seine Informanten niemals preisgegeben. Sie brauchten nichts anderes zu tun, als ihm so oft wie möglich Bericht zu erstatten, was sich im Inneren des Krankenhauses tat. Alles Weitere machte er.

Stieglitz hob den Hörer auf. „Ja? Was gibt's Neues?" Er lauschte aufmerksam und machte sich während des Gesprächs Notizen. Es würde noch ein gutes Stück Arbeit kosten, aus den unbeholfen formulierten Meldungen das Wichtige herauszufiltern und sie in eine interessante Form zu bringen, aber dafür war er ja da.

Er fragte sofort nach Albine Pecha. Wie Dr. Schilder auch war er von dem Anblick der jungen Frau nicht unbeeindruckt geblieben. Was für ein Mädchen! Er wünschte sehr, sie würde gesund bleiben und er könnte schon bald ein langes Interview mit ihr führen, wie sie sich während der schrecklichen Tage gefühlt hatte. Er wusste schon genau, wie er es anstellen würde: Erst ein intimes Abendessen in einem feinen Lokal, danach ein oder zwei Gläschen Schampus, während er mitfühlend den Schilderungen ihrer Leiden lauschte, und dann ... Vielleicht war sie ja bereit, ihre Rückkehr ins Leben mit ihm zu feiern? Bei dem Gedanken lief es ihm wohlig warm über den Rücken.

Leider waren die Informationen, die er erhielt, nicht erfreulich. Der jungen Frau ging es nicht gut. Man hatte ihr Sputum zur bakteriologischen Untersuchung in die Prosektur des Kaiser-Franz-Joseph-Spitals geschickt, das Ergebnis wurde für den nächsten Tag erwartet.

„Und Dozent Müller?"

Der hatte sich in die Arbeit gestürzt, kümmerte sich um seine Patientinnen und schrieb an seinem Buch.

Stieglitz kehrte ins Extrazimmer zurück. Er hatte keine Lust mehr, noch einmal einen Hetzartikel zu schreiben. Er hatte den Ärzten gesagt, was er ihnen seit Monaten hatte sagen wollen, er hatte die Genugtuung erlebt, dass er Recht behalten hatte – jetzt standen andere Aspekte im Vordergrund.

Er ließ sich einen weiteren Kaffee bringen und notierte den Titel für seinen nächsten Artikel:

„Ein schönes, unschuldiges Mädchen als Opfer der schändlichen Pestexperimente."

Der ausgedehnte Gebäudekomplex des Kaiser-Franz Joseph-Spitals lag still in der Nacht, nur die hell erleuchteten Fenster im Zimmer I der Expektanzbaracke verrieten, dass ein gelehrter Einsiedler noch an der Arbeit war. Müller arbeitete fleißig bis drei Uhr früh, schrieb an seinen Unterlagen weiter und verfasste auch einen Brief an seinen zweiten Bruder und seine Schwester in Graz, denen er versicherte, dass er sich wohl fühle, keineswegs in großer Gefahr schwebte und überzeugt sei, das Richtige getan zu haben. Er hätte unter diesen Umständen nicht anders handeln können, wiederholte er noch einmal mit tiefster Überzeugung.

Es war schon fast wieder Morgen, als er sich endlich schlafen legte. Er war todmüde und das Bier hätte ihm eigentlich die nötige Bettschwere verleihen müssen, aber er schlief unruhig. Immer wieder schreckte er auf, heimgesucht von beklemmenden Träumen, in denen die Scheiterhaufen flackerten und die bronzenen Tempelglocken dröhnten. War es das ungewohnte Bett oder die düstere Umgebung, die seinen Schlaf störten? Sonst hatte er immer gut geschlafen, sogar in der feuchten Hitze und dem Gestank des Arthur Road Hospitals. Nein, es war eine innere Unruhe, die ihn wach hielt, und dazu das ständige Kratzen im Hals, das ihn ein ums andere Mal zwang, sich zu räuspern. Wahrscheinlich war es eine Folge des dichten nächtlichen Herbstnebels, der von der Spinnerin am Kreuz herab auf das Krankenhausgelände zukroch und die Pavillons in seine kaltfeuchten Schwaden hüllte. Da der oberste Teil des Fensters wegen der Ventilation Tag und Nacht offen stand, drang der Nebel ins Zimmer.

Müller hüstelte und hüstelte, während er sich im Halbschlaf von einer Seite auf die andere wälzte. Dann wurde er ungeduldig. Er setzte sich im Bett auf, zündete die Lampe auf dem Nachttisch an und hustete kräftig aus. Wenn er nur den lästigen Frosch im Hals loswurde, würde er endlich gut schlafen können. So, das war besser. Das Abhusten hatte wehgetan, aber jetzt konnte er wieder durchatmen.

Als er die Spuckschale wegstellte, fiel ihm auf, wie locker und rötlich das Sputum darin war. Er blies rasch das Licht aus und verkroch sich wieder im Bett, als könnten die Wärme und die Dunkelheit ihn vor der Erkenntnis beschützen, die sich ihm plötzlich aufdrängte. Seine Abgeschlagenheit und Schwäche am Morgen, die innere Unruhe, das Kratzen im Hals und jetzt dieses Sputum – das waren Anzeichen einer Lungenentzündung. Und eine Pneumonie unter diesen Umständen konnte nichts anderes bedeuten als Lungenpest.

Er hatte in Bombay nur sechs Fälle dieser seltenen Krankheitsform unter insgesamt sechshundert Kranken gesehen, aber alle waren tödlich ausgegangen, und von den britischen Ärzten hatte er gehört, dass diese Form der Pest immer tödlich endete. Eng zusammengerollt, mit hochgezogenen Knien, die Hände vor der Brust ineinander geklammert, lag er im Bett und starrte mit offenen Augen in die Dunkelheit. Sein Herz hämmerte. Erschöpft von zwei halb durchwachten Nächten, benommen von dem reichlichen Bier und geschwächt von den Vorboten der Krankheit, verharrte er in einem unruhigen Dämmerzustand, manchmal träumend, manchmal wieder vollkommen wach, während ein wirrer Strom von Gedanken und Emotionen in ihm kreiste.

Und allmählich formte sich aus den ungesunden Gedanken, die der Rausch, die Erschöpfung und die beginnende Infektion in ihm auslösten, ein Wachtraum. Er meinte, vor dem Narrenturm zu stehen, und wollte hineingehen, um Barisch wegen seiner unverzeihlichen Schlamperei zu schelten, als der Turm sich zu einem der düsteren Tempel in Bombay wandelte. Eine Stimme in seinem Inneren sprach ihn an: „Wo ist dein Gott jetzt, du Narr? Er hat geschworen, dich zu beschützen, aber er hat dich im Stich gelassen, hat dich in meine Hände fallen lassen … sieh mich an!"

Er blickte auf und sah in der dunklen Masse, die sich vor ihm bis in einen bleiernen Himmel auftürmte, weder Turm noch Tempel, sondern einen entsetzlichen Berg übereinander aufgetürmter menschlicher Leichen, die alle die Zeichen der schwarzen Pest trugen. Das Ungeheuer, das zwei Drittel Europas verschlungen hatte, grinste ihn an und lachte über seine Hilflosigkeit, über sein Vertrauen in Gott, das sich jetzt als die Narretei erwies, für die es so viele seiner Kollegen gehalten hatten … Wie konnte irgendjemand dieser furchtbaren Macht Einhalt gebieten? Kein Gott und schon gar kein Mensch! Wie hatte er jemals glauben können, er könne dieses Ding aus Millionen aufgetürmten Kadavern erforschen oder gar besiegen?

Die Worte, mit denen Hiobs Frau ihren Mann verhöhnte, kamen ihm in den Sinn: „Fluche Gott und stirb!"

Er presste beide Hände auf die Ohren, obwohl er wusste, dass die Stimme nicht von außen kam, vergrub das Gesicht ins Kissen, um jeden Laut zu ersticken, und schrie vor Qual.

Achter Tag: Freitag, 21. Oktober 1898

Als Hermann Müller gegen sieben Uhr Morgens erwachte, bildete er sich in den paar Sekunden zwischen Traum und Wachen ein, er habe nur einen Albtraum gehabt. Er fühlte sich matt und sein Nachtgewand war von Schweiß durchnässt, aber ansonsten fühlte er sich wohl. Die schrecklichen Bilder waren verschwunden, keine höhnende und lästernde Stimme verfolgte ihn mehr. Er lag in der hellen Dämmerung auf dem Bett und überließ sich dem täuschenden Gefühl, er habe eine Krise überstanden und sei auf dem Wege der Besserung. War ein Schweißausbruch nicht oft das willkommene Zeichen, dass der Höhepunkt einer Krankheit überschritten war? Was immer ihn in der Nacht gequält hatte, es war vorbei.

Dann meldete sich die Vernunft, die ihm sagte, dass er sich etwas vormachte. Aber wie war das möglich? Er selbst war krank? Einen Augenblick lang wallte ein Sturm kindischer Rebellion in ihm auf. Wie konnte er krank sein? Er war doch der Arzt, der die Kranken betreuen musste! Er war der Erforscher der Pest, nicht ihr Opfer! Es war nicht richtig so, es war ungerecht, es konnte nicht sein! Die ganze Zeit hatte er so deutlich gespürt, dass ein übernatürlicher Schutz auf ihm ruhte. Während der Reise nach Indien waren seine Kollegen zuweilen besorgt gewesen, aber er selbst war in heiterer, zufriedener Stimmung, er hatte sich nicht die geringsten Sorgen gemacht wegen der Gefahr, in die er sich begab. Er kam gar nicht auf den Gedanken, dass er sich anstecken könnte; er schob die Möglichkeit so weit weg, dass er sie nicht mehr sah.

War das sein Irrtum gewesen? Hatte er für eine von Gott verliehene Immunität gehalten, was nur sein eigener Unwille war, sich von Ängsten und Sorgen an seiner Arbeit behindern zu lassen? Kinder, dachte er, hielten sich die Augen zu, wenn sie nicht gesehen werden wollten. Hatte er sich die Augen zugehalten, in der treuherzigen Hoffnung, der Würgeengel würde dann an ihm vorbeigehen? Es war ein bitterer Gedanke, der die tiefe Kränkung in sich trug, dass jetzt alle Recht gehabt hatten, die über seinen Glauben an eine göttliche Bewahrung lachten. Er war ein Narr gewesen und in kurzer Zeit würde er ein toter Narr sein, das hatte er jetzt von seiner Eitelkeit, sich als einer von Gottes Auserwählten zu fühlen, während er für Gott nichts anderes war als ein winziges Staubkorn, das er mit einem Hauch ins Nichts blasen konnte.

Dann schob er den Gedanken gewaltsam zur Seite und stieg aus dem Bett. Er konnte sich jetzt nicht mit Grübeleien aufhalten, er hatte eine Pflicht zu tun. Auf jeden Fall musste er seine Morgenvisite machen. Er wusch sich sorgfältig, zog reine Wäsche, einen frischen Pyjama und darüber den weißen Ärztemantel an und schlüpfte barfuß in die Kautschukschuhe, deren seltsamer Anblick ihn wieder erheiterte. Seine Stimmungen wechselten rasch; er lachte wie ein Kind über die „Gummipatschen“, fühlte sich fast euphorisch heiter und spürte doch, wie eine Finsternis auf seinem Herzen lastete, die er nie zuvor gefühlt hatte.

Schwester Verona brachte ihm sein Frühstück, von dem er nur sehr wenig aß. Er war vor allem durstig und füllte sich mehrmals ein Glas Wasser nach. Als er zu husten anfing, sagte er, er habe sich an einem Krümel „verkutzt“ und wolle ihn mit dem Wasser hinunterspülen.

„Herr Dozent sehen nicht gut aus“, bemerkte die Nonne, die ihn mit scharfen Augen beobachtet hatte.

Er fuhr auf, als hätte sie ihn bei einem Unrecht ertappt. „Ja, wie soll ich denn aussehen, wenn ich in der letzten Nacht bis drei Uhr morgens gearbeitet habe? Da wäre ein anderer auch nicht frisch und munter!" Dann jedoch lenkte er ein. „Sie haben schon Recht, ehrwürdige Schwester, ich bin schläfrig und ich bin schlechter Laune, weil mich die Müdigkeit daran hindert, mich meiner Arbeit so zu widmen, wie ich es gerne täte. Ich wollte in aller Frühe schon arbeiten, aber kaum lese oder schreibe ich etwas, fallen mir die Augen zu und ich schlafe ein."

Dann stand er auf und verkündete, er wolle einen kurzen Spaziergang machen, ehe er mit der Morgenvisite anfing. „Sehen Sie nur, es wird ein herrlicher Tag werden! Ich glaube, es war nur der beißende Nebel, der mir die Nacht verdorben hat, seit die Sonne wieder scheint, geht es mir wieder ganz leidlich." Er öffnete die Tür und atmete tief die sonnenwarme, herbstliche Luft ein. „Ah! Das ist gleich etwas anderes! Schade, dass ich nur um die Baracke herumlaufen darf, aber immerhin besser als gar nichts."

Er trat ins Freie, streckte die Arme zu beiden Seiten aus und tat ein paar reichliche Atemzüge, dann schritt er resolut auf dem Rasen auf und ab und rief den Wächtern an der Absperrung ein fröhliches „Guten Morgen!" zu. Als er hinzufügte: „Ein Glück für Sie, dass es ein sonniger Tag wird, wenn es regnete, müssten Sie alle mit Regenschirmen hier stehen!", lachten die Männer herzlich, weniger über den matten Witz als vor Freude, dass der berühmte Doktor sich so ganz und gar nicht arrogant zeigte.

Er wirkte sehr unternehmungslustig, aber Schwester Verona war keineswegs überrascht, als er nach kaum zwanzig Minuten zurückkehrte. Er schloss auffallend hastig die Tür hinter sich und gleich darauf hörte sie ihn in seiner Kammer drinnen husten, so lange und krampfhaft, dass kein in den falschen Hals geratener Krümel die Ursache sein konnte. Das Türchen des Zimmerofens wurde mit einem hörbaren Klicken geöffnet und wieder geschlossen, also hatte er den Wattebausch mit dem Auswurf verbrannt. Sie beobachtete, wie er mit matten Schritten hinüber in Albines Zimmer ging, um die morgendliche Untersuchung vorzunehmen.

Zur selben Zeit trat Schwester Wilfrieda ans Bett der Albine Pecha, die eben aus unruhigem Schlaf erwacht war. Sie lächelte der Kranken zu. „Es gibt eine schöne Überraschung für Sie, Fräulein Pecha, schauen Sie nur einmal aus dem Fenster!"

„Was ist es denn?" Albine, die in der Nacht hohes Fieber gehabt und sich sehr schlecht gefühlt hatte, setzte sich auf und griff sich augenblicklich an den Kopf. „Oh – ich habe schon wieder so Kopfweh! Hört das denn nie auf!" Mit schmerzlich verzerrtem Gesicht beugte sie sich vor und spähte aus dem Fenster. Gleich darauf war der Schmerz vergessen. Mit einem kleinen Aufschrei des Entzückens schlug sie die Hände zusammen.

Anton Stieglitz' herzergreifender Artikel, den ihm gleich mehrere Gazetten abgekauft hatten, hatte Wirkung gezeigt. Das „schöne, unschuldige Opfer der schändlichen Pestexperimente", wie er sie genannt hatte, war praktisch über Nacht zu einem Liebling der Wiener geworden, nicht zuletzt, weil ein geschickter Zeichner dem Artikel ein sehr ausdrucksstarkes Bild der jungen Frau beigefügt hatte. Sie, das süße Wiener Mädl, war der Inbegriff leidender Unschuld, eingesperrt in dieses kalte weiße Gefängnis, abgesondert von der Welt, weil skrupellose Ärzte sie in ihre Teufeleien mit hineingezogen hatten. Die Männer wünschten, sie könnten ihr ritterlich zur Seite stehen, die Frauen identifizierten sich mit der gepeinigten Heldin eines Schauerromans.

„Das ist alles für Sie abgegeben worden, Fräulein Pecha",

sagte die Nonne. „Von den Wienern, die Ihnen baldige Genesung wünschen."

Albine war fassungslos. Der Rasen vor ihrem Fenster hatte sich in ein Blumenbeet verwandelt! Ein halbes Dutzend Mal schon war der Lieferant mit seinem Hundekarren am Tor der Infektionsabteilung vorgefahren und hatte Blumensträuße abgegeben, und nicht wenige waren aus dem Inneren des Krankenhauses gekommen. Dicht an dicht standen die bunten Sträuße mit den Kärtchen daran. „Alles für mich? Das ist alles für mich?", rief sie überglücklich aus. „So lieb sind die Leute zu mir! Wo soll ich denn die vielen Blumen nur alle hinstellen? Das Zimmer ist ja viel zu klein dafür!"

„Das meiste müssen wir draußen auf dem Rasen stehen lassen, denn Ihr Zimmer soll nicht voll geräumt sein, aber Sie können die Blumen ja durch das Fenster bewundern und außerdem halten sie draußen an der frischen Luft länger. Und die schönsten Sträuße stellen wir herein."

„Danke! Danke!", rief sie ein ums andere Mal mit großer Freude. „Wie schön die Blumen sind! Schwester Wilfrieda, Sie müssen meine Verwandten wissen lassen, wie sehr ich hier geehrt werde! Sehen Sie nur, all die Rosen!" Neckisch fragte sie: „Was meinen Sie, ob wohl einer der Ärzte in mich verliebt ist? Es sind so viele rote dabei!"

„Nun, der rote Strauß ist von Dr. Schilder. Sehen Sie ihn? Das ist der Herr, der an der Absperrung steht, der mit dem kleinen Schnurrbart."

Albine war so fröhlich geworden, dass sie lebhaft winkte und sah, wie der junge Arzt zurückwinkte. „Sie müssen seinen Strauß hereinholen lassen, Schwester! Und den da mit den roten Rosen – und den großen mit den gelben Blüten – ach, sie sind einer schöner als der andere, ich weiß gar nicht, welchen ich mir aussuchen soll!" Aufgeregt lachend kämmte sie sich mit den Fingern das blondlockige Haar und zupfte ihre Kleidung zurecht. „Wissen Sie, wie ich mich fühle? Wie eine gefeierte Dame vom Theater! Das ist mir noch nie passiert, dass so viele Menschen an mich denken! Es ist ein gutes Zeichen, finden Sie nicht auch? Ich werde sicher wieder gesund!"

Noch nie war sie so glücklich gewesen, hatte sich so wichtig und bedeutend gefühlt. So viele Menschen, die ihr Gutes wünschten und ihr diese wundervollen Blumen schickten!

Als Dr. Müller ihr Zimmer betrat, begrüßte sie ihn mit strahlenden Augen. „Sehen Sie nur, Herr Doktor, sehen Sie, wie schön die Blumen sind! In der Nacht habe ich mich sehr elend gefühlt, aber jetzt geht es mir schon fast wieder gut."

Er lächelte ihr zu, erfreut über ihre gute Laune und ihren Optimismus, aber die Untersuchung ergab keinen Anlass zur Freude. Das Fieber war immer noch hoch, die Atmung behindert, der Husten hatte nicht nachgelassen. Wenigstens brauchte er ihr die schlechten Nachrichten nicht zu überbringen. Diesmal zeigte sie gar kein Interesse daran, was er in ihrem Krankenbericht notierte, so fasziniert war sie von ihrem plötzlichen Ruhm.

Ganz außer sich geriet sie, als Schwester Perpetua das Krankenzimmer betrat, die neueste Nummer des „Illustrierten Wiener Extrablatts" in der Hand schwenkend. „Jetzt werden Sie Augen machen, Fräulein Pecha! Ihr Bild ist in der Zeitung und so wohl getroffen!"

Albine riss die Augen auf. „Was? Wirklich? Lassen Sie doch gleich sehen!" Sie blätterte erregt in der Zeitschrift und stieß einen Freudenschrei aus, als sie ihr Bild darin sah. „Oh! Sehen Sie sich das nur an, Schwester Wilfrieda! Mein Bild!" Kokett fügte sie dann hinzu: „Es ist aber gar nicht gut getroffen, so hübsch bin ich in Wirklichkeit nicht!"

„Doch, das sind Sie. Es ist sehr ähnlich."

Albine schlug vor Freude wie ein Kind die Hände zusammen. „Ja? Meinen Sie? Aber es ist nur gut, dass mich niemand in diesem scheußlichen Kittel sehen kann! Wenn jemand von der Zeitung kommt, muss ich mich unbedingt richtig anziehen. Und frisieren auch. Wo ist denn mein Kamm?"

Müller musste sich zwingen, ihr Geplapper mit einem Lächeln zu erwidern. Er war erleichtert, als er das Zimmer der Johanna Hochecker betrat und dort die genau entgegengesetzte Situation vorfand. Die Patientin war verängstigt, wütend und launisch, aber offenbar gesund. Während er sie untersuchte und feststellte, dass ihre Werte ebenso normal waren wie am Vortag, hörte er ihre lauten Klagen: „Ist das nicht ungerecht, Herr Doktor, dass ich sterben muss? Wem habe ich denn etwas getan? Womit habe ich Gott so erzürnt, dass er mich straft?" Einmal verkroch sie sich unter der Decke, dann wieder setzte sie sich im Bett auf, warf unruhig die Decke ab und maulte: „Es ist so entsetzlich langweilig hier, ich habe den ganzen Tag nichts zu tun und keinen Besuch, es ist ja kein Wunder, wenn ich mich elend fühle!" Zuletzt kam heraus, was der besondere Anlass ihrer schlechten Laune war: „Das dumme kleine Ding, die Pecha, die wird gefeiert wie eine Prinzessin. Ich möchte mal wissen, wofür. Nur für ihr herziges Gsichterl? Zu brauchen war sie für nix, und jetzt kommt alle fünf Minuten ein neuer Blumenstrauß für sie, wahrscheinlich ein jeder mit einem Heiratsantrag! Ist das Schicksal nicht ungerecht? Solche Glückskinder wie die Pecha, die haben alles, und ein armes altes Weib wie ich …"

Ihr Geschwätz blieb ihr im Hals stecken, als sie sah, wie der Dozent sie anblickte. Sein Gesicht war starr, seine Augen leuchteten in einem krankhaften Glanz.

„Die Pecha hat die Pest", sagte er, „und wird tot sein, bevor die Blumen da draußen verwelkt sind."

Er schloss die Tür hinter sich, ohne noch ein weiteres Wort mit der alten Frau zu wechseln.

Gegen neun Uhr kamen Primarius Obermayer und Dr. Schilder bei der Vormittagsvisite an der Baracke vorbei und riefen nach Dr. Müller, der gleich darauf am Fenster erschien. Schilder warf einen Blick auf ihn und biss sich erschrocken auf die Lippen. Der Pestspezialist war wachsbleich und es ging ihm offensichtlich nicht gut. Er gab auf die Fragen seiner Kollegen nur kurze Antworten und schien Atembeschwerden zu haben, die ihm das Sprechen zur Mühe machten. Er entschuldigte sich, er habe in der Nacht sehr lange gearbeitet und sei etwas erschöpft, er werde sich dann bald wieder hinlegen.

Der Pecha gehe es auch nicht gut, berichtete er.

Obermayer schlug vor, sie mit Pyramidon und kalten Bädern zu behandeln, um das Fieber zu senken, aber Müller lehnte schroff ab. „Die kalten Bäder sind nur eine Quälerei für die Kranke und sie bringen nichts."

„Was würden Sie stattdessen vorschlagen, Herr Dozent?"

Müller blickte einen Augenblick lang starr vor sich hin, dann antwortete er: „Da kann man überhaupt nichts machen." Mit einer heftigen Bewegung wandte er sich ab. „Ich werde Ihnen später Nachricht geben, Herr Primarius, jetzt möchte ich noch ein Weilchen schlafen."

Schwester Verona machte sich Sorgen. Sie war überzeugt, dass nach Fräulein Pecha nun auch der Arzt selbst erkrankt war. Sie hatte ihn beobachtet, wie er die Morgenvisite bei seinen beiden Patientinnen machte, sorgfältig und eifrig – nur etwas langsamer als am Vortag. Er hatte sichtlich Mühe, die Krankengeschichten fortzuführen, und danach fühlte er sich so matt, dass er sich zu keinem weiteren Spaziergang aufraffen konnte, obwohl er angekündigt hatte, er wolle noch einmal an die frische Luft gehen.

Sie folgte ihm, als er sich wieder auf sein Zimmer begab. Als er nach seinen Büchern griff, mahnte sie sanft: „Herr Dozent sollten sich lieber ein wenig zur Ruhe legen, als zu arbeiten … und die eigene Körpertemperatur messen."

Er zwang sich zu einem unbeschwerten Lachen. „Wozu denn das? Um meine Temperatur geht es hier doch gar nicht, sondern um die der Kranken!" Aber er merkte, dass er sie nicht täuschen konnte, also sagte er: „Gut, dann wollen wir einmal Fieber messen."

Schwester Verona blickte ihn aufmerksam an, als er die Quecksilbersäule ablas. Es überraschte sie nicht, als er mit gespielter Gleichgültigkeit verkündete: „Sieh an, 38,2! Das ist wohl eine Folge der Überanstrengung." Sie wusste, dass er nicht die Wahrheit sagte. Gemeinsam mit dem Husten und Auswurf war die erhöhte Temperatur ein unmissverständliches Zeichen für das Unheil, das sich in seinen Lungen eingenistet hatte. Die Nonne war überzeugt, dass ihm das bewusst war, er aber nicht wusste, wie er sich angesichts dieser Tatsache verhalten sollte. Sie ahnte, was ihm durch den Kopf ging: Schon in kurzer Zeit würde es ihm so schlecht gehen, dass er zu jeder Arbeit unfähig war. Wer sollte dann die Kranke untersuchen? Wer sollte den Status der Internierten pünktlich und regelmäßig aufschreiben? Was wurde aus seinen wissenschaftlichen Studien, die er gestern mit so viel Eifer aufgenommen hatte? Sie wusste, wie schwer es gerade Ärzten fiel, sich selbst als Patienten zu betrachten. Gestern hatte er noch gesagt: „Ich bin ja der Arzt, der Arzt ist nie infektiös.“ Wenn sie selbst in die Rolle des hilflos Leidenden gestoßen wurden, waren die Doctores vollkommen überfordert.

Sie merkte aber auch, dass ihn noch etwas anderes quälte, und da sie gewohnt war, zur Sache zu kommen, sagte sie: „Herr Dozent haben etwas auf dem Herzen, nicht wahr?“

Dass er so unumwunden auf seine Ängste angesprochen wurde, entriss ihm die Antwort: „Ich hatte heute Nacht einen entsetzlichen Albtraum. Es war … Sie als Ordensfrau werden mich nicht auslachen, wenn ich sage, dass ein Dämon zu mir sprach und mich verhöhnte.“ Hastig fügte er hinzu: „Ich weiß, ich war überarbeitet und ich hatte auch, ehrlich gesagt, zu viel getrunken, aber ich glaube nicht, dass das allein die Ursache war. Dieses … Ding wusste genau, wo es mich treffen konnte. Glauben Sie das? Dass ein böser Geist zu uns sprechen kann wie ein Mensch?“

Sie umging die Antwort mit einer Gegenfrage. „Was sagte er?“

„Er lachte mich aus, weil ich Gott vertraut hatte.“

Schwester Verona war eine sehr kluge alte Frau. Sie verstand sofort, worum es ging. „Sie hatten Gott vertraut, dass Sie nicht erkranken würden, nicht wahr? Ich hörte, wie Sie gestern bei der Begrüßung zu den Ärzten sagten: ‚Der Arzt ist nie infektiös.‘ Aber Sie wissen, dass das nicht stimmt. Hunderte von Ärzten sind an den Seuchen gestorben, die sie zu bekämpfen suchten.“

„Ich weiß. Aber ich war so sicher, dass Gott mir in Bombay ein Zeichen gegeben hatte – ein Zeichen, dass er mich für diese Aufgabe auserwählt hatte. Heißt es nicht: ‚Sie werden auf Schlangen und Nattern treten und Gift trinken, und es wird ihnen nicht schaden‘?“

„Es steht auch geschrieben: ‚Mein Gott, mein Gott, warum hast du mich verlassen?‘“

Die Antwort traf ihn so tief, dass er spürte, wie ein Schluchzen in ihm aufstieg, aber es verwandelte sich in einen hässlichen Hustenkrampf, der ihn so heftig schüttelte, dass er beinahe vom Bettrand gerutscht wäre. Er musste sich festhalten, bis er, schwer nach Atem ringend, wieder zur Ruhe kam.

Überraschend kühl sagte er: „Ich brauche einen kleinen Dienst von Ihnen.“ Dann verschloss er einen Becher mit einer Sputumprobe. „Melden Sie bitte Herrn Dollischal, er soll das in die Prosektur zu Professor Kretz bringen. Und ... seien Sie sehr vorsichtig damit.“

Er blieb am Fenster stehen und beobachtete, mit welcher Sorgfalt und Umständlichkeit die Probe gemäß den Quarantänevorschriften entgegengenommen wurde. Der Diener trat in den durch das gespannte Seil abgegrenzten Raum, näherte sich der Exspektanzbaracke bis auf wenige Schritte und stellte eine Glasschale von etwa zwanzig Zentimeter Durchmesser auf den Rasen. Den Deckel der Glasschale hob er ab. Im Inneren befand sich eine sterilisierte Petrischale. Den Deckel der großen Schale in der Hand haltend, trat Dollischal einige Schritte zurück und rief Schwester Verona zu, es sei so weit.

Diese trat aus der Baracke heraus, nahm, ohne die große Schale zu berühren, die kleine an sich und übergab sie dem Arzt. Dieser hob den Deckel der Petrischale ab und gab das Sputum hinein, wobei er sorgfältig jede Beschmutzung der Außenseite der Schale vermied, die wieder mit dem Deckel verschlossen wurde. Verona wickelte die Schale in ein mit Sublimat getränktes Tuch, trug sie hinaus und stellte sie wieder in die auf dem Rasen stehende große Schale. Dann zog sie sich zurück. Erst als sie im Inneren der Baracke verschwunden war, erschien der Diener wieder, stülpte den bereitgehaltenen Deckel auf die große Schale, umwickelte sie ebenfalls mit einem desinfizierenden Tuch und trug sie in die Prosektur.

In seiner Ein-Zimmer-Wohnung auf dem Schottenfeld saß der Hörsaaldiener Eugen Noe in Nachthemd und Pantoffeln auf dem Bettrand. Der sonst so lustige kleine Mann war tief bedrückt. Der Tod seines guten Freundes Barisch war ihm sehr nahe gegangen, und seit er wusste, woran er gestorben war, quälte ihn ein tief sitzendes Unbehagen. Er erinnerte sich genau, dass er am 14. Oktober noch mit ihm geplaudert hatte, ehe dieser seinen nächtlichen Leichenwachdienst antrat, und dass Barisch zu diesem Zeitpunkt die linke Hand mit einem Verband umwickelt hatte. Das hieß, dass die tödlichen Keime bereits in seinem Körper am Werk gewesen waren.

Und jetzt hustete er selbst – schon den zweiten Tag. In der Nacht war er mehrmals aufgewacht, weil ihn kalte Schauder überliefen, und kaum schlief er ein, hockte ihm ein Alb auf der Brust, der ihn kaum atmen ließ.

Er zögerte, sich krankzumelden, obwohl er sich sehr unwohl fühlte. Er wusste genau, dass man ihn in Quarantäne stecken würde, wenn seinen Vorgesetzten am Gerichtsmedizinischen Institut seine Erkrankung bekannt wurde, und er hatte schreckliche Angst davor, in die Infektionsabteilung zu kommen. Wer wusste denn, wie lange sie ihn dort einsperrten, zusammen mit all den anderen Verdächtigen? Wenn er die Seuche bislang nicht hatte, würde er sie dort ganz sicher bekommen.

Wenn er sich krankmeldete und zu Hause blieb, würden sie ihn holen. Aber wenn er zum Dienst ging, so wie er aussah, gelblich bleich und mit seinem Krampfhusten, würden die Ärzte sofort bemerken, dass etwas nicht stimmte, und ihn ebenfalls einliefern lassen.

Eine Weile überlegte er, ob er nicht kurzerhand aus Wien flüchten und sich bei seinen Verwandten in Niederösterreich verstecken sollte, bis er wieder gesund war. Es konnte doch nicht wirklich die Pest sein, oder? Aber wenn sie es war, würde er seine gesamte Familie infizieren, und das wollte er nicht auf sein Gewissen nehmen.

Mit einem Seufzer stand er auf. So schwer es ihm fiel, er hatte seine Entscheidung getroffen. Er würde den Ärzten melden, dass er sich krank fühlte.

Zwei Stunden später nahm man in der Infektionsabteilung ein kleines, blass und verstört aussehendes Männchen in Dienertracht in Empfang. Der diensttuende Arzt stellte fest, dass der Mann hustete und sehr elend aussah. Die Temperaturmessung ergab jedoch 36,9, also nichts Bedenkliches.

Er wurde mit einer eigenen Schwester im ersten Stock des Pavillons B isoliert.

Dr. Schilder saß im Vorraum der Prosektur im Kaiser-Franz-Joseph-Spital und notierte in seinem Merkheft: „Die Untersuchung des Sputums des Fräulein Pecha (welches von Doktor Müller ein paar Stunden vor seinem eigenen zur bakteriologischen Untersuchung in die Prosektur des Spitals geschickt worden war) ergab am 21. Oktober typische Pestbazillen."

Er ließ den Stift sinken und starrte den Satz an. Ob die schöne Kranke wusste, was das bedeutete? Bitterkeit quoll in ihm hoch. Warum? Warum? Ein so blühendes junges Leben, willkürlich ausgelöscht von einem blinden, besinnungslosen Agenten! Als die Leute noch daran geglaubt hatten, dass Gott die Pest zur Strafe oder als Prüfung im Glauben schickte, hatten sie wenigstens einen Sinn darin sehen können, dass das Unheil sie heimsuchte. Sie weinten und klagten oder schlugen sich an die Brust, aber sie standen nicht vor dieser verzweifelten Sinnlosigkeit. Wenn einen ein anderes Lebewesen anfiel, ein Raubtier, so wusste man immerhin, dass es von Hunger oder Furcht getrieben wurde, von Motiven, die es mit dem Menschen gemeinsam hatte. Yersinia pestis war nichts als ein verständnislos wimmelndes, winziges Stückchen unbewussten Lebens, getrieben von etwas, das nicht einmal Instinkt war, sondern nur eine Art innerer Mechanik, ein zutiefst verächtliches und absolut tödliches Ding. Mit bitterer Ironie dachte er: Gott hatte alle Dinge geschaffen, auch dieses, „und er sah, dass es gut war". Gut wozu? Um ein liebenswertes, unschuldiges junges Leben auf eine Weise auszulöschen, die grausamer war als die Hinrichtung eines Schwerverbrechers?

Die Tür wurde einen Spalt breit geöffnet und eine vermummte weiße Gestalt blickte herein. Hinter der Maske steckte der Prosektor der Spitals Dr. Rudolf Kretz. Als er den Mundschutz abnahm, sah Severin Schilder schon seinem Gesichtsausdruck an, dass er neuerliche schlechte Nachrichten brachte, und die ersten Worte des Prosektors bestätigten seine Befürchtungen. „Das Sputum von Dr. Müller enthält auch Pestbazillen."

„Oh Gott! Sind Sie sicher?"

„Ganz sicher, sonst würde ich es nicht sagen. Übrigens habe ich schon gehört, dass er sich am Morgen deutlich unwohl fühlte. Wer wird es ihm sagen?"

„Müssen wir es ihm überhaupt sagen?" Schilder, den die doppelte Schreckensnachricht traf wie ein Schlag, stammelte die unsinnige Antwort heraus, ohne zu überlegen.

„Natürlich müssen wir das", antwortete Kretz befremdet. „Am besten, Sie übernehmen diese Aufgabe gleich, wenn Sie schon da sind."

„Ich? Wieso ich?", protestierte der junge Arzt erschrocken. „Ich meine ... sollte das nicht besser jemand tun, der mit dem armen Kollegen vertrauter ist, einer von seinen Freunden, nicht ich, ein ganz fremder Mensch ..."

Aber seine Einwände wurden nicht gehört. Er fühlte sich wie betäubt, als er im strahlenden Sonnenschein durch den Krankenhauskomplex schritt, der Infektionsabteilung zu. Es war ein so herrlicher Tag, man konnte glauben, es sei Juni und nicht Oktober, so warm war es, so klar der Himmel über der Stadt, deren zahllose Türme und Kuppeln im Licht glänzten. Was für ein Tag, um ein Todesurteil zu überbringen! Natürlich war es nicht das erste Mal, dass er gezwungen war, einem Patienten die bittere Wahrheit zu sagen; seine Arbeit in der Infektionsabteilung hatte ihn schon hunderte Male in diese qualvolle Situation gebracht, und die anderen Krankheiten, mit denen er zu tun hatte – Masern, Diphterie, Scharlach oder gar die gefürchteten Kombinationen aus mehreren Infektionen –, waren um nichts weniger tödlich. Und doch war ihm noch nie so unheimlich und beklommen zu Mute gewesen wie jetzt. Vielleicht konnte er die Mitteilung, wenn er sie schon nicht gänzlich zurückhalten konnte, noch ein wenig hinauszögern, dem Todgeweihten noch einen Tag voll glücklicher Unwissenheit schenken?

Er bedeutete dem Posten am Tor der Infektionsabteilung, ihm zu öffnen, und schritt ins Innere des ummauerten Bezirks. Im hellen Licht wirkte die weiße Expektanzbaracke – die jetzt zur Pestbaracke geworden war – inmitten des weiten grünen Rasens fast wie ein Ferienhaus.

Schilder blieb an der Stelle stehen, wo der rote Strick von Baum zu Baum den Quarantänebereich markierte, und blickte zum Fenster von Dr. Müllers Zimmer hinüber. Er sah Schwester Verona und winkte ihr, sie solle den Arzt, der noch im Bett lag, ans Fenster holen. Gleich darauf wurde es geöffnet und Dr. Müller in seinem Spitalsanzug erschien. Er sah schlecht aus, bemühte sich aber, zuversichtlich zu klingen. „Guten Tag, Herr Kollege! Gut, dass Sie gekommen sind. Fräulein Pecha geht es leider gar nicht gut."

„Und Ihnen?"

Müller zuckte die Achseln. „Ich spüre die Überarbeitung und außerdem war ich gestern Nacht sehr lange wach. Was bringen Sie denn für Nachrichten?"

Der junge Arzt räusperte sich unbehaglich. „Der Herr Prosektor lässt Sie bestens grüßen und Ihnen sagen, das Sputum der Pecha enthalte reichlich typische Pestbazillen."

Dr. Müller sagte leise: „Und das meine auch, nicht wahr?"

Schilder brachte es nicht fertig, eine klare Antwort zu geben. Stotternd brachte er eine Lüge über die Lippen. „Nein, das Ihrige enthält nur Diplokokken; Balken sind darin bis jetzt überhaupt nicht gefunden worden."

Dr. Müller starrte ihn verblüfft an, dann schüttelte er mit einem ärgerlichen Auflachen heftig den Kopf. „Aber was reden Sie denn da? Spielen Sie doch keine Komödie! Ich habe ja ganz lockeres, rötliches Sputum. Woher soll denn das auf einmal kommen? Ich kann doch nicht auf einmal zufällig eine ganz gewöhnliche Pneumonie bekommen! Und Fieber habe ich auch, woher sollte das kommen? Das ist Pestpneumonie, das muss ich am besten wissen, ich habe sie doch auch in Bombay gesehen. Da gibt's keinen Zweifel!"

Schilder wusste, er hätte jetzt sagen müssen: Ja, Sie haben Recht. Aber er stammelte hilflos: „Vielleicht ist es dennoch etwas anderes."

Müller wehrte ungeduldig ab. „Nein, nein, es ist aus mit mir. Von der Pestpneumonie ist noch niemand aufgekommen, die Sterblichkeit ist 100 Prozent – in fünf Tagen bin ich tot!“

Was sollte Schilder angesichts dieser Gewissheit noch sagen? Er antwortete niedergeschlagen: „Wie Sie meinen, Herr Kollege. Es wird ein Arzt zu Ihnen kommen, Sie können sich dann mit ihm beraten.“

Müller fuhr heftig auf. „Was? Wozu denn? Zu mir soll niemand kommen, ich brauche niemanden, ich will keine Komödie!“

„Aber es muss Sie doch jemand ablösen und Ihre Behandlung übernehmen, was es auch sein mag, woran Sie leiden.“

Der Kranke schrie so wild auf, dass ihn sofort ein schmerzhafter Hustenanfall schüttelte. „Nein, nein! Wer zu mir kommt, wird auch sterben. Die Wärterin soll draußen bleiben – gehen Sie auch weg –, ich will keine Behandlung, da kann niemand helfen. Lassen Sie mich ruhig sterben, ohne Komödie.“

Dr. Schilder wagte keinen Widerspruch mehr. Von tiefer Hilflosigkeit durchdrungen, fragte er: „Wünschen Sie noch etwas, Herr Doktor Müller?“

„Nein.“ Es klang sehr scharf. Aber dann wurde der Ton des Kranken weicher. „Sagen Sie nur allen, die mich kennen, dass sie mir verzeihen sollen, wie ich ihnen verzeihe, und danken Sie allen Kollegen für ihre Freundlichkeit, hier im Krankenhaus und an der Klinik. Grüßen Sie alle Herren von mir, besonders aber Ihren Primarius Dr. Obermayer und den Hofrat Nothnagel.“

„Sonst wünschen Sie nichts?“

„Nein, ich möchte nur Ruhe haben und ruhig sterben.“

Damit sank er tief aufatmend in die Kissen. Das Fenster wurde wieder geschlossen.

Eine gute Viertelstunde lang lag der junge Pestspezialist völlig reglos im Bett, niedergeschmettert von der Nachricht, die Dr. Schilder ihm überbracht hatte. Er hatte bereits geahnt, dass er diese Nachricht erhalten würde, aber es war doch etwas anderes, den offiziellen Befund zu hören. Es geht schnell, dachte er. Was am Morgen noch ein Unwohlsein gewesen war, war jetzt Schwäche. Der tückische Dämon hatte ihn eingeholt.

Seine hilflose Empörung gegen das Schicksal wandte sich gegen Franz Barisch, den Urheber des ganzen Unglücks. Welcher Teufel hatte den Barisch geritten, als er, vom Alkohol umnebelt, vergaß, den Käfig mit den Versuchsratten sicher zu verschließen, sodass eine pestverseuchte Ratte entkam? Aber dann ließ sein Zorn nach. Lass Gott über ihn urteilen, sagte er sich. Im Allgemeinen war der Barisch ja ein braver, zuverlässiger Mann gewesen, der seine grausige Arbeit mit Sorgfalt und Ernst erledigte. Dass er es manchmal seelisch nicht mehr schaffte, so von Schrecken umgeben im „Pestzimmer" zu arbeiten, dass er Trost und Stärkung im Alkohol suchte – fachlich war es eine unverzeihliche Schwäche, aber menschlich konnte ihn Hermann Müller verstehen. Und wenn man an Strafe dachte, so hatte sie Barisch als Ersten getroffen.

Verzweiflung überkam ihn, als er an die anderen dachte, die in Gefahr schwebten, sein Schicksal zu teilen. Albine Pecha war nicht mehr zu retten. Und wie viele außer ihr hatte der tödliche Keim befallen? Er hatte nicht nur in seiner Absicht versagt, die Geheimnisse der Pest zu erforschen, er war darüber hinaus zu einer Quelle des Unheils für alle geworden, denen er begegnete! Gott hatte ihm nicht nur verweigert, ein Segen zu werden, er hatte ihn zu einem Fluch gemacht. Der Dämon triumphierte. Und er konnte triumphieren, weil Hermann Franz Müller ein Narr gewesen war, vertrauensselig wie ein frommes Kind, in schwärmerischer Hingabe glaubend, Gott habe ihn zu etwas Besonderem ausgewählt – aber Gott lachte über seine kleinen, eitlen Träume, verachtete ihn dafür, wenn er ihn nicht überhaupt dafür verdammt hatte. Wieder formte sich vor seinen geschlossenen Augen das Bild des monströsen Leichenturms, aufragend bis in einen gottlosen Himmel, der in bleiernem Schweigen zusah, wie der Dämon sich zu seiner ganzen Größe aufrichtete.

Ein Rascheln schreckte den Kranken auf. Er öffnete die Augen und sah Schwester Verona damit beschäftigt, frische Unterwäsche zurechtzulegen. „Was machen Sie denn noch hier?", fuhr er sie an. „Ich habe doch gesagt, Sie sollen fortgehen! Haben Sie das nicht gehört? Gehen Sie, ich befehle es Ihnen!"

Die alte Nonne blickte ihn an wie ein ungezogenes Kind. „Nicht bös sein, aber Herr Dozent haben mir nix zu befehlen. Die Einzigen, die mir etwas zu sagen haben, sind Gott und meine Oberin. Wenn die mich fortschicken, gehe ich – vorher nicht."

„Wollen Sie denn unbedingt auch sterben?", schrie er und krümmte sich in einem qualvoll schmerzlichen Hustenanfall zusammen. Über den Bettrand gebeugt, hustete er schwarzblutigen Auswurf in die Spuckschale. „Da!", ächzte er, kaum dass er wieder Luft bekam, „wissen Sie, was das ist? Der Tod!"

Ein Lächeln huschte über das verwitterte Gesicht Schwester Veronas, als sie antwortete: „Dem Tod entgehen wir alle nicht, und wie und wann wir sterben, das hat der Herrgott schon längst bestimmt, Herr Dozent, da brauchen wir uns keine Sorgen zu machen. Leben wir, so leben wir dem Herrn, und sterben wir, so sterben wir dem Herrn. Jetzt nehmen Sie einen von den großen Wattebauschen und wischen sich den Mund ab, und dann gleich in den Ofen damit. Ich koche Ihnen einen Tee, das ist gut gegen den Schock. Wenn Sie einen Rat annehmen wollen: Verlangen Sie, dass man Ihnen eine Flasche feinen Cognac schickt, das ist zwar kein Heilmittel, aber ein guter Tröster, und Sie werden sich ein wenig wohler fühlen."

Dr. Müller warf gehorsam den infizierten Wattebausch ins Feuer und kroch dann wieder ins Bett. Seine zornige Erregung legte sich. Mit einem Lächeln bemerkte er: „Sie reden ja gerade so mit mir, wie meine Mutter es getan hat, wenn ich als kleiner Bub krank war. Es tut mir Leid, dass ich Sie so angeschrien habe, aber ... mein Gott, ich will nicht auch noch an Ihrem Tod schuld sein!"

„Meinen Sie denn, dass Sie an anderen Toden schuld sind?"

„Ich fürchte, ja." Er zog die Decke hoch, als ein kalter Schauder ihn überlief, der erste Vorbote kommenden Schüttelfrosts. „Ich habe Fehler gemacht. Ich war zu langsam, was den Franz Barisch anging, hätte ihn gleich hierher bringen lassen sollen, dann hätte sich die arme Pecha nicht infiziert, und wer weiß, wer jetzt noch alles erkrankt: Sie, Ihre Mitschwestern, der alte Dollischal, die Ärzte ... Vielleicht habe ich gestern jeden angesteckt, der mir die Hand gegeben und mit mir gesprochen hat ... Oh Gott!" Er schlug beide Hände vors Gesicht. „Reiße ich jetzt die alle mit mir in den Untergang?"

Schwester Verona war bereits damit beschäftigt, den Tee aufzubrühen. Sie füllte ein großes Heferl mit der aromatischen Brühe und stellte es auf das eiserne Betttischchen. „Trinken Sie." Dann fügte sie hinzu: „Wollen Herr Dozent hören, was eine alte Frau sagt, die schon viele Menschen sterben gesehen hat?" Als Müller nickte, fuhr sie fort: „Es hat keinen Sinn, sich alle diese Fragen zu stellen, was gewesen sein hätte können und vielleicht anders gekommen wäre, wenn man dies oder jenes anders gemacht hätte. Wenn Sie Schuld auf dem Herzen spüren, dann sagen Sie es dem Priester; Sie werden ja gewiss einen holen lassen. Und wenn Sie Ihren Frieden mit Gott gemacht haben, dann verbringen Sie Ihre letzten Tage so gut und sinnvoll, wie Sie nur können."

Müller lauschte mit geschlossenen Augen. Er schämte sich, dass das Todesurteil ihn so aus dem Gleichgewicht gebracht hatte, auch wenn es nur kurze Zeit der Fall gewesen war. Jetzt war ihm plötzlich ganz ruhig zu Mute. Was die alte Nonne sagte, tat ihm gut. Wenigstens machte sie keine Komödie, versuchte ihm nicht einzureden, es sei alles halb so schlimm. Ihre Klarheit und Stärke schenkten ihm neue Kraft.

Er öffnete die Augen und brachte sogar ein Lächeln zu Stande. „Das ist gut, was Sie da gesagt haben, Schwester Verona, das tröstet mich. Und ich weiß auch schon, was ich Gutes und Sinnvolles tun werde." Er setzte sich mit neuer Energie auf und begann, in der Lade des Betttischchens zu kramen, in der er seine Merkhefte aufbewahrte. „Ich bin hierher gekommen, um die Pest zu studieren, und wie könnte ich das besser tun als an mir selbst? Schnell, das Fieberthermometer! Und wegen des Cognacs verständigen Sie bitte den Diener, damit er ihn gleich bringt, ich werde sicher eine Stärkung brauchen."

Er fühlte sich plötzlich fast wieder gesund. Ganz klar sah er den Weg vor sich. Jetzt hatte er, der Fachmann, die Gelegenheit, den Verlauf der Krankheit vom ersten Augenblick an aus eigener Anschauung in all ihren Symptomen genau zu beschreiben, an sich selbst.[26]

---

[26] Die Krankengeschichte von Dr. Müller (mit Temperaturtabelle) ist im Jahrbuch der Wiener Krankenanstalten 1898, Jahr 7, S. 20, mitgeteilt worden.

Müller trug den Wert, den er eben gemessen hatte, in eine neue Fiebertabelle ein – seine eigene. Mit kräftigen Schriftzügen notierte er in seinem Arbeitsbuch: „Status: Dr. Hermann Franz Müller, Arzt, Privatdozent für innere Medizin an der Universität Wien, Assistent der Ersten Medizinischen Klinik Hofrat Professor Nothnagel". Dann beschrieb mit der distanzierten Aufmerksamkeit des Wissenschaftlers seine eigenen Symptome:

> „Behandelte den am 18. Oktober 1898 an Pestpneumonie verstorbenen Laboratoriumsdiener Franz Barisch. Begab sich mit zwei Pflegerinnen, von denen eine unter dem Verdacht von Pestpneumonie steht, ins Infektionsspital. Erste Wahrnehmung einer eigenen Infektion in der Nacht vom 20. auf den 21. Oktober. Müdigkeit, Mattigkeit, Abgeschlagenheit, raues Ausspein. Am 21. Oktober um 9 Uhr vormittags Müdigkeit, erhöhte Abgeschlagenheitsgefühle. Besuchte noch seine Pflegebefohlenen. Um 11 Uhr Kopfschmerzen. Um 11.30 Uhr Temperatur 38,6, Husten, Halsschmerzen leichter Art, sehr heftige Kopfschmerzen. 2 Uhr nachmittags Fieber 39, lockerer, leichter Auswurf. 2.30 Uhr Sputum wird zwecks Analyse in die Prosektur geschickt. Befund des Sputums wird dem Patienten seitens der Prosektur und der Kollegen verheimlicht. Angeblich nur Diplokokken und keinerlei Bazillen. Man will den Patienten sichtlich über den Ernst der Situation täuschen."

Er wandte sich an Schwester Verona. „Ich habe noch eine kleine Bitte, ehrwürdige Schwester ... Sie sehen ja, wie rapide sich die Krankheit entwickelt, das Fieber steigt und steigt, da werden sich bald Delirien und Bewusstlosigkeit einstellen. Die Zeit drängt. Würden Sie bitte meinen letzten Willen so aufschreiben, wie ich ihn Ihnen diktiere?"

„Gewiss, Herr Dozent." Sie stand auf, um sich zu ihm zu setzen.

„Nein, kommen Sie nicht näher!" Hastig wandte der Kranke sich ab, um sie nicht zu gefährden. „Bleiben Sie auf der anderen Seite des Zimmers, ich bin noch kräftig genug, um verständlich zu sprechen."

Er diktierte dann auch klar und deutlich seine letztwilligen Verfügungen. Allerdings überfiel ihn immer wieder der stürmische, schmerzhafte Husten und unterbrach seine Rede. Hastig griff er dann jedes Mal nach einem der in Sublimat getauchten Lappen, um den reichlichen Auswurf aufzufangen und selbst den Ansteckungsherd im glühenden Ofen zu vernichten. Geduldig, rücksichtsvoll und liebenswürdig, bemühte er sich die Gefahr für die Wärterin so gering wie nur möglich zu halten.

„Wenn Sie jetzt bitte noch einen Brief an meine Familie schreiben, so wie ich ihn diktiere."

Die Nonne nickte und schrieb, was er sagte.

„Wien, den 21. Oktober 1898.
Liebe Eltern, Brüder und Schwester!
Es ist keinem Zweifel unterworfen, dass ich an der Pest erkrankt bin, und ich weiß, dass in wenigen Tagen der Tod eintritt. Deshalb möchte ich von euch, liebe Eltern, Abschied nehmen, da ich euch auf dieser Erde nicht mehr sehen werde. Verzeiht mir, was ich euch an Kummer verursacht habe. Lebt wohl und seid überzeugt, dass ich ruhig und schmerzlos sterben werde. Mit Handkuss euer liebender Sohn und Bruder Hermann."

Anton Stieglitz, der über seine Informanten als Erster von der Erkrankung Dr. Müllers erfahren hatte, fand sich plötzlich in einer Zwickmühle. Er war sehr zufrieden mit der Wirkung, die seine lebensnahe Beschreibung von Albine Pechas Schicksal hervorgerufen hatte, und er genoss die Macht, dass es ihm gelungen war, das unglückliche Dienstmädchen zur Königin der Herzen zu machen. Außerdem brachte es ihm ein schönes Stück Geld ein, denn die Gazetten, die hauptsächlich von Frauen gelesen wurden, konnten gar nicht genug über die tragische Heldin erfahren. Anton Stieglitz führte ein ausgiebiges Interview mit der verstörten Mutter, hörte von dem irischen Gutsbesitzer und machte aus dem kränkelnden Greis kurzerhand einen attraktiven jungen Baron und aus der Anstellung als Hauswirtschafterin eine leidenschaftliche Liebesgeschichte. Da er die Mentalität seiner Leserinnen kannte, machte er den Baron gleich auch zum Schurken, der seine innigst Geliebte beim ersten Anzeichen der drohenden Krankheit schmählich verstoßen hatte. Daraufhin strömten außer Blumen auch viele von weiblicher Hand geschriebene Briefe voll Mitgefühl, Verständnis und Trost zum Kaiser-Franz-Joseph-Spital, die jedoch alle nicht gelesen wurden, da sie ebenso wie die meisten Blumen draußen bleiben mussten.

Was aber sollte er mit Dozent Müller anfangen? Stieglitz empfand ein grandioses Gefühl der Macht bei dem Gedanken, dass es ihm freistand, ihn zum Schurken oder Helden zu stempeln. Er wusste, dass seine Berichte – da sie als die ersten erscheinen würden – den Ton angeben würden. Wenn er wollte, konnte er Müller als Schurken beschreiben, den die gerechte Strafe für seine gottlosen Machinationen ereilt hatte. Es gab genug Leute in Wien, die solche Geschichten gerne lesen würden. Die ganze unbehaglich schlummernde Angst vor der Wissenschaft war erwacht, die Institute und Kliniken erschienen den Wienern nun als Brutstätten einer tückischen Bestie, die, von skrupellosen Ärzten gepflegt und gefüttert, bereits aus einem Zwinger ausgebrochen war und noch aus vielen weiteren auszubrechen drohte. Man würde ihm die Artikel aus den Händen reißen.

Dennoch entschied er sich, den anderen Weg einzuschlagen. Er wusste selbst nicht, ob ihn der pure Trotz bewog, den Arzt in dem Augenblick zu verteidigen, in dem er ihn so leicht hätte vernichten können, oder ob noch mehr, noch Persönlicheres dahinter steckte. Er dachte nicht gerne nach über die Verbundenheit zwischen ihnen, von der nur er selbst wusste. Immer waren ihre Pfade getrennt verlaufen, jetzt kamen sie plötzlich zusammen, und der öffentliche Ruf des kranken Pestspezialisten lag in Anton Stieglitz' Hand. Er kannte Müller gut genug, um zu wissen, dass es ihm gleichgültig war, was die Massen über ihn dachten, und dass er vermutlich schon zu krank war, um überhaupt noch viel davon wahrzunehmen, was in der Außenwelt geschah, aber er fühlte sich verpflichtet, ihn zu verteidigen.

Seine Hand glitt über das Papier, führte die Feder zu einer Reihe von Worten: „Ein junger Arzt wird zum Märtyrer." Und dann schrieb er drauflos, mit einer Leidenschaft, die ihn selbst überraschte, schrieb, als ginge es um seine eigene Lebensgeschichte. Er schilderte den Mann, der freiwillig in die Pestbaracke gezogen war, um zwei hilflosen Frauen beizustehen, den mutigen Arzt, der die ihm anvertrauten Patientinnen nicht allein ließ, als die Seuche nach ihnen zu greifen drohte, und der nun das Opfer dieses selbstlosen Dienstes geworden war.

„Trotz seiner Jugend, trotz der hoffnungslosen Lage, die seiner hochstrebenden, bisher so glücklichen Laufbahn ein

Ende setzte, war er vor allem um das Wohlergehen der anderen besorgt“, schrieb er, und mit einem Auge auf den großen Kreis der erzkatholischen Leserschaft schielend, beschrieb er ausführlich die persönliche Frömmigkeit des Arztes, seine Güte und seinen Opferwillen, beschrieb neben ihm auch die tapferen Nonnen, die derselben Gefahr ausgesetzt waren und nicht wussten, ob der Dämon nicht im nächsten Moment nach ihnen greifen würde. Er schilderte den Besuch des zutiefst getroffenen Otto, der zu dem Kranken vorzudringen versuchte und bereits am Tor der Infektionsabteilung abgewiesen wurde, und die Verzweiflung der Eltern und Geschwister, die einen geliebten Sohn und Bruder zu verlieren im Begriff standen.

Als die seltsam gespaltene Persönlichkeit, die er war, schrieb Anton Stieglitz mit kühl kalkulierendem Blick darauf, was sein diesmal kirchenfrommer Leserkreis zu hören wünschte, und zugleich war er ehrlich ergriffen. Immer mehr durchdrang ihn das Gefühl, dass er über jemanden schrieb, dessen Schicksal sein eigenes hätte sein können – der ein Opfer seiner rastlosen Begierde geworden war, zu erkennen, mit eigenen Augen zu sehen, in allen Details niederzuschreiben, was er sah und was den anderen verschlossen blieb. Als er den Artikel ablieferte, hatte er das merkwürdige Gefühl, dass er seinen verschwundenen Träumen wieder ganz nahe gekommen war. Für eine kurze Zeit waren sie eins geworden, der sterbende Arzt und der Journalist, der für ihn zu der Öffentlichkeit sprach.

Anton Stieglitz gelang es zwar, als Erster seine Meldung an den Mann zu bringen, aber als dann über das Korrespondenzbüro Wilhelm die erste offizielle Nachricht hinausging, dass die Diagnose „Pest“ bei Albine Pecha feststand und auch Dozent Dr. Müller erkrankt war, wurde das Krankenhaus von Journalisten gestürmt. Der dritte Pestfall in so kurzer Zeit! Wie lange konnte es noch dauern, bis ein vierter und fünfter folgte? Man wusste bereits, dass außer der Hochecker noch zumindest eine weitere Person – Eugen Noe – unter strenger Beobachtung stand, und die meisten Berichterstatter waren überzeugt, dass „unter Beobachtung“ nur eine heuchlerische Umschreibung von „bereits pestkrank“ war.

Dr. Severin Schilder vermerkte: „Unter Tags hatte sich die Journalistik der Sache bereits vollkommen bemächtigt. Die telefonischen Anfragen waren ohne Zahl und Reporter bestürmten jedermann, dessen sie im Spital habhaft werden konnten, um Auskünfte. Einer drang sogar unter dem Vorwand, eine Stelle als Hilfsarzt zu aspirieren, in die Direktion. Diese hatte verfügt, dass außer den zuständigen Behörden nur an das offizielle Korrespondenzbüro Wilhelm mindestens dreimal täglich, früh, mittags und abends, regelmäßig Bericht erstattet werde. Ausführlicheres konnte die Journalistik nur auf Umwegen in Erfahrung bringen, zumal gerade die Zunächststehenden weder Zeit noch Lust hatten, längere Aufsätze zu verfassen – daher die mangelhafte Darstellung intimerer Vorgänge.“

So fanden sich neben vielen sachlichen Fehlern gelegentlich skurrile Irrtümer in den Zeitungsberichten: Ein Journalist schrieb, in der Expektanzbaracke seien Dr. Müller und Albine Pecha ganz allein interniert und würden mittels einer vollautomatischen „mechanischen Vorrichtung“ versorgt, deren Einzelheiten er der Fantasie seiner Leser überließ.

Am Abend des 21. Oktober wusste ganz Wien Bescheid. Die Überschrift „Pest in Wien!“ betitelte sämtliche Extraausgaben. Die Presse schleuderte wütende Anklagen gegen Bürgermeister Dr. Karl Lueger und seine Beamten. Reichsrat und Gemeinderat erlebten stürmische Debatten mit schweren Vorwürfen gegen die Regierung und den Bürgermeister. Warum hatte man nicht gleich reagiert, als das „Wiener Tagblatt“ auf die Gefährlichkeit der „Pest-Meerschweinchen“ hingewiesen hatte? Wie konnte das Stadtphysikat behaupten, es seien alle Sicherheitsvorkehrungen getroffen worden, wenn dann die Seuche ausbrach? Lagerten vielleicht noch andere Erreger-Plantagen in geheimen Zimmern in den Instituten der Krankenhäuser und der Universität?

Die vielen bis aufs Messer zerstrittenen politischen Parteien beschuldigten sich gegenseitig, Schuld an dem Unheil zu tragen. Plötzlich wussten alle, dass es ein Fehler gewesen war, die Pestexperimente zu gestatten, aber jeder schob die Schuld daran dem politischen Gegner zu. Bis in den Kaiserhof hinauf drang die Schreckensbotschaft und damit auch in die ausländischen Abgeordnetenhäuser, von denen vor allem die Ungarn mit ihrer unmittelbaren Grenze zu Österreich aufs Heftigste erschreckt waren.

Im ungarischen Abgeordnetenhaus in Budapest wurde eine dringliche Anfrage gestellt, welche Quarantänemaßnahmen gegen die aus Wien vordringende Pest ergriffen werden könnten. Das ungarische Innenministerium fragte beim österreichischen Innenministerium an, ob von benachbarten Staaten Vorkehrungen gegen die Pest getroffen worden seien. Welche Vorsichtsmaßnahmen, verlangten sie zu wissen, würde man treffen, damit die Pest nicht nach Ungarn verschleppt wurde?

Hektische Konferenzen folgten. Im Rathaus trat ein Permanenzkomitee zusammen, bestehend aus Vertretern des Sanitätsdepartements, des Innenministeriums, des niederösterreichischen Landesausschusses, der Statthalterei, des Wiener Magistrats und der Polizeidirektion. Das Komitee leitete alle

Maßnahmen, die zur Abwendung der Pest getroffen werden sollten.

Es wurde beordert, die Klinik Nothnagel augenblicklich zu sperren, für das gesamte AKH wurde das Betreten nur mehr für unmittelbar befugte Personen, die sich ausweisen mussten, gestattet. Dr. Müllers Dienstwohnung wurde versiegelt, ebenso der Narrenturm. Die Polizei wurde angewiesen, alle Personen, die Kontakt mit den Infizierten gehabt hatten, ausfindig zu machen und in die Infektionsabteilung zu bringen. Das traf als Ersten einen Bruder des Franz Barisch, obwohl der mit dem Verstorbenen seit Jahren keinen Kontakt mehr gehabt hatte, außer dass er bei seinem Begräbnis gewesen war. Eugen Noe wurde befragt, wen von Barischs Bekannten und Verwandten er nennen könnte. Wenig später machte sich ein von Polizisten begleiteter Infektionswagen auf den Weg zu Mizzi Andersts Wohnung.

Professor Hermann Nothnagel hatte sich nach der Lektüre der Abendzeitungen trotz der späten Stunde eiligst zu seiner Klinik begeben, um seine Patienten persönlich zu beruhigen. Der helle Tag war einem kalten, windigen Abend gewichen. Nothnagel schlug den Kragen hoch, als der Wind ihm Staub und dürres Laub ins Gesicht schleuderte, und drückte mit einer Hand den Zylinder fest auf den Kopf.

Als er durch den trüb beleuchteten, überwölbten Torbogen des Krankenhauses eilte, rief der Portier ihm mit scharfer Stimme nach: „Halt, wer geht da? Zeigen Sie mir Ihren Ausweis!"

Verdutzt drehte sich der Professor, der noch nie so barsch

begrüßt worden war, um, schlug den Kragen zurück und nahm den Zylinder ab. „Ich bin's, der Professor Nothnagel, jetzt kennen Sie mich, oder?"

„Ja, Herr Professor, bitte um Entschuldigung! Ab jetzt ist nämlich das Betreten des Krankenhauses nur mehr nach Legitimation erlaubt!"

Wieder so eine behördliche Schikane! Er eilte weiter. Wie verlassen die Höfe dalagen! In den Fenstern der Kliniken brannte Licht und warf seinen Schein auf die vom Wind gebeutelten Bäume und Büsche, deren Schatten über den Kieswegen tanzten. Er sah die beiden Männer nicht, die im Eingang der Klinik warteten, und bemerkte ihre Gegenwart erst, als sie von beiden Seiten an ihn herantraten.

„Herr Professor Hermann Nothnagel?"

„Ja?" Er blieb überrascht stehen. Was wollten die beiden von ihm? Und was wollten die uniformierten Polizisten unter dem Tor?

Einer der Männer wedelte mit einem Blatt Papier vor seinem Gesicht herum. „Es ist Ihnen per Erlass verboten worden, Ihre Klinik zu betreten oder Ordinationen abzuhalten, sei es innerhalb oder außerhalb Ihres Hauses. Bitte verlassen Sie das Krankenhaus sofort wieder."

„Ist das ein schlechter Witz? Sie können mir doch nicht verbieten, meine eigene Klinik zu betreten?" Der Professor war fassungslos. Er las den Bescheid, den ihm die Männer reichten, aber er konnte es nicht glauben. Dr. Müllers Dienstwohnung war bereits behördlich versiegelt worden, die Weiterbelegung der Klinik wurde verboten, Ärzte und Patienten, die sich innerhalb ihrer Mauern befanden, auf Anordnung von höchster Stelle auf unbestimmte Zeit im Haus interniert. Die gerichtlichen und sanitätspolizeilichen Obduktionen hatten ab sofort im Rudolfsspital stattzufinden. Die Patienten in den Krankensälen neben dem unglückseligen Isolierzimmer sollten gründlich desinfiziert und in andere Säle verlegt werden.

„Das ist völliger Unsinn! Darauf lasse ich mich nicht ein!“ Er knüllte das Papier zusammen und stieß es in die Hand des Abgesandten, dann wollte er mit resoluten Schritten den Eingang passieren. Was bildeten diese Leute sich sein? Er war der Leiter der Klinik, niemand konnte ihn daran hindern, dort nach dem Rechten zu sehen!

Augenblicklich traten die beiden Uniformierten vor und packten mit grobem Griff seine Arme, als wäre er irgendein betrunkener Randalierer, den sie in den Arrest schleppen wollten. Schockiert von ihrer Gewalttätigkeit, blieb der alte Mann stehen. „Sie lassen mich tatsächlich nicht hinein?“

„Entweder Sie gehen jetzt sofort wieder und halten sich an die Verordnung oder Sie werden auch in Quarantäne gebracht.“

Im selben Augenblick kamen mehrere Ärzte, die ihren Chef erkannt hatten, herausgestürmt und umringten ihn, mit Fragen und Zurufen auf ihn eindringend, sodass die Magistratsbeamten und die beiden Polizisten kurzfristig die Kontrolle über die Situation verloren. Nothnagel nützte das Tohuwabohu, um im Schutz seiner Kollegen vorwärts zu stürmen und hinter dem Tor der Klinik zu verschwinden. Ein Wutschrei folgte ihm, als der Beamte, der die Verordnung vorgelesen hatte, seine Beute entschlüpft sah. „Dann bleibst eben drinnen, Saujud, dreckiger, und hoffentlich kriegst die Pest!“

In der Ersten Medizinischen Klinik herrschte gewaltige Aufregung. Verzweifelt bemühte sich Hofrat Nothnagel, Ruhe und Ordnung herzustellen, aber der alte Mann war völlig außer Fassung geraten und selbst viel zu verstört, um andere zu beschwichtigen. Die Patienten, das niedere Personal, sogar einige Ärzte waren überzeugt, dass der Entschluss des Direktoriums nur eines bedeuten konnte: Die Pest herrschte bereits unter ihnen. Warum sonst sollte man sie internieren?

Dann kam der Schreckensschrei eines Spähers am Fenster: „Da marschiert Polizei auf, ein ganzer Haufen!“ Tatsächlich! Die Beamten, denen Nothnagel entkommen war, hatten Verstärkung verlangt, ein ganzer Trupp war entsandt worden, darunter einige Berittene. Im flackernden Licht der Gaskandelaber, unter den vom Sturm geschüttelten Bäumen, schien es eine Armee zu sein, die da aufmarschierte. Schnaubende Pferde, blitzende Säbel, zackige Helme über grimmigen Gesichtern. Bei diesem Anblick versuchten einige der Eingeschlossenen, die Klinik trotz des Verbots zu verlassen, und waren entsetzt, als sie von Polizeibeamten mit dem blanken Säbel zurückgetrieben wurden. Der Polizeieinsatz erschreckte sie mehr als alle Erlässe und behördlichen Gebote. War es so weit gekommen, dass man sie niedermetzeln würde, wenn sie aus dem Haus stürmten?

Die Nacht widerhallte von Schreien. „Weg da! Zurück, zurück! Keinen Schritt weiter! Lassts mi los, Hilfe, die stechen mi ab! Gehst weg da, fass mi ja net an, zurück!“ Die wenigsten wussten, dass die Polizisten aus purer Angst den Säbel zogen – auf diese Weise brachten sie einen gewissen Sicherheitsabstand zwischen sich und die Menschen, die möglicherweise schon von der Pest infiziert waren.

Verängstigte Angestellte drängten sich überall in den Krankensälen und Dienstzimmern. Viele von ihnen, die einen langen Dienst hinter sich hatten, waren erschöpft, fanden jetzt keine Gelegenheit, sich in Ruhe auszuschlafen, und waren entsprechend gereizt. Wilde Gerüchte machten die Runde, an die Polizei sei Befehl ergangen, jeden zu töten, der sich außerhalb der Quarantänezone blicken ließe, ja auch nur aus dem Fenster zu blicken wagte. Patienten und

Mediziner kauerten nebeneinander an der Wand des Korridors, manche weinten, andere fluchten, wieder andere starrten vor sich hin und gingen in Gedanken auf die Suche nach einem Schlupfloch, durch das sie verschwinden könnten.

Nothnagel telefonierte hektisch mit dem Komitee im Rathaus, bekam aber als einzigen Rat die Anordnung, jene Patienten, die sich in den Sälen links und rechts der Isolierzelle befunden hatten, mit warmen Bädern, Seife und Desinfektionsmittel zu behandeln. Zu verängstigt, um Einwände zu erheben, sandte er einen Trupp Wärter und Wärterinnen mit der Anordnung nach unten.

Die Wärterin, die Johanna Hochecker vertrat, stellte sich am Eingang des Frauensaals auf, ein kräftiger Wärter beim Männersaal, und dann erfolgte die Anordnung: „Alle Patienten, die gehfähig sind, stellen sich vor den Badezimmern an, die anderen warten in den Betten darauf, dass sie …"

„Wollt's uns jetzt auch verseuchen, ihr Höllteufeln?" Im Frauensaal schwang eine Marktfrau, die wegen eines Magengeschwürs behandelt worden war, die dicken Beine aus dem Bett und stand aufrecht da, ein Koloss von einem Weib. Die Wärterin wich zurück, als sie sah, wie die Standlerin die Ärmel ihres Nachthemds aufkrempelte, um besser zuschlagen zu können. Nicht umsonst waren diese Frauen als „die Furien vom Naschmarkt" bekannt. „Ins Bad soll ma gehen? Schönes Bad das! Wieder so a Seuchenzimmer, wo die Ratzn umhupfen!"

„Unsinn! Jetzt beruhigen Sie sich oder wir müssen Sie mit Gewalt …"

Eine rote, fleischige Faust schwang gefährlich nahe vor der Nase der Wärterin. „Komm an Schritt näher und ich schlag dir die Goschn ein!"

Und jetzt war es nicht mehr nur eine. Im Schutz des breiten Rückens der kampfbereiten Marktfrau machten auch andere ihrem Unmut lautstark Luft. Viele waren überzeugt, dass die Anordnung ihre Furcht vor einer bereits erfolgten Infektion bestätigte, wieder andere fürchteten, sich dadurch erst recht zu infizieren, sodass nur einige wenige mit viel Überredungskunst dazu gebracht werden konnten, sich der Reinigung zu unterwerfen. Und dem Personal ging es nicht anders. Sie wollten sich die Patienten so weit wie möglich vom Leib halten. Wer wusste denn, mit wie vielen Pestkranken sie bei der großen Wäsche in Berührung kamen? Schließlich wurde Nothnagel die Nachricht gebracht, dass wegen der allgemeinen Rebellion eine Durchführung der Anordnung nicht möglich sei.

„Herr Hofrat, wir können nicht jeden Einzelnen mit Gewalt ins Bad schleppen und dort abschrubben. Die Patienten sind in der Stimmung, dass sie jeden erschlagen, der sie anfasst, und was nützt es denn? Auf die Weise machen wir nur das Bad zur Ansteckungsquelle."

Maria Göschl war entsetzt, als sie erfuhr, dass sie nach einem langen Arbeitstag nicht nach Hause gehen durfte. Gerade heute, wo sie sich so darauf freute, sich mit einer Wärmflasche im Bett verkriechen zu können! Sie fühlte sich jämmerlich. Bauchschmerzen hatte sie, übel war ihr, der Kopf brummte wie ein Bienenstock – und jetzt ließ man sie nicht nach Hause!

Entrüstet machte sie sich auf den Weg zu ihrer Vorgesetzten und klagte ihr Leid. „Ich will doch nur nach Hause und ins Bett! Ich bin müde von der Arbeit und …"

„Das sind andere auch. Meinen Sie, mir macht es Spaß, hier im Dienstzimmer am Tisch zu schlafen? Ich hätte auch seit zwei Stunden dienstfrei. Suchen Sie sich irgendwo einen Platz, wo Sie sich ausruhen können, und nehmen Sie's mit Humor."

„Ich bin aber krank!", protestierte die Göschl weinerlich.

Die Hauswirtschafterin merkte auf. „Was soll das heißen: krank?"

„Es hat gestern schon angefangen. Da hat mir kein Essen mehr geschmeckt und in der Nacht habe ich dann Bauchgrimmen bekommen. Ich dachte, es geht von selbst wieder weg, aber jetzt schneidet es mich im Leib wie mit Messern, und übel ist mir auch. Dauernd reckt es mich[27] und …"

Die Hauswirtschafterin wich ein paar Schritte zurück. „Schon gut, schon gut … ich sehe einmal, was sich machen lässt." Sie verließ das Zimmer, und kaum außer Hörweite, eilte sie zum nächsten Telefon und rief den Arzt an. „Ich fürchte, wir haben eine Neuinfektion."

Schilder vermerkte:

> „Gegen 9 Uhr abends bringt der Sanitätswagen wieder in Begleitung eines Arztes eine Observandin vom Allgemeinen Krankenhaus in das Franz-Joseph-Spital. Es ist die Bedienerin Göschl. Da sie ohne nachweisbaren Grund fiebert und sich sehr unwohl fühlt, erscheint ihre Isolierung angezeigt. Sie wird ganz abgesondert mit einer eigenen Pflegeschwester im Pavillon B untergebracht. Sie hat eine Temperatur von 38,9, Erbrechen, und macht den Eindruck einer an Gastroenteritis Leidenden, weshalb dem Fall keine große Bedeutung beigemessen wird."

---

[27] Kommt mir der Magen hoch

In der gesamten Stadt wurde die Nervosität, die seit dem Tod des Franz Barisch langsam gestiegen war, zu einer beunruhigenden Hektik. Alle Behörden waren umso geschäftiger, als niemand wusste, was man eigentlich tun sollte. Das „neueste“ Pestpatent, das Verordnungen für den Fall eines Ausbruchs der Seuche festlegte, war zweihundert Jahre alt. Wenn die Ärzte nicht mehr weiterwussten, was sollten dann die Politiker tun? Wie konnte man eine Stadt mit 1,36 Millionen Einwohnern gegen den unsichtbaren Feind sichern? Die Bürger, die man beschützen sollte, waren selbst zur Gefahr geworden. Sie hatten Angst, und die Angst machte sie unberechenbar und irrational. Man wusste nicht, ob in der allgemeinen Aufregung nicht ein paar Verrückte im Stande waren, das Pathologische Institut – oder irgendein anderes Institut, das man als Erreger-Plantage im Verdacht hatte – in Brand zu stecken.

Die Wiener Zeitungen waren mit Berichten von den Pestfällen voll, und als wären die Tatsachen noch nicht schlimm genug gewesen, schwirrte die Stadt von entsetzenerregenden Gerüchten. Die Ratten, mit deren lästiger Gesellschaft in Hinterhöfen und Kellern man sich bislang achselzuckend abgefunden hatte, erschienen plötzlich als Todesboten. Konnte nicht jede Einzelne von ihnen aus einem Labor entkommen sein? Eine allgemeine Jagd auf die Ratten in Wien wurde organisiert, denn in der Stadt verbreitete sich das Gerücht, im AKH wimmle es von verseuchten Ratten, die auch bereits in der Stadt unterwegs seien.

Martin Felder, der Vorarbeiter einer Truppe von vierzehn erfahrenen Kanalräumern, erhielt den Auftrag, die Kanäle unterhalb des AKH-Geländes zu untersuchen. Er sollte nicht nur Bericht erstatten, ob dort unten weiße Ratten aufgetaucht waren, sondern auch, ob die Kanalratten ein ungewöhnliches Verhalten zeigten. Die Ärzte Ghon und Albrecht hatten das Rathaus-Komitee informiert, dass beim Ausbruch einer Pestepidemie die Ratten als Erste erkrankten. Schon im Altertum war bekannt gewesen, dass die sonst so lichtscheuen Tiere dann aus ihren Verstecken hervorkamen, wie trunken auf den Straßen herumtorkelten und jede Angst vor den Menschen verloren. Sie starben schnell, sodass man die Anwesenheit der Seuche an den großen Mengen von Rattenkadavern erkannte, die überall zuhauf lagen.

Felder erhielt von den beiden Ärzten eine lange Liste mit Vorsichtsmaßnahmen, aber der stämmige, rothaarige Mann hatte selbst schon genug Erfahrung mit der schwarzen, stinkenden Unterwelt gesammelt, um äußerste Vorsicht zu zeigen. Er versammelte seine Truppe vor einem Einstieg innerhalb des AKH. Die Männer trugen Drillichanzüge mit Kapuzen, Handschuhe und an den Füßen die mächtigen Rindslederstiefel, jeder sieben Kilo schwer und hart wie aus Holz geschnitzt, die sie vor der giftigen Brühe auf dem Boden der Kanäle schützten. Mit Laternen ausgerüstet, stiegen sie die gewundene Steintreppe hinab in das Labyrinth der Kanalröhren, deren älteste noch aus der Römerzeit stammten. Manche waren so eng, dass ein Mensch nicht mehr durchkriechen konnte, andere so hoch, dass der Laternenschein die Decke nicht erreichte. Es war eine Stadt unter der Stadt, durchrauscht von Fäkalienbächen, die bei Regen zu donnernden Sturzbächen anschwollen und in schäumenden Wasserfällen über die Staudämme stürzten.

Die feuchten Ziegelgewölbe glitzerten im Laternenlicht von dem überall herabtriefenden Wasser. Jedes Wort, das gesprochen wurde, hallte hohl im Halbdunkel wieder. Es war immer dieselbe Frage: „Siecht wer an Rotzn?“ Und immer wieder dieselbe Antwort: „Nix.“ Felder atmete auf. Niemals hätte er es vor seinen Untergebenen gezeigt, aber so unheimlich war ihm noch nie in dem unterirdischen Labyrinth gewesen, dessen Gefährlichkeit er kannte. Plötzlich hereinbrechende Sturzregen, geruchlose und geschmacklose, aber tödlich giftige Brunnengase und – das wohl Schlimmste von allem – Feuer in ausweglosen Schlünden hatten ihn nicht so geängstigt wie heute der Gedanke daran, einer weißen Ratte zu begegnen. Er wusste, dass immer wieder welche hier hinuntergelangten. Manchmal waren die Händler, die den Laboratorien die Tiere lieferten, unvorsichtig, ein Käfig sprang auf und eine ganze Schar der flinken Flüchtlinge stürmte nach allen Richtungen davon und verkroch sich in den dunkelsten Verstecken. Solange sie gesund waren, waren diese weißen Ratten – die speziell als Versuchstiere gezüchtet wurden – harmlos, sie waren unerfahren, dumm und hilflos und rannten nur quiekend herum, wenn sie die Annäherung eines Menschen spürten. Da waren die grauen Kanalratten schon etwas anderes. Vor denen hatten die Kanalräumer großen Respekt. Die Männchen erreichten ein Gewicht von fast einem Kilogramm, die Weibchen etwas weniger, dafür waren sie weitaus schneller und aggressiver. Alle konnten erschreckend hoch und weit springen und waren ebenso völlig furchtlos wie aggressiv. Sie attackierten alles, was in ihr Revier einbrach, sprangen einem von oben auf den Kopf und ins Genick, schnellten sich von Simsen, auf denen sie unsichtbar gelauert hatten, ins Gesicht, hingen plötzlich an den dicken Handschuhen und ließen nicht los, ehe man sie an der Mauer zu Tode schmetterte. Felder hatte es erlebt, dass eine Ratte einem Obdachlosen, der in den Kanälen übernachtete, einen Finger komplett abgebissen hatte. Viele dieser Kanalbewohner hatten tiefe, infizierte Wunden davongetragen, wenn sie von einem gereizten Rudel angefallen wurden.

Aber jetzt wäre er lieber einem Rudel Grauer begegnet als einem dieser verseuchten, weißen Scheusale.

„Siecht wer aan Rotzn?"

Otzn … oootzn … oootzen … widerhallte das Echo in den triefenden Tunneln.

„Nix!"

Einer der Männer trat an Felder heran. „Im Rathaus sagen sie, man sollte die Schleusen öffnen und die Kanäle einmal wieder gründlich durchschwemmen, damit die Ratzn verschwinden."

Der Vorarbeiter lachte sarkastisch. „G'scheite Leut habens im Rathaus, muss ich sagen. Wo schwemmts denn dann die Kadaver hin? In den Wienfluss, in den Donaukanal und die Donau. Wenn da verseuchte Tiere dabei sind, schicken wir die Pest bis ins Schwarze Meer hinunter. Na bravo, da werden wir uns beliebt machen!"

An einer Stelle, wo die Kanäle von außen leicht zugänglich waren, stießen die Kanalräumer auf einen Trupp von Fettfischern, bitterarmen Männern und Frauen, die die Kanäle Wiens nach Verwertbarem abfischten. Felder fragte sie, ob ihnen etwas Besonderes aufgefallen sei, aber sie verneinten. Die Ratten verhielten sich wie immer, unsichtbar, solange man die Grenze ihres Reviers nicht überschritt, angriffslustig, wenn man sie störte.

„Sind irgendwo weiße Ratten aufgetaucht?"

Die Leute schüttelten die Köpfe.

Felder war beruhigt. Er wies seine Männer an, an die Oberwelt zurückzukehren, und erstattete Bericht.

Das Permanenzkomitee nahm den Bericht zur Kenntnis und gab der Öffentlichkeit bekannt, dass keine verseuchten Ratten entkommen waren. Aber zu diesem Zeitpunkt glaubte die Öffentlichkeit kein Wort mehr, das von offiziellen Stellen kam. Die aufgeregte Bevölkerung, aufgehetzt von den sensationslüsternen und politisch aggressiven Zeitungsartikeln, hätte am liebsten alle bakteriologische Forschung augenblicklich untersagt, alle Laboratorien vernichtet und die Ärzte vertrieben. In ihrem Entsetzen vergaßen die Menschen völlig, dass es eben diese Forschung gewesen war, die bereits vielen Seuchen ihren Schrecken genommen hatte. Es gab genug Leute, die aus politischen Gründen oder aus reiner Sensationsgier Öl ins Feuer gossen und gegen die Bakteriologen hetzten, und viele, die grundsätzlich Angst vor aller Wissenschaft hatten, sahen sich in ihren Ängsten bestätigt: Das war nun die Strafe Gottes für die lästerlichen Untersuchungen, das kam davon, wenn man durch Mikroskope guckte und die Nase in Dinge steckte, die dem Menschen verborgen bleiben sollten!

Jede ärztliche Behandlung erschien ihnen plötzlich als lebensgefährlich, so mancher Arzt musste sich rüde Beschimpfungen anhören, wenn er eine Injektion verabreichen wollte. Auch andere Gerüchte blühten. Man tuschelte hinter der vorgehaltenen Hand, es gäbe bereits sehr viel mehr Fälle, die aber geheim gehalten würden, um weitere Unruhe zu vermeiden. Wieder andere drängten zu ihren Ärzten und verlangten, mit dem Pariser Pestserum geimpft zu werden, um vor der Krankheit auf jeden Fall sicher zu sein. Sie erfuhren, dass das Pasteur-Institut nur eine winzige Menge geschickt hatte, die den bereits Erkrankten und Verdächtigen zugute kommen sollte, worauf neue Wut ausbrach. Wenn es einen Impfstoff gegen die Pest gab, warum waren sie dann nicht alle geimpft worden? Wollte man sie mit Absicht krepieren lassen?

Als sich Anton Stieglitz in das Vorstadtgasthaus begab, in dem er sich mit seinem Informanten Gustl, dem geschassten Medizinstudenten, verabredet hatte, stellte er fest, dass sie die einzigen Gäste waren. Inzwischen hatte sich herumgesprochen, dass sich die Krankheit auf zweierlei Weise verbreiten konnte: Drang der Keim in eine offene Wunde ein – die noch so winzig sein mochte – und geriet in den Blutstrom, so bildeten sich unter Fieber, Reizhusten und starken Kopfschmerzen die Pestbeulen; wurde der Keim jedoch eingeatmet, so nistete er sich in der Lunge ein und erzeugte dort die noch weitaus tödlichere Pestpneumonie. Nachdem auch die Simpelsten begriffen hatten, dass die Krankheit durch Anhauchen und Anhusten übertragen werden konnte, hatte niemand mehr Verlangen nach der Gesellschaft seiner Mitmenschen. Die Vergnügungslokale, die Kaffeehäuser, die Restaurants blieben mit einem Schlag leer. Wer sich unter Menschen begeben musste, presste den Schal vor Mund und Nase und vermied es ängstlich, ein Gespräch anzufangen. Die Vorsichtigen verließen die Stadt überhaupt und zogen sich in die Kurorte in den nahe gelegenen Bergen an der niederösterreichisch-steirischen Grenze zurück.

Auch Stieglitz und Gustl vermieden es, nahe beieinander zu sitzen, und wandten beim Sprechen den Kopf beiseite oder hielten die Hand vor den Mund.

„Und? Was gibt's Neues?", wollte der Journalist wissen.

Gustl hatte eine Menge über die Zustände in der Ersten Medizinischen Klinik zu berichten, deren Ausgänge die Polizei kurzerhand mit Brettern vernagelt hatte, aber Anton wollte wissen, wie es nun weitergehen sollte, nachdem der Pestspezialist selbst erkrankt war. Welcher von den Ärzten des Infektionsspitals würde die schwere Aufgabe übernehmen, die Todkranken zu behandeln? Oder würde man gar niemanden mehr schicken, würde man es angesichts der Aussichtslosigkeit jeder medizinischen Hilfe den Nonnen überlassen, die Kranken zu betreuen, wenigstens ihre Leiden zu mildern, bis sie starben?

Gustl schüttelte den Kopf. „Gar keiner vom Franz-Joseph-Spital macht's. Der kleine Pöch hat sich freiwillig gemeldet. Da schaun'S, was? Das Bürscherl! Noch grün hinter den Ohren, aber er hat geradezu gestritten mit dem Direktor, dass er die Stelle vom Müller einnehmen darf."

Stieglitz schlug die Faust in die offene Hand. „Respekt!"

„Na ja", antwortete Gustl säuerlich, „wenn einer Respekt dafür verdient, dass er freiwillig in die Grube springt, bitte sehr."

Stieglitz warf ihm das gewohnte Honorar auf den Tisch und eilte davon, um wieder einmal als Erster durchs Ziel zu gehen. Er schrieb:

> „Was soll nun geschehen? Müller kann sich selbst, kann seine beiden gleich ihm von der Welt abgeschiedenen Patientinnen nicht mehr betreuen. Wer hilft, wer stellt sich dem schwarzen Tod entgegen?
>
> Da meldet sich unaufgefordert der junge Dr. Pöch, der mit Müller in Indien gewesen war. Er weiß um die Gefahr, in die er sich begibt, er hat, ehe er sich im Spital meldet, von seinen Eltern und von der Welt Abschied genommen. So wie sich Müller bedenkenlos mit den beiden Schwestern isolieren ließ, so stellt sich nun auch Dr. Pöch zur Verfügung. Der Direktor des Franz-Joseph-Spitals hält ihm seine Jugend, seine Hoffnungen, sein ganzes langes Leben vor, das er aufs Spiel setzt – Dr. Pöch lässt sich von seinem Entschluss nicht abbringen, den Kampf mit der Pest, die wie ein schwarzes Gespenst über der Stadt liegt, aufzunehmen."

Severin Schilder erhob sich, als an der Tür seines Zimmers geklopft wurde und Dr. Rudolf Pöch eintrat. Der hübsche junge Mann war sehr blass, aber er bemühte sich, sein inneres Aufgewühltsein nicht merken zu lassen. Was für einen Schock musste es ihm versetzt haben, zu hören, dass der verehrte Lehrer selbst ein Opfer der Seuche geworden war! Seine Stimme bebte ein wenig, als er sagte: „Herr Direktor Klimesch sagte mir, Sie würden mir vor Ort alles Nötige zeigen und erklären."

„Ja, natürlich." Schilder, der selbst mit seiner seelischen Erschütterung noch nicht zu Rande gekommen war, tat sein Bestes, ruhig und professionell zu klingen. „Es ist bereits alles vorbereitet. Man hat mir gesagt, Sie wünschen sich impfen zu lassen?"

„Ja. Ich möchte keine Vorsichtsmaßnahme außer Acht lassen." Der junge Mann verzog das Gesicht. „Obwohl ich mich wirklich nicht darauf freue, bei all den Nebenwirkungen, die es hat. Aber immer noch weitaus weniger schlimm als die Pest. Sie besorgen mir die nötige Schutzkleidung, die Reagenzien und alles, was ich für die Untersuchungen brauche? Wo werde ich wohnen?"

„Wir haben die so genannte Blatternbaracke, die zurzeit leer steht, für Sie bereitmachen lassen, damit Sie sich dort einrichten können. Die geistliche Schwester Blasia wird Sie begleiten. Sie wissen sicher, dass Sie jetzt ebenfalls keinen Kontakt mehr mit der Außenwelt haben dürfen?"

„Das weiß ich, gewiss. Ich werde auch alle Vorsichtsmaßnahmen treffen. Ach, da ist noch etwas. Ich hätte gerne eines von diesen neuartigen Schutzkostümen aus Kautschuk, das die Engländer erfunden haben, samt der Handschuhe. Können Sie mir so etwas beschaffen? Ich bin sicher, dass es die Bakterien fern hält."

Schilder sagte zu, dann führte er den jungen Kollegen

durch die Infektionsabteilung, deren ummauerte Gebäude aus hell erleuchteten Fenstern in die trübe Herbstnacht blickten. Unterwegs erkundigte er sich: „Kennen Sie Dozent Müller eigentlich schon lange? Ich meine, weil ..." Er hatte sagen wollen: „Weil Sie Ihr Leben für ihn aufs Spiel setzen", aber dann schluckte er verlegen die Worte hinunter.

Doch Pöch hatte gemerkt, was gemeint war, denn er antwortete mit einer von mühsam zurückgehaltenen Emotionen gepressten Stimme: „Ich kenne ihn lange genug, um zu wissen, was für ein außergewöhnlicher und wunderbarer Mensch er ist." Dann fuhr er fort: „Zeitlich gesehen, kenne ich ihn noch nicht sehr lange. Ich sah ihn zum ersten Mal an dem Tag, als die Kommission zusammengestellt wurde, die von der kaiserlichen Akademie der Wissenschaften nach Bombay entsendet werden sollte. Mir fiel sofort sein Wesen auf – angenehm, kultiviert und sehr viel sanfter, als man es von einem Mann erwarten möchte. Er war rücksichtsvoll, er bat höflich um alles, dankte für alles, war sehr geduldig und milde, so dass man ihm im ersten Augenblick für einen schwachen und weichlichen Menschen halten konnte, aber mir wurde sehr bald klar, wie falsch ich ihn da eingeschätzt hatte. Von uns allen war er der Einzige, der sich nicht bedrücken ließ von den Schreckensbildern, die das bloße Wort ‚Pest' in uns allen hervorruft. Er dachte an überhaupt nichts anderes als an seine Arbeit und wie er sie möglichst gut und vollständig tun könnte."

„Er ist auch hier sehr fleißig gewesen, in der ersten Nacht hat er bis gegen drei Uhr morgens gearbeitet", stimmte Schilder zu, der mit diesem Bericht seinen eigenen Eindruck von Hermann Müller vollauf bestätigt fand.

Schon von weitem scholl ihnen Arbeitslärm entgegen. Fackeln brannten lodernd in der nebligen Oktobernacht. Geschäftig eilten Arbeiter hin und her, Rufe wurden laut, Bretter fielen übereinander, Hammerschläge hallten durch den Nebel. Hinter dem neben der Infektionsabteilung gelegenen Diphtherieheilserum-Institut, nicht weit von der Spinnerin am Kreuz, waren an die hundert Mann des gemeinnützigen Deutschen Ritterordens damit beschäftigt, Pestbaracken zu bauen. Es wurden tiefe Gräben für Gas- und Wasserleitungen gezogen, Rohre gelegt, Pfähle eingerammt und Balkenwerk aufgestellt. Man wollte kein Risiko mehr eingehen. Bei dem düsteren Fackelschein und der hastigen, ruhelosen Tätigkeit sah es fast aus, als ob ein Trupp Landsknechte gegen den anrückenden Feind im Schutz der Nacht ein befestigtes Lager schlüge.

Schilder erzählte Pöch, dass Dr. Obermayer zwar überzeugt war, dass die von ihm ausgetüftelten Isolierungsmaßnahmen absolut „dicht“ waren, aber er hatte dem Vorschlag zugestimmt, weitere Baracken zu errichten – schon aus Rücksicht auf die erregte Öffentlichkeit, die eine Ablehnung sehr übel aufgenommen hätte. Auch anderswo rüstete man sich für den Fall, dass die Seuche um sich griff. Im AKH wurde ein Saal frei gemacht und im 17. Bezirk ein Epidemiespital mit fünfzig Betten bereitgestellt.

„Alle rechnen mit einer Epidemie. Die Leute sind wie närrisch vor Angst. Sie werden es nicht glauben, aber heute hat sich einer unserer Verwaltungsbeamten brieflich vom Dienst entschuldigt – es sei ihm ‚angesichts der drohenden Gefahr‘ nicht zuzumuten! Im Spital laufen uns die Patienten davon, weil sie sich fürchten, angesteckt zu werden. Plötzlich wollen sie alle nach Hause. Jahrelang hat sich kein Mensch darüber aufgeregt, dass Patienten mit lebensgefährlichen übertragbaren Krankheiten auf der Infektionsabteilung lagen; niemand hatte Angst, sich Scharlach oder Diphtherie zu holen, nicht einmal die Schwarzen Blattern haben eine solche Panik ausgelöst.“

„Es ist die Erinnerung an die Geschichte, die die Menschen verrückt macht", erwiderte Pöch. „Die Pest ist mehr als nur eine Krankheit, das ist ein Mythos. Die anderen Krankheiten haben diesen Mythos nicht oder viel weniger. Pest ist das Unheil schlechthin. Die Leute fürchten sich nicht vor einem Bakterium, sondern vor einem Dämon. Deswegen glauben sie nicht daran, dass Quarantänemaßnahmen das Unheil zurückhalten können. Die Pest kommt über einen, wenn man Schuld auf sich geladen hat, und die Menschen sind der Meinung, dass wir das getan haben. Wir sind die Pestsalber, die Brunnenvergifter, die die Krankheit heimtückisch und bewusst weiterverbreiten."

„Sie dürfen nichts auf die Meinung des Pöbels geben, Herr Kollege. Die Leute haben vergessen, dass sie die Bakteriologen eben noch als Retter der Menschheit in den Himmel gehoben haben; jetzt steinigen sie sie."

„Ich weiß." Pöch lächelte dünn. „Es ist aber nicht leicht, den Zorn einer ganzen Stadt zu ignorieren. Nun wenden sich alle gegen uns, auch die Behörden und Politiker."

„Da kochen viele ihr eigenes Süppchen auf der Flamme des Volkszorns, das wissen wir doch. So, hier ist Ihre Wohnung. Wenn Sie mir bitte folgen?"

Die so genannte Blatternbaracke hinter dem Diphtherie-Pavillon war in aller Eile eingerichtet worden, um Dr. Pöch und die ihn begleitende Schwester Blasia, die nun auch auf jeden direkten Verkehr mit der Umwelt verzichten musste, als Wohnung zu dienen. Dort übernahm es Schilder, den Kollegen für seinen gefährlichen Besuch vorzubereiten. Gesicht und Hände wurden sorgfältig auf jede noch so winzige Verletzung untersucht und, wo sich eine fand, diese mit Jod-Kollodium verschlossen. Die Hände wurden dick mit Vaseline eingefettet, um direkte Hautkontakte mit den Kranken zu vermeiden.

Die beiden jungen Männer sahen einander an. „Wir sind fertig", sagte Schilder mit gepresster Stimme, nachdem er dem jungen Kollegen die sublimatgetränkte Maske angelegt hatte. „Ich meine, Sie können jetzt hinübergehen." Dann streckte er mit einer jähen Bewegung die Hände aus und packte Pöch an den Schultern. „Gott schütze Sie." In solchen Augenblicken konnte man schon vergessen, dass man eigentlich Atheist war.

Pöch nickte stumm. Einen Brief von Hofrat Nothnagel in der Hand, den er Dr. Müller überbringen sollte, schritt er zur Pestbaracke hinüber.

Schilder, der außerhalb des Kordons stehen geblieben war, lauschte den Geräuschen, die aus den offenen Fensterschlitzen drangen. Dr. Müller war unruhig, er hustete stark, atmete schwer und stöhnte. Von der Pecha hörte man wenig, bei der Hochecker war es ganz still.

Pöch, der von den Ärzten der Infektionsabteilung in dem einzuhaltenden Modus unterwiesen worden war, betrat die Baracke. Im Vorraum des Ankleidezimmers legte er den Überrock ab, zog die Schuhe aus und schlüpfte in ein Paar Kautschukschuhe. Dann begab er sich zu Frau Hochecker. Im Vorraum des Krankenzimmers legte er seinen Mantel ab, zog einen anderen, dort bereitliegenden an und machte dann seine Visite, wobei er jede nicht unbedingt nötige Berührung unterließ.

Den gebrauchten Mantel zurücklassend, reinigte er sorgfältig die Hände mit einer desinfizierenden Lösung, zog den Mantel an, in dem er gekommen war, wischte die Schuhe an einem in Sublimatlösung getauchten Teppich ab und begab sich zu den beiden anderen Patienten.

Hermann Müller stieß einen heiseren Schreckensschrei aus, als er in der vermummten Gestalt an seinem Krankenbett Dr. Pöch erkannte. War der junge Mensch denn wahnsinnig geworden, sich hier hereinzuwagen! Hastig drehte er sich zur Wand, mit einer Hand fuchtelnd, er solle weggehen. „Hinaus! Hinaus! Kommen Sie mir nicht zu nahe!“ Tränen der Verzweiflung standen ihm in den Augen. Was waren sie doch alle für Narren! Er wusste genau, dass ihm nicht mehr zu helfen war, dass alle Medikamente und Anwendungen nur hilflose Versuche waren, das Unmögliche zu erreichen, und nun wagte Pöch sich in sein Zimmer – der einzige Sohn einer Witwe, die nichts auf der Welt hatte außer ihm! Er wollte schreien, wollte ihn anbrüllen, er solle augenblicklich den Raum verlassen – aber er war zu schwach, schon die wenigen Worte hatten seine Kräfte erschöpft. Qualvoller Husten schüttelte ihn.

Sprachlos versuchte er mit krampfhaften Handbewegungen, den jungen Arzt wegzuschicken. Immer noch die Komödie! Der Junge wollte ihn untersuchen, wollte ihm Kampferinjektionen und Pestserum verabreichen, wollte ihn mit nutzlosen Behandlungen martern und sich selbst den Tod dabei holen, während er nichts wollte, als in Ruhe gelassen zu werden und ruhig zu sterben.

„Lassen Sie sich doch behandeln, Herr Dozent!“, flehte Pöch ihn an. „Noch ist nicht alle Hoffnung verloren – das Pariser Pestserum …“

„Schweigen Sie, schweigen Sie!“, deutete ihm Müller. Musste der Narr auch noch den Mund aufmachen, die von tödlichen Keimen gesättigte Luft im Zimmer einsaugen! Und als Pöch Anstalten machte, sich ihm zu nähern, warf er sich herum, drehte das Gesicht zur Wand und blieb stumm und unbeweglich so liegen, einen Arm ausgestreckt, als wollte er den Eindringling mit körperlicher Kraft von sich wegstoßen.

Er atmete auf, als der junge Arzt endlich einsah, dass er konsequent alle Untersuchungen und Behandlungen verweigerte, und mit feuchten Augen das Krankenzimmer verließ. Gut! Vielleicht hatte er ihm klargemacht, dass er nicht noch einmal kommen sollte. Wussten sie denn nicht, welche Qualen sie ihm bereiteten mit ihrer aufdringlichen Fürsorge, mit ihren hartnäckigen Bemühungen, in seine tödliche Nähe zu kommen! Sie machten alles nur noch schlimmer, vermehrten seine Leiden um die Furcht, er könnte ihnen den Tod bringen. Es war schon schmerzhaft genug, die Anwesenheit der unbeirrbaren Nonnen ertragen zu müssen, aber wenigstens waren sie alt und hatten ihr Leben bewusst der Entsagung gewidmet, während Pöch noch so jung war, kaum über zwanzig, ein begabter Student, ein fähiger Arzt ...

Wieder wurde die Tür geöffnet, und Schwester Verona trat ein. Müller drehte sich um und richtete sich mühsam auf einen Ellbogen auf. Seine Lungen brannten, als er die Worte hervorstieß: „Arzt – nein – auf keinen Fall." Seine Rechte fuhr mit konvulsivischen Bewegungen in der Luft herum, um zu unterstreichen, wie heftig seine Ablehnung war.

„Herr Dozent wünschen den Arzt nicht mehr zu sehen?"

Der Kranke deutete: „Fort! Hinaus! Fort!"

„Ich werde es melden. Legen Sie sich wieder hin, Sie verbrauchen alle Ihre Kräfte." Sie griff nach der Cognacflasche, füllte einen kleinen Topf zur Hälfte mit Cognac, zur Hälfte mit Wasser, tat reichlich Zucker hinein und stellte beides zum Erhitzen auf den Ofen. „Ich mache Ihnen einen heißen Grog, das wird Sie stärken."

Müller lächelte schwach und sank in die Kissen zurück. Wenigstens eine, die vernünftig war! Jetzt war ihm leichter. Wenn er nur nicht so gefroren hätte! Seine Füße fühlten sich an wie Eisblöcke, schmerzten förmlich vor Kälte. Er zog einen nackten Fuß hoch, um ihn an der Wade des anderen Beines zu wärmen.

Die Schwester hatte die Bewegung bemerkt. Wortlos holte sie eine wollene Decke und wärmte sie am Ofen an, schlug dann die Bettdecke zurück und wickelte das warme Tuch um die bläulich angelaufenen Füße des Kranken. Müller ließ es geschehen, presste aber während der ganzen Zeit, in der sie um ihn beschäftigt war, einen der sublimatgetränkten Lappen vor den Mund.

Nach einer halben Stunde war Dr. Pöchs Visite bei allen beendet. Das Bulletin lautete: Dr. Müller Temperatur 40,6, Pecha 40,2, das Befinden bei beiden schlecht, Hochecker normal.

Jetzt, nachdem er Kontakt mit den Pestkranken gehabt hatte, musste er ein äußerst kompliziertes Ritual vollziehen, um zu verhindern, dass er den Erreger aus dem Quarantänebereich hinausschleppte. Im Vorraum entkleidete er sich vollständig, nahm im Badezimmer ein Vollbad, zog einen frischen, bisher nicht gebrauchten Anzug an sowie die Schuhe, die er mitgebracht hatte, und kehrte so ausstaffiert in seine Wohnung in der Blatternbaracke zurück. Dort wechselte er abermals die Kleidung und nahm ein zweites Vollbad. Die einmal gebrauchten Kleider wurden sofort in einen Eimer mit starker desinfizierender Lösung gegeben und danach im Dampfsterilisator keimfrei gemacht. Kleidung, die in den infizierten Krankenzimmern getragen worden war, musste auf der Stelle verbrannt werden. Erst dann trat Dr. Pöch aus der Baracke und teilte seinem am Pestkordon wartenden Kollegen Schilder mit, was die Visite erbracht hatte.

„Er lässt sich nicht behandeln. Das Einzige, was er überhaupt zu mir gesagt hat, war: ‚Hinaus! Hinaus!' Die Schwester sagte mir, dass er alle hinauszuweisen versucht, die sich ihm nähern. Er hat sich völlig in sein Schicksal ergeben, kein Wort des Vorwurfs, sei es gegen Menschen oder gegen Gott, immer nur: ‚Lasst mich allein, lasst mich ruhig sterben.'" Tränen stiegen dem jungen Mann in die Augen. „Ich weiß ja, dass ihm nicht mehr zu helfen ist, aber ich kann doch nicht einfach daneben stehen und zusehen, wie der Würgeengel ihm die Kehle abpresst. Ich muss doch irgendetwas tun …"

Dr. Schilder eilte hinüber ins Stöckl, wo im Lesezimmer der Direktor und die Kollegen auf ihn warteten. Er hatte vorgehabt, einen ausführlichen Bericht zu erstatten, musste aber feststellen, dass man ihn kaum ausreden ließ. „Kommen Sie direkt von Dr. Pöch?", rief der Direktor. „Dann machen Sie erst einmal einen ausgiebigen Spaziergang, um sich auszulüften, ehe Sie uns wieder in die Nähe kommen!"

Schilder gehorchte, frappiert von der plötzlichen Furcht und Feindseligkeit, die ihm von Seiten seiner Kollegen entgegenschlug. Während er gehorsam seinen nächtlichen Spaziergang im schwach erhellten Krankenhausgelände machte, dachte er: „Ich war doch gar nicht bei den Kranken, warum sind sie auf einmal so ängstlich?" Aber er hatte Kontakt mit Dr. Pöch gehabt, hatte sich auch tagsüber viel in der Nähe der Baracke aufgehalten … Plötzlich fiel ihm ein, was Pöch zu ihm gesagt hatte: „Die Leute fürchten sich nicht vor einem Bakterium, sondern vor einem Dämon, und deshalb zweifeln sie daran, dass Quarantänemaßnahmen die Seuche aufhalten können." Seine Kollegen mochten gelehrte Männer sein, die alles gelesen hatten, was es an wissenschaftlichen Erkenntnissen über Infektionen gab, aber nun behandelten sie ihn wie einen Verfluchten. Er hatte ein Tabu gebrochen, war dem verbotenen Bezirk zu nahe gekommen, hatte vielleicht den Unwillen des Dämons erregt …

Es war noch nicht lange her, da hatten sie – aufgeklärte Wissenschaftler der Neuzeit – sich an den Kopf gegriffen angesichts der mittelalterlichen Menschen, die die Juden und die Hexen verdächtigten, an der Pest schuld zu sein. Jetzt warfen seine Kollegen ihn aus der Bibliothek, obwohl sie wissen mussten, wie verschwindend gering die Möglichkeit einer Ansteckung durch ihn war.

Er machte seinen Spaziergang, wusch sich Gesicht und Hände mit desinfizierender Lösung und wechselte zur Sicherheit auch noch die Kleidung, ehe er ins Stöckl zurückkehrte, um sein verspätetes Abendessen einzunehmen. „Ich habe mich desinfiziert und ausgelüftet“, verkündete er, als er eintrat. „Kann ich jetzt mein Essen haben?“

Schweigen schlug ihm entgegen. Schließlich sagte der Direktor mit einem verlegenen Lächeln: „Aber natürlich, mein lieber Schilder, warum denn nicht?“

Er bekam sein Abendessen, musste aber feststellen, dass mehrere Kollegen aufstanden und den Raum verließen, als er sich an den Tisch setzte, um es zu verzehren.

In der Expektanzbaracke lag Albine Pecha im Bett und betrachtete abwechselnd ihr reizvolles Bild in der Zeitung und die Blumen im Zimmer, während sie sich ausmalte, wie der verliebte junge Arzt – wie hatte er doch geheißen? Schindler? Schilder? – jetzt in seinem Zimmer saß und von ihr träumte. Er hatte sehr sympathisch ausgesehen. Sobald sie wieder gesund war, würde er sie sicherlich zum Essen einladen. Sie legte die Zeitung weg – es ermüdete so, irgendetwas zu lesen! Mit geschlossenen Augen sank sie auf ihr Kissen zurück und überließ sich angenehmen Träumen von romantischen Soupers bei Musik und Kerzenlicht, Träume, die gelegentlich in Fieberphantasmen übergingen. Dann fragte sie die Schwester, ob ihre schönen Kleider schon angekommen seien, sie könne doch unmöglich im Nachthemd zum Souper gehen. Oder sie blickte hinaus und murmelte: „Habe ich nicht gesagt, dass Irland ein schönes Land ist? Ich könnte den ganzen Tag nur aus dem Fenster schauen, auf die vielen grünen Bäume und die herrlichen Blumen." Einmal verwechselte sie in ihrer Benommenheit Dr. Schilder mit dem alten Herrn aus Karlsbad und vertraute der Nonne an: „Wissen Sie, ehrwürdige Schwester, ich bin sehr froh, dass er so jung und fesch ist – hat er nicht einen schmucken kleinen Schnurrbart? Ich habe es mir gar nicht lustig ausgemalt, mit einem tatterigen Greis zusammenzuwohnen, der mich nur als Köchin und Krankenschwester braucht. So ein schöner Mann! Jetzt werde ich in meinem irischen Schloss wirklich glücklich sein."

Im Zimmer nebenan schritt Johanna Hochecker auf und ab wie ein Tiger im Käfig. Sie hatte sich auf den abendlichen Besuch des Arztes geradezu gefreut, weil er eine Abwechslung im öden Einerlei des Tages bedeutete, und dann war Müller gar nicht gekommen. Er sei sehr erschöpft von der durchwachten Nacht, hatte ihr Schwester Perpetua gesagt, und müsste seine Visite auf den nächsten Morgen verschieben. Johanna nahm es mit Verdruss zur Kenntnis. Warum musste der Mann auch bis in die frühen Morgenstunden an seinem Buch herumkritzeln, statt seine Kräfte für seine Patientinnen zu sparen?

Die Arbeit fehlte ihr mehr, als sie sich je vorgestellt hatte.

Gewöhnt, ununterbrochen geschäftig zu sein, fühlte sie sich jetzt wie lebendig eingemauert. Den ganzen Tag nichts zu tun! Das war keine Erholung, sondern eine gnadenlose Folter für sie. Wenigstens Strickzeug hatte die Schwester ihr beschaffen können, aber was für einen Sinn hatte es, etwas zu stricken, das zuletzt ja doch verbrannt werden musste? Wenn die Pecha an der Seuche erkrankt war, durfte nichts die Baracke verlassen, das wusste die Wärterin genau. Und sie selbst? Würde sie jemals lebend hier herauskommen? Die Ärzte hatten ihr erzählt, ihr Sputum enthalte keine Pestbazillen, aber vielleicht sagten sie das ja nur, damit sie sich ruhig verhielt. Wenn sie gesund war, warum ließen sie sie dann nicht hinaus? Bloß weil sie ein wenig erhöhte Temperatur hatte? Was für eine Albernheit! Es war ja viel gefährlicher, sie hier neben die Todkranke zu sperren. Hoffentlich hatte Dozent Müller sich auch ordentlich desinfiziert, bevor er von einem Zimmer ins andere ging, sonst schleppte er am Ende noch die Seuche bei ihr ein …

Der Husten, dieser widerliche Husten! Schwester Perpetua sagte, er käme von dem beißenden Gestank der Desinfektionsmittel, und genau dasselbe hätte sie auch gesagt, wäre da nicht die Angst gewesen.

Und Johanna hatte so viel Zeit, sich von der Angst überschwemmen zu lassen, den ganzen untätigen Tag lang und die halbe Nacht, in der sie nicht schlafen konnte.

Im Zimmer III führte Dozent Hermann Müller das seltsamste Gespräch seines Lebens. Er war eingeschlafen und wenig später schreiend erwacht, weil der Albtraum ihn wieder heimgesucht hatte. Es war pure Angst davor, wieder einzuschlafen und zu träumen, die ihn bewog, ein langes Gespräch mit Schwester Verona anzufangen, ein Gespräch, das bald zu einer Beichte und einer Bitte um geistlichen Rat wurde. Nie zuvor hatte er so mit einer Frau gesprochen. Bei seiner Mutter und seiner Schwester hatte er sich immer der gesellschaftlich eingedrillten Norm gebeugt, dass ein Mann mit seinen Problemen selbst fertig werden musste, dass Frauen keine Gesprächspartner für ernste und tiefgründige Themen waren. Es gehörte sich einfach nicht, sie mit düsteren Gedanken zu belasten, man musste höfliche, heitere und zierliche Gespräche mit ihnen führen, was sehr langweilig und ermüdend war. Aber jetzt war alles anders. Mit Pöch durfte er nicht mehr sprechen, der durfte ihm auf keinen Fall mehr in die Nähe kommen. Er durfte überhaupt niemanden von seinen Kollegen, Verwandten und Freunden bitten, zu ihm zu kommen. Aber diese merkwürdig gesichtslose alte Frau mit ihren weiß umschleierten Zügen und den tiefen, wissenden Augen beharrte darauf, bei ihm zu bleiben, und sie besaß die Gabe, das Gespräch so zu führen, dass er ihr alles erzählen konnte, was ihn peinigte, obwohl ihm das Sprechen immer schwerer fiel.

Sie sagte leise: „Der Teufel erhebt uns oft in vermeintliche Höhen, damit er uns nachher vorspiegeln kann, Gott hätte uns tief fallen lassen, dabei haben wir die ganze Zeit auf dem Boden gestanden. Ich habe in meinem Orden so viele Frauen erlebt, die meinten, mit besonderen Gaben oder einer besonderen Berufung ausgestattet zu sein, und dann auf dieselbe Weise versucht wurden wie Sie. Da Gott ihnen nicht gab, was er ihnen gar nicht versprochen hatte, fühlten sie sich von ihm getäuscht."

„Ich war so überzeugt", ächzte der Kranke. „Ich ... ich spürte es im Herzen."

„Wir spüren mancherlei im Herzen, Herr Dozent, aber es kommt von genau dort: aus uns selbst. Sagt die Bibel nicht, unser Herz sei ein trügerisches Ding und niemand könne es ergründen? Sie sind kein stolzer Mensch, deshalb glaube ich nicht, dass Sie sich aus Hochmut überhoben haben. Ich denke, Sie haben eine bewegliche und aufnahmefähige Seele wie ein Dichter, und diese Seele hatte einen Traum. Wenn Sie sich eingestehen können, dass es ein Traum war, werden Sie auch nicht mehr mit Gott hadern, und dann werden Sie in Frieden sterben."

„Das ist auch alles, was ich mir wünsche – dass dieses grauenhafte Ding mich nicht mehr verfolgt."

„Wollen wir gemeinsam beten? Sie können es ja im Stillen tun, da es Sie zu sehr anstrengt zu sprechen."

Neunter Tag: Samstag, 22. Oktober 1898

Als Severin Schilder am Morgen im Stöckl zum Dienst erschien, fand er dort den Landessanitätsinspektor Friedinger vor, der ihm eine wichtige Botschaft überbrachte. „Abteilungsvorstand Dr. Obermayer ist erkrankt, daher werden Sie, Herr Assistent …"

„Erkrankt! Um Gottes willen! Woran denn?" Wie nervös sie alle waren, bemerkte Schilder jetzt, als ihm bei der bloßen Erwähnung einer Erkrankung das Herz stehen bleiben wollte und kalter Schweiß ausbrach. Er schrie die Frage heraus wie in Todesnot.

„Nein, nein, keine Sorge, es ist ein schwerer rheumatischer Anfall, wohl ausgelöst durch das feuchte Wetter in der Nacht."

„Ach! Und ich dachte schon …" Die Welle des Schreckens, die ihn überschwemmt hatte, ebbte wieder ab. Er musste sich setzen, so weich waren seine Knie plötzlich.

Friedinger fuhr fort: „Sie werden ab sofort mit der Leitung des Dienstes betraut; dieser wurde für das gesamte Personal als permanent erklärt. Niemand darf die Infektionsabteilung mehr verlassen, das gesamte Personal wird im Spital verköstigt und muss auch hier übernachten."

Dr. Schilder, der nun Leiter der Infektionsabteilung war, notierte:

> „Der Zustand der beiden Wärterinnen schwankt; immer wieder flammt die Hoffnung auf, die furchtbare

Krankheit bezwingen zu können. Seit der Erkrankung Dr. Müllers übernahm Dr. Rudolf Pöch freiwillig die Betreuung der in der Expektanz isolierten Patienten und verabreichte auch das inzwischen aus dem Pasteur-Institut eingelangte Pestserum. Wird es helfen? Die ganze Bevölkerung nimmt lebhaften Anteil am Befinden der Kranken."

Albine Pecha ging es schlecht. Zu den starken Kopfschmerzen, die auch den kalten Umschlägen nicht weichen wollten, kamen heftige Hustenanfälle mit reichlich Auswurf und Schwächegefühl mit Atemnot. Sie verlangte nach Dr. Müller, aber die Nonnen, die Anweisung hatten, sie über sein Schicksal im Unklaren zu lassen, teilten ihr mit, es käme ein anderer Arzt. Mit einem schwachen Versuch zu scherzen sagte Schwester Verona: „Sie haben jetzt ihren persönlichen Doktor, Fräulein Pecha, einen besonders jungen und hübschen."

Die Kranke lächelte matt. „Ist es der, der mir einen so schönen roten Rosenstrauß geschickt hat?"

„Nein, ein anderer, ein junger Kollege von Dr. Müller."

Albine nickte, aber als der Arzt dann kam, ging es ihr so schlecht, dass sie ihn nicht erkannte und für Dr. Müller hielt. „Ich bin sehr krank, nicht wahr?", fragte sie mit leiser Stimme und presste die Hand auf die vom scharfen Husten schmerzende Brust. „Ich glaube, ich muss sterben. Ich möchte einen Priester sehen."

„Gut, dass Sie so schnell kommen konnten, Hochwürden." Direktor Klimesch eilte dem Priester, der sein Arbeitszimmer betrat, entgegen. Es war der geistliche Rektor des Franz-Joseph-Spitals Pater Piffel, ein robuster, altgedienter Priester mit einem lebhaften und manchmal stürmischen Wesen. „Sie wissen vermutlich schon, worum es sich handelt?"

„Man sagte mir, die Pestpatienten hätten nach dem Sterbesakrament verlangt. Ich verstehe nur nicht, warum ich deshalb zuerst zu Ihnen kommen muss? Trauen Sie mir nicht mehr zu, dass ich weiß, wie ich einen Versehgang vorzunehmen habe?"

Der Direktor fühlte sich sehr unbehaglich in seiner Haut. Wie sollte er dem hochwürdigen Herrn klarmachen, dass es sich um keinen gewöhnlichen Versehgang handelte, dass die Quarantänemaßnahmen nicht zuließen, das Sakrament wie gewöhnlich in der von der Kirche vorgeschriebenen Weise zu spenden? Pater Piffel wollte sich in die Baracke zu den Kranken begeben, das konnten die Ärzte ihm nicht erlauben. „Es geht da um einige besondere Vorsichtsmaßnahmen …"

Wie Klimesch erwartet hatte, fuhr der Geistliche heftig auf, als er ihm die nötigen Einschränkungen darlegte. „Nein! Nein, das ist unmöglich! Ich mache so ein bizarres Theater nicht mit! Was meinen Sie denn, wo das endet, wenn der Priester anfangen würde, sich dem Sterbenden nicht mehr zu nähern aus Angst vor einer Infektion? Sind denn alle, die in Ihrem Spital an Masern und Scharlach gestorben sind, nicht nach katholischem Ritus versehen worden? Habe ich da etwa vor Bakterien Angst gehabt? Wie sollen denn diese neuen Vorschriften aussehen – erst kommt der Priester nicht mehr ins Zimmer und dann kommt er überhaupt nicht mehr?"

Der Direktor, der sich dem erbosten alten Herrn nicht gewachsen fühlte, rief Dr. Schilder zur Hilfe herbei. Mit vereinten Kräften bemühten sie sich, dem Geistlichen klarzumachen, dass es nicht nur um seine eigene Sicherheit und

Gesundheit ging, sondern dass er – sollte er sich infizieren – für Hunderte Menschen zu einer gefährlichen Ansteckungsquelle werden konnte. Auch dieses Argument wollte der Priester nicht gelten lassen, schließlich war er ja auch zu anderen Infektiösen gerufen worden, aber er wagte nicht länger zu debattieren. Die Zeit war knapp, er konnte nicht riskieren, dass die Kranken am Ende in der Zeit, in der er sich hier mit den Bürokraten herumstritt, ihren letzten Atemzug taten. Mit heftigem inneren Widerwillen erklärte er sich bereit, den Vorschriften zu entsprechen.

Begleitet von Dr. Schilder begab er sich, ausgerüstet wie zu einem gewöhnlichen Versehgang, zu der Pestbaracke, durchschritt den Kordon und trat an das Fenster von Albine Pechas Zimmer, hinter dem das Bett der Kranken stand. Nicht einmal das Fenster zwischen Priester und Patientin durfte geöffnet werden, es blieb lediglich der oberste Teil offen, wie er es der Lüftung wegen immer war.

Da die Pecha so schwach war, hatte Pater Piffel ihr ausrichten lassen, sie solle bei der Beichte als pars pro toto nur eine Sünde nennen, zum Zeichen, dass sie ihre Sünden bekannte und die Lossprechung verlangte. So geschah es auch und die Absolution wurde erteilt. Die Hostie wurde auf einem Tuch einer Schwester durch das Fenster eines Nebenzimmers überreicht und anschließend bei Vermeidung jeder Berührung der Patientin gegeben.

Gleich darauf wurde gemeldet, auch Dr. Müller wolle sich versehen lassen. Der Rektor wurde gebeten, noch einmal seine schwere Pflicht zu erfüllen. Der alte Priester, der so vielen Kranken die Sterbesakramente gereicht hatte, war erschüttert; er konnte seine innere Bewegung kaum bemeistern, als er an das Fenster der Pestbaracke trat.

Dr. Müller saß drinnen auf dem Bettrand, unbeweglich, mit ruhigem Blick, die gefalteten Hände auf den Knien. Als der Priester ihm die Frage stellte, ob er beichten wolle, gab er durch ein stummes Nicken sein Einverständnis kund, bekreuzigte sich und schlug sich an die Brust. Seine Augen wurden feucht, als ihn der Priester fragte, ob er allen vergebe, wie er selbst Gott um Vergebung für seine Sünden bitte.

Tief ergriffen entfernten sich die wenigen Zeugen des erschütternden Vorgangs.

Nachdem Hermann Müller die Sterbesakramente empfangen hatte, fühlte er sich innerlich freier, ein wenig von seiner Lebenskraft kehrte zurück. An seine Kissen gelehnt, lag er im Bett und schrieb, notierte seine Symptome, beobachtete sich selbst wie einen Fremden, an dessen Schicksal er rein wissenschaftlichen Anteil nahm. Alle anderen Gedanken schob er beiseite. Er zwang sich, nicht daran zu denken, dass er so jung starb, dass er eine großartige Karriere vor sich gehabt hatte, dass vielleicht auch noch persönliches Glück auf ihn gewartet hätte. Die Zeit war zu kostbar, um sie mit Grübeleien zu verbringen. Seine Kraft ließ nach – wie lange würde es noch dauern, bis er nicht mehr in der Lage war, sich selbst zu beobachten? Immer heftiger überwältigten ihn die Symptome der gefürchteten Seuche: Mattigkeit, Fieber, rauer Husten mit schmerzhaftem Auswurf, abwechselnde Totenblässe und dunkle Verfärbung der Haut. Schon jetzt verschwamm ihm zuweilen das Geschriebene vor den Augen. Immer wieder musste er den Stift aus der Hand legen, weil die entkräfteten Finger ihm nicht mehr gehorchen wollten.

Essen konnte und wollte er nicht mehr. Er lebte nur noch von Tee und dem Cognac, den er Schwester Veronas Ratschlag gemäß verlangt hatte. Es war ein guter Rat gewesen; der starke Alkohol mobilisierte seine schwindenden Kräfte und erleichterte seine Beschwerden.

„22. Oktober:
Temperatur 39,3, Kopfschmerzen, Flimmern vor den Augen, Schwächegefühl, Angstzustände, Atemnot."

Aber er hatte jetzt Ruhe. Das Gespräch mit Schwester Verona hatte ihn innerlich befreit und der Besuch des Priesters hatte ihn getröstet. Müde sank Müller in sein Kissen zurück. Er wusste, er konnte jetzt schlafen, ohne dass er fürchten musste, den Dämon wieder zu sehen. Der Bleistift entglitt seiner Hand. Wieder umfing ihn nach einem heftigen Hustenanfall Bewusstlosigkeit.

Mittlerweile wurde Dr. Severin Schilder mit einem neuen Problem konfrontiert. Von Pavillon B kam die Meldung, der Diener Eugen Noe wolle, da er in der Zeit seit seiner Einlieferung sehr stark geschwitzt habe, ein Vollbad nehmen. Der Sekundararzt, der die Meldung überbrachte, erklärte: „Er versteift sich darauf, dass er baden will, und wenn die Umstände nicht so schwierig wären, hätte ja auch niemand etwas dagegen. Aber ein Vollbad bedeutet eine große Menge Wasser, wie sollen wir das desinfizieren und entsorgen? Darauf ist der Pavillon B nicht eingerichtet."

Schilder, der den Kopf mit anderen Sorgen voll hatte – die so plötzlich aufgebürdete Verantwortung lastete schwer auf ihm –, wehrte ungeduldig ab. „Sagen Sie ihm, es geht nicht."

Der Sekundararzt schnitt eine Grimasse. „Das haben wir schon versucht. Aber Sie wissen doch, wie internierte Patienten sind. Ihnen wird die Zeit lang, jede Kleinigkeit ist ungeheuer wichtig, und der Mann ist, mit Verlaub gesagt, so was von lästig, dass es nicht auszuhalten ist."

„Nun dann … versuchen wir einen Weg zu finden, wie er

zu seinem Bad kommt. Fragen Sie den Prosektor Dr. Kretz, er ist der Leiter der Desinfektionsmaßnahmen, wie man vorgehen könnte."

Eine Weile später erhielt er die Nachricht, es sei eine Möglichkeit gefunden worden, dem Diener zu seinem Vollbad zu verhelfen, und er sei sehr dankbar und zufrieden und mache keine Umstände mehr. Schilder stützte den schmerzenden Kopf in die Hände. Was für ein Leben! Jede Kleinigkeit wurde zu einer Frage auf Leben und Tod. Es war, als ob die Pest ihn verspottete, als ob der gefangene Dämon in seinem Zwinger hin und her huschte, da und dort nach einem Schlupfloch suchte und seinen Gefängniswärtern klarmachte, wie viele solcher Schlupflöcher es gab.

Am Abend ging Dr. Pöch wiederum zur Visite, und was er vermeldete, ließ ganz Wien vor Entsetzen erstarren: „Dr. Müller bewusstlos, kalte Füße, kalter Schweiß, Kollapstemperatur von 37,2. Pecha, 39,4, bricht wieder. Bei der Hochecker ohne sonstige Erscheinungen das Fieber gestiegen. Diener Noe, 38,7!"

Jetzt war jedermann überzeugt, dass die Seuche sich unaufhaltsam verbreiten und einen Großteil der Wiener Bevölkerung in den Tod reißen würde. Nicht nur die historische Erinnerung an den Seuchenzug des Mittelalters war noch sehr wach in der Bevölkerung, es hatte auch im 19. Jahrhundert zweimal einen schweren Ausbruch von Cholera gegeben, der den Wienern nachdrücklich vor Augen hielt, was eine Pestepidemie der Stadt antun würde. Panik brach aus. Die Kaffeehäuser, Restaurants, Tanzlokale und Bordelle lagen in gespenstischer Leere und Stille da. Wer nicht unbedingt musste, vermied es, die Straße zu betreten. Viele vermieden es auch aus Furcht, plötzlich von einem hysterischen Mob angegriffen zu werden. Die Juden, die eine lange traurige Erfahrung mit solchen Situationen hatten, verkrochen sich in ihren Wohnungen in der Leopoldstadt und wagten kaum, zum Einkaufen der nötigsten Lebensmittel hinauszugehen. Aber auch die lauten Rufe der ausländischen Wanderhändler, der „Welschen“, der „Kotscheberer“, der slowakischen Rastlbinder[28] und Kesselflicker, waren plötzlich verstummt. Obwohl die Quelle der Ansteckung eindeutig war, wussten sie zu gut, dass der Volkszorn sich ebenso gegen sie richten konnte wie gegen die Juden. Bettler und Hausierer wagten sich ebenfalls nicht ins Freie, sondern hockten in ihren lichtlosen, feuchten Löchern in den Stockwerke tiefen Untergeschossen der Stadt oder den Kanalgewölben. Auch sie erinnerten sich daran, wie man alle Vagabunden bei der letzten Pest mit Polizeigewalt zusammengetrieben und in die Spittelau – damals noch eine öde Insel in den Donauauen – verfrachtet hatte, wo sie ein halbes Jahr lang ausharren mussten: bei Wind und Wetter, in notdürftigsten Hütten und bei einer Ernährung, die gerade nur ausreichte, sie vor dem Hungertod zu bewahren. Stille herrschte auf den Straßen und Marktplätzen, der Prater lag verödet, keine Lampe brannte in den mondänen Kaffeehäusern entlang der Hauptallee.

Umso lauter ging es im Rathaus zu, wo die Abgeordneten einander beschimpften und beschuldigten. Dort brannte bis tief in die Nacht hinein Licht, ebenso in den Redaktionen der Zeitungen, die sich alle darauf vorbereiteten, einen eruptiven Ausbruch der Seuche zu melden.

Anton Stieglitz, der fleißig am Werk war, fühlte sich von den widersprüchlichsten Emotionen durchschüttelt. Einer-

---

[28] Bürsten- und Besenbinder

seits liebte er nichts so sehr wie diese Stimmung der Erregung, der drohenden Krawalle, der Panik; es war sein Lebenselixier, wie ein fanatischer Soldat das Schlachtgetöse braucht. Andererseits war ihm bitter klar geworden, dass er das erträumte Souper mit der schönen Pecha niemals genießen würde. Es tat ihm weh. Nachdem er so viel über sie geschrieben hatte, schien es ihm, dass er sie sehr gut kannte, auch wenn die Hälfte seiner Schilderungen frei erfunden war. Sie war in seiner Fantasie geradezu eine Frau geworden, die ihm persönlich gehörte. Er war es ja, der ihr die Gestalt gegeben hatte, die jetzt ganz Wien bemitleidete und liebte, er hatte aus einem schlichten Dienstmädchen eine tragische Heldin gemacht, er hatte ihr die Rolle auf den Leib geschrieben, die sie jetzt – halb bewusstlos in ihrem Bett dämmernd – ohne ihr Wissen spielte. Und jetzt würde er sie verlieren.

Auch in der Infektionsabteilung herrschten Angst und Schrecken. Die erzwungene Absperrung von Personal und Patienten, das Gefühl, von aller Welt abgeschnitten zu sein, während der Dämon sich allen Vorsichtsmaßnahmen zum Trotz weiter ausbreitete und sich ein Opfer nach dem anderen griff – all das setzte den vom Permanenzdienst ermüdeten Ärzten und Pflegerinnen und den hilflosen Patienten zu. Als dann die Nacht herabsank, wurde das ummauerte Geviert der Infektionsabteilung zu einer gespenstischen Zitadelle. Die Ärzte drängten sich im Aufenthaltsraum zusammen, während sie gleichzeitig fürchteten, sich dabei anzustecken, aber allein sein war noch schlimmer. Trotz der frischen, feuchten Herbstnacht schien ihnen die Luft dumpf und stickig von aufsteigenden Miasmen.[29]

Besorgt notierte Dr. Schilder:

---

[29] Ausdünstungen, die man jahrhundertelang für die Ursache von Seuchen hielt

„Diese Nachrichten schienen auf eine schlimme Wendung der Dinge hinzudeuten, die Stimmung wurde sehr gedrückt. Es fällt schwer, sie einem allgemeinen Verständnis näher zu bringen. 20 Meter von dem Pestherd entfernt zu wohnen, durch den Permanenzdienst an denselben gekettet, von der gewohnten Umgebung mit Kollegen, Freunden und Verwandten vollständig abgeschnitten! Keine Zerstreuung mag von dem einen Gedanken abzulenken: Wie soll das enden? Keine Lektüre, kein Gespräch ist imstande, das Vorstellungsvermögen von den brennenden Fragen des Augenblicks abzudrängen. Und doch galt es im Interesse der Sache, auch nicht einen Moment den Kopf zu verlieren."

Und Letzteres gelang dem jungen Arzt auch. Unbeirrt von der Aufregung, die sich allgemein breit machte, erledigte er seine Pflichten, sorgte dafür, dass für all die eingesperrten Ärzte und das Personal Essen und Schlafplätze bereitstanden, beantwortete die zahllosen Anfragen seiner Mitarbeiter, die von der neuen Situation überrumpelt wurden, und organisierte die Informationen an Behörden und Presse. Mitten in dieser Arbeit wurde ihm gemeldet, ein Dr. Maximilian Mayer aus Gaya in Mähren, Schiffsarzt, habe telefonisch seine Dienste angeboten, er hätte auf seinen weiten Reisen bereits Erfahrung mit Pestfällen gesammelt und sei nun bereit, Dr. Pöch zu unterstützen. Schilder atmete auf. Er hatte sich bereits Gedanken gemacht, wie lange der junge Arzt seinen aufreibenden Dienst versehen könnte, ohne vor Erschöpfung zusammenzubrechen.

„Melden Sie ihm, wir bitten ihn, so rasch wie möglich nach Wien zu kommen, wir werden seine Hilfe dringend brauchen."

Zehnter Tag: Sonntag, 23. Oktober 1898, nachts

Die Nacht vom 22. auf den 23. Oktober ging allmählich ihrem Ende zu. Schwester Verona wachte unbeirrbar im Zimmer des Todkranken, brühte Tee auf, hielt ihm das Cognacglas an die Lippen. Müller lehnte auf die Kissen gestützt im Bett und notierte mit zunehmend krakeliger werdender Schrift seine Symptome.

„Bewusstsein abwechselnd ganz frei, dann tief benommen. Kalte Füße. Kalter Schweißausbruch. Temperatur 37,2." Er wiederholte den letzten Wert laut. „Das sind Kollapstemperaturen", sagte er zur Schwester. „Jetzt kann es nicht mehr lange dauern ... Mir ist kalt."

Dann fiel er wieder in tiefe Bewusstlosigkeit.

Die Schwester stand lautlos auf und verständigte Dr. Pöch. „Kommen Sie rasch, es geht zu Ende."

Der junge Arzt trat sehr beunruhigt ins Krankenzimmer. Er musste die Lippen zusammenpressen, um das Zucken in seinen Gesichtsmuskeln zu unterdrücken, als er seinen Lehrer schlaff im Bett liegen sah, das Gesicht blauschwarz verfärbt und von kaltem Schweiß bedeckt. Hastig wandte er sich der Fiebertabelle zu und prüfte die Werte. „Das sind Kollapstemperaturen ... Sie haben Recht, Schwester. Er stirbt."

In seinem Krankenbericht notierte Pöch: „Anhaltende Kollapstemperatur, 50 mühevolle Atemzüge in der Minute, Bewusstsein abwechselnd fast ganz frei, dann wieder tief benommen, jäher Farbenwechsel im Gesicht, von Leichenblässe bis zu tiefer Verfärbung, äußerste Schwäche, so lauteten die letzten Nachrichten gegen Mitternacht – bis auf einige Entfernung war das Stöhnen des mit dem Tode ringenden, noch so jungen Märtyrers der Wissenschaft hörbar."

Bewegt verließ er das Zimmer. Draußen stieß er auf Max Dollischal. „Gut, dass ich Sie treffe; ich habe einen Auftrag für Sie. Es steht sehr schlecht um Dr. Müller und auch Schwester Pecha geht es nicht gut. Ich fürchte, es ist an der Zeit, dass Sie Metallsärge herbeischaffen lassen."

„Aber, Herr Doktor", antwortete ihm Dollischal und drehte verlegen seine Mütze zwischen den Händen, „das ist nicht mehr notwendig, die beiden Särge sind über Anordnung der Direktion schon seit Mittag bereitgestellt."

Drinnen im Krankenzimmer erwachte Müller noch einmal aus seiner Bewusstlosigkeit. Sein Blick wanderte ziellos im Raum herum; auf seinem Gesicht lag ein Ausdruck des Erstaunens, dass er erwacht war. „Schwester", stöhnte er, „wieso kommt es, dass ich noch immer lebe? Ich habe doch dauernd Kollapstemperaturen."

Die alte Nonne trat an sein Bett. „Wollen Herr Dozent beten?"

Müller, der halb und halb wieder ins Delirium geglitten war, stöhnte laut und qualvoll auf, seine Hand fuhr krampfhaft auf der Bettdecke hin und her, nach dem Schreibzeug suchend. „Atem mühevoll", röchelte er, „aufschreiben …"

Später schrieb Anton Stieglitz, nachdem ihn der Anruf seines Vertrauensmannes erreicht hatte, in seinem Artikel:

> „Im Garten vor dem Fenster Müllers steht der temporäre Leiter der Infektionsabteilung Doktor Severin Schilder. Er hört das Stöhnen, das Röcheln, es geht ihm durch Mark und Bein, denn Müller zählte auch

zu seinen Freunden. Da werden die Töne leiser, jetzt setzt der Husten aus, jetzt wird es drinnen still, ganz still, furchtbar still. Der Arzt Dr. Schilder kennt diese Stille und weiß, was sie bedeutet: Dozent Dr. Müller ist nicht mehr. Ein großes Leben ist verlöscht. Bewegt sieht Dr. Schilder zu dem hell erleuchteten viereckigen Barackenfenster hinüber. Dann hebt er die Hand – wie schwer sie auf einmal ist! – und zieht den Hut ...“

Im Morgengrauen des 23. Oktober, eines trüben, nebligen Tages, wurde gegen halb acht Uhr die Bergung der Leiche genau in der Weise, wie es die Instruktion bestimmte, unter Überwachung des Prosektors des Franz-Joseph-Spitals Dr. Kretz vorgenommen, etwas mehr als sechzig Stunden, nachdem Doktor Müller anscheinend frisch und gesund seinen Einzug gehalten hatte. Stumm walteten die vermummten Ärzte, Schwestern und Diener der ernsten Pflicht, alle Aufmerksamkeit auf die Einhaltung der Regeln gerichtet, die ja auch ihrer eigenen Sicherheit dienten – für die wenigen Zuschauer ein unsäglich trauriges Schauspiel.

Wie schon die Leiche des Barisch wurde auch die des Dozenten Dr. Müller in ein sublimatgetränktes Leintuch gewickelt. Sein Körper wurde in einen Holzsarg gelegt, dessen Boden mit Sägespänen bedeckt und mit Sublimatlösung getränkt wurde. Der Sarg wurde verschraubt, mit Karbollösung abgewaschen und in einen Metallsarg gestellt, der fest verlötet wurde. Auch er wurde vor Übernahme durch die Leichendiener vor der Eingangstür von den Wärterinnen in gleicher Weise mit Desinfektionsflüssigkeit abgewischt. Die so verwahrte Leiche wurde in die Desinfektionsbaracke neben dem Leichenhaus gebracht, um die Beerdigung zu erwarten, die binnen vierundzwanzig Stunden stattfinden musste.

Vormittags erschien Otto Müller im Spital; er weinte, als er mit dem Direktor die Maßnahmen für die Beerdigung besprach.

Nachdem die Seuche ihr prominentes Opfer verzehrt hatte, schien sie plötzlich von allen anderen abzulassen. Das Mittagsbulletin hörte sich sehr beruhigend an: Pecha, 38,6, Puls 104, 32 Respirationen, ist bei Bewusstsein, kein Erbrechen, Stechen auf der rechten Brustseite, Auswurf weiß, sehr mäßig, keine Kopfschmerzen. Bei den übrigen Observanden waren die beunruhigenden Symptome, die noch am Vortag für solchen Schrecken gesorgt hatten, urplötzlich völlig verschwunden, alle befanden sich in gutem Zustand. Zur allgemeinen Befriedigung war der Befund beim Sputum der Hochecker wiederum negativ, es wurden keinerlei spezifischen Bazillen gefunden. Dagegen zeigte die Pflegeschwester Wilfrieda, die sowohl Dr. Müller als auch die Pecha gewartet hatte, erhöhte Temperatur und fühlte sich sehr matt – was allerdings eine Folge der anstrengenden Arbeit sein mochte. Sie wurde unter sorgfältige ärztliche Beobachtung gestellt.

Albine wusste nichts vom Tod des Dozenten, sie hatte tief und fest geschlafen, als die Leiche weggeschafft wurde. Nach dem Erwachen war sie so aufgeräumt und munter wie nie zuvor, seit sie in der Baracke wohnte.

„Und wie geht es Ihnen heute, Fräulein Pecha?“

Die junge Frau setzte sich im Bett auf. „Oh, schon viel besser, Schwester Wilfrieda, ich glaube, ich habe das Schlimmste überstanden. Ich fühle mich richtig wohl. Schade, dass ich nicht hinausdarf, ich würde so gerne spazieren gehen."

„Damit müssen Sie schon noch ein wenig warten. Aber wenn Sie sich jetzt waschen und frische Wäsche anziehen, bringe ich Ihnen Ihr Frühstück." Schwester Wilfrieda schritt hinaus. Als Wilfrieda mit dem Frühstück kam, fragte Albine: „Schwester, mir ist so langweilig, können Sie mir denn nicht irgendeine Zerstreuung besorgen? Ein paar neue Gesellschaftsblätter? Dann wäre mir gleich wieder wohl."

Als Dr. Pöch nachmittags zur Untersuchung kam, lächelte sie ihn an und fragte scherzhaft: „Sind Sie der Arzt, der in mich verliebt ist?"

„So hübsch, wie Sie sind, Fräulein Pecha, sind viele Ärzte in Sie verliebt", antwortete er. „Kann ich jetzt Ihren Arm haben? Ich möchte Ihnen noch eine Injektion von dem Pariser Serum geben."

„Das ist schon die zweite heute."

„Ja, je mehr Sie bekommen, desto besser geht es Ihnen."

Severin Schilder stand im Lesezimmer des Stöckls am Fenster und starrte zu der Expektanzbaracke hinüber, die halb in den Nebelschwaden versank. Der Dämon grinste ihn an. „Siehst du?", schien er zu sagen, „ich töte, wen ich will, und verschone, wen ich will, und ihr könnt tun und lassen, was ihr wollt, es wird nichts daran ändern."

Der junge Arzt ballte unwillkürlich die Fäuste. Er spürte im Innersten, dass dieser plötzliche Friede trügerisch war. Gewaltsam musste er sich in Erinnerung rufen, dass er es nicht mit einem bewussten Wesen, sondern einem Bakterium zu tun hatte, das weder dachte noch wollte, sondern nur das eine Ziel hatte – und nicht einmal dieses bewusst: sich zu vermehren. Irgendwo in der komplexen Biochemie des Körpers und der Umwelt lagen die Gründe dafür, dass es den

Kranken und Verdächtigen nun plötzlich wieder gut ging, nachdem sie am Vortag schon fest damit gerechnet hatten, dass auch Noe und die Hochecker an Pest erkrankt waren. Da drüben in dem niedrigen weißen Haus war kein böses unsichtbares Wesen, das sich über seine Hilflosigkeit lustig machte. Dort waren nur die winzig kleinen, balkenförmigen Bakterien, die Alexandre Yersin als erster Mensch unter dem Mikroskop gesehen hatte.

Trotzdem war Dr. Severin Schilder plötzlich bewusst, dass er die Pest hasste wie einen persönlichen Feind.

Elfter Tag: Montag, 24. Oktober 1898

Der dunkle, trübe Morgen breitete sich über die erst kürzlich eröffnete Nekropole am östlichen Stadtrand von Wien, den Zentralfriedhof. Hinter dem Haupttor erstreckten sich endlose Alleen, Bosketten und Hecken, an denen die Gräber lagen. Nebel troff aus den Kastanien und Platanen entlang der Kieswege und durchnässte das abgefallene rote Laub, das einen bitteren, muffigen Geruch ausströmte. Verwilderte Katzen huschten von einem Versteck ins andere, als das Nahen eines Leichenzuges zu ungewohnt früher Stunde sie aufschreckte.

Im Schein zweier Laternen rumpelte der Leichenwagen, von zwei schwarz geschmückten Pferden gezogen, über den Kiesweg. Nur eine kleine Trauergemeinde folgte dem Geistlichen und den Bestattern – ein paar Ärzte und Dr. Müllers Familie.

Professor Nothnagel war es nicht erlaubt worden, am Begräbnis seines Mitarbeiters teilzunehmen. Es blieb einem seiner Mitarbeiter vorbehalten, den Nachruf zu verlesen, den er verfasst hatte:

> „Zahllose Opfer werden in ihrem Berufe durch denselben dahingerafft. Von dem Krieger zu schweigen – der Seemann, der Eisenbahnführer, der Bergmann, die anderen in so vielen Zweigen menschlicher Tätigkeit Beschäftigten sterben in unmittelbarer Schädigung durch diesen. Und wie oft tritt dieses Geschick gerade an uns, die Ärzte, heran! Wie viele sinken in die Nacht des ewigen Schweigens, vernichtet durch den tödlichen

Krankheitskeim, welchen sie von einem Leidenden in sich aufnahmen, dem sie Hilfe bringen wollten. Was also fesselt uns hier so, was gibt dem Geschick unseres unglücklichen Kollegen ein so ergreifendes Gepräge? Zwei Momente tun dieses, von denen das eine in uns, das andere in dem Heimgegangenen liegt. Die Seuche, welcher er erlegen, ist für die meisten Menschen von einem ganz besonderen, unheimlichen, düsteren Entsetzen umgeben. Man kennt ihr grauenvolles Wüten aus den Überlieferungen der Geschichte … Und diesem Dämon tritt gelassenen Mutes ein Mann entgegen, anfänglich noch im Zweifel, zuletzt aber voller Kenntnis der fürchterlichen Gefahr, in welcher er sich befindet. Ihn treibt der kategorische Imperativ der Pflicht; Feigheit nennt er es, auch nur einen Augenblick zu schwanken. Wie der wahre Tapfere überhaupt nicht weiß, was Furcht ist, so gibt es auch für diesen Kämpfer hier den Begriff der Gefahr nicht. Die Pflicht des Berufes, dessen hohen, sittlichen Inhalt er verkörpert, ist das Banner, das er hält …“

Der Geistliche erteilte einen letzten Segen. Die Totengräber ließen den auf Stricken ruhenden Sarg ins Grab hinunter. Erde rieselte auf den Deckel. Verwandte und Freunde warfen ein paar Hand voll Erde ins Grab und nahmen wortlos Abschied von dem Sohn, dem Bruder, dem geliebten und geachteten Mitarbeiter. Kaum hatte sich der Letzte vom offenen Grab abgewandt, als die Totengräber, entgegen dem üblichen Brauch, schon begannen, es zuzuschaufeln.

Dr. Schilder vermerkte:

„Aus den Bulletins des 24. Oktober, welche von jetzt an, dem Wunsche der Besucher der Börse entsprechend, auch dort affichiert wurden, ging hervor, dass sich mit Ausnahme der Pecha alle leidlich wohl befanden; ja, auch bei ihr zeigte sich eine leichte Besserung. Ihre Temperatur sank in der Früh auf 37,4, sie hatte gut geschlafen, es bestand weder stärkerer Husten noch Erbrechen, das Bewusstsein war klar. Diener Noe und Schwester Wilfrieda, die noch immer an Herzklopfen und Schwächegefühl, zweifelsohne infolge der überstandenen Mühen und Anstrengungen, litt, zeigten ab und zu geringe Temperatursteigerungen. Schwester Verona befand sich ganz wohl."

Um Fräulein Pecha aufzuheitern, brachte Schwester Verona ihr einige Illustrierte Blätter und ein Blumenbukett, das die Ärzte der Infektionsabteilung ihrer Patientin schickten. Albine sah es, brach auf dem Bett zusammen und schluchzte laut auf. „Nehmen Sie das weg!", rief sie verzweifelt. „Sehen Sie denn nicht? Es ist ein Totenkranz!"

„Aber nein, gewiss nicht, Fräulein Pecha, sehen Sie nur! Es sind rote Rosen, das sind doch keine Trauerblumen!"

„Es sind aber auch dunkle Blumen darin, wie in einem Trauerbukett! Oh mein Gott, ich muss sterben! Sie schicken mir die Blumen für mein Grab!" Sie geriet vollkommen außer sich, rang die Hände und verfiel in heftige Weinkrämpfe, immer wieder vor sich hinstammelnd: „Blumen für mein Grab … für mein Grab …"

Hastig veranlassten die Schwestern, dass der unheilvolle Strauß entfernt wurde. Kurz darauf langten von der Direktion und der Verwaltung des Franz-Joseph-Spitals andere Blumenspenden ein, aus denen alles Dunkle entfernt worden war, und Albine trocknete ihre Tränen. Wenig später war sie wieder bei bester Laune.

Draußen auf dem Flur traf Schwester Verona auf ihre Gefährtin Perpetua, die sie im Flüsterton fragte: „Wie geht es ihr?“

„Schlecht, sehr schlecht“, erwiderte Verona ebenso leise. „Sie fühlt sich subjektiv sehr wohl, und allein das ist ein Zeichen, dass das Ende nahe ist.“

Albine fühlte sich tatsächlich so wohl, dass sie anfragte, ob sie etwas Kräftiges zu essen haben könne, und bekam auf ihren Wunsch eingemachtes Huhn und eine Flasche Bier. Beides verzehrte sie mit lebhaftem Appetit. Wären die Umstände nicht gewesen, so hätte man glauben können, es ginge ihr tatsächlich besser. Aber der Dämon spielte nur mit seinem Opfer, ließ es wieder aufkommen, erweckte trügerische Hoffnungen auf Genesung, um dann mit verdoppelter Grausamkeit zuzuschlagen.

Auch Johanna Hochecker hatte man nichts davon gesagt, dass Dozent Müller verstorben war, aber die alte Frau ließ sich nicht täuschen. Offiziell hieß es, er würde kurzfristig von seinem Assistenten Pöch vertreten, da er dringende Arbeiten in der Direktion zu erledigen hätte. Johanna schnaubte verächtlich. Dumme Lügen! Sie hatte nicht geschlafen, sie hatte genau gehört, wie der Metallsarg hereingetragen wurde, wie er klirrend gegen eine Mauerecke stieß, und dann das Geraschel und Gerumpel im Zimmer des Arztes und das Forttragen einer schweren Last. Sie hatte auch gehört, wie das Zimmer abgesperrt wurde.

Sie saß regungslos am Fußende ihres Bettes und starrte durch das große Fenster in die Herbstlandschaft hinaus, die grau und trübe geworden war. Die Angst, die ihr in den letzten Tagen auf Schritt und Tritt gefolgt war, verdichtete sich immer mehr zu einem Gefühl des Entsetzens, das ihr beinahe den Verstand raubte.

Müller war tot, die Pecha lag im Sterben, wie lange würde sie selbst noch aushalten? Was konnte sie tun? Nichts, nichts! Sie durfte diese winzige Gefängniszelle nicht verlassen, in der sie saß wie eine zum Tode Verurteilte, mit keiner anderen Gesellschaft als dieser mumienhaften Nonne, ganz als wäre sie schon tot und würde von einer Toten betreut …

Johanna merkte gar nicht, dass sie sich, von ihrer unerträglichen inneren Anspannung getrieben wie von einem Uhrwerk, mit immer stärker pendelnden Bewegungen nach links und rechts wiegte, dann ebenso zwanghaft nach vorne nickte. Mehr und mehr entglitten die Funktionen ihres Körpers und ihres Verstandes ihrer bewussten Kontrolle, ausgelöscht von dem alles verdunkelnden Entsetzen, lebendig eingemauert in entnervender Tatenlosigkeit den Tod zu erwarten.

Ihr Verstand hielt die Belastung aus, aber ihr Körper brach darunter zusammen. Plötzlich bekam sie Fieber, das in kürzester Zeit auf bedrohliche 40,1 stieg, dazu kamen starke Ohren- und Kopfschmerzen, sie begann heftig zu erbrechen und hustete weißen Schleim aus. Obwohl die Untersuchung des Sputums negativ blieb, war ihr Allgemeinbefinden so schlecht, dass der Priester gerufen wurde.

Sie erhielt die Tröstungen der Religion mit den vorgeschriebenen Beschränkungen, obwohl sich zwei Geistliche beim bischöflichen Ordinariat gemeldet hatten, die sich allen Maßnahmen unterwerfen wollten, sofern man ihnen die Spendung des Sakraments nach dem gewöhnlichen Ritus gestatte.

Um sechs Uhr abends traf Dr. Maximilian Mayer im Kaiser-Franz-Joseph-Spital ein und meldete sich im Büro von Dr. Schilder.

Der temporäre Leiter der Infektionsabteilung sah sich einem hageren, hoch gewachsenen Mann mit dem sonnenverbrannten Gesicht eines Seefahrers gegenüber. Wie Mayer ihm mitteilte, hatte er als Schiffsarzt beim österreichischen Lloyd in Bombay und Hongkong Erfahrungen mit der Behandlung Pestkranker gesammelt.

„Sie wissen, welches Risiko Sie eingehen, und bleiben dabei, sich freiwillig zu melden?"

„Ja, das weiß ich", antwortete ihm Dr. Mayer mit fester Stimme.

„Wir haben den ersten Stock des Diphtherie-Pavillons für Sie frei gemacht. Ich fürchte, Sie werden nicht nur Dr. Pöch bei der Albine Pecha ablösen, sondern eine weitere Patientin bekommen. Die Wärterin Hochecker ist stark pestverdächtig und muss unter sorgfältigster Beobachtung stehen."

Zwölfter Tag bis siebzehnter Tag: Dienstag, 25. Oktober, bis Sonntag, 30. Oktober 1898

Johanna Hochecker ging es am nächsten Tag wieder beträchtlich besser, nachdem Dr. Mayer erkannt hatte, dass ihr Zustand hauptsächlich durch die nervliche Belastung bedingt war, und ihr ein Beruhigungsmittel verordnet hatte. Albine Pecha dagegen ging es sehr schlecht. Das „süße Wiener Mädel", das in der Fantasie so vieler Wiener und Wienerinnen immer noch existierte, war nicht wieder zu erkennen. Im Bett lag eine abgemagerte Kranke mit gelblicher Hautfarbe, rasendem Puls und flacher Atmung, immer zahlreicher zeigten sich die dunklen Hautblutungen, der Stempel des schwarzen Todes.

Dr. Severin Schilder vermerkte:

> „Es wird keine Mühe gespart, die sinkenden Lebenskräfte der Pecha wieder anzufachen: warme Tücher um die erkaltenden Extremitäten, Kampferinjektionen, Sauerstoffinhalationen, welche ihr aus einem außerhalb der Baracke stehenden Apparat mittels eines mehrere Meter langen Schlauches zugeführt werden. Sie erhält drei Seruminjektionen, zu 60, 70 und 40 Kubikzentimetern. Nichtsdestoweniger verschlechtern sich Puls und Atmung zusehends."

Da keine Hoffnung mehr auf Besserung bestand, war angeordnet worden, dass die Pecha so viele Blumen, wie sie nur wollte, im Zimmer haben dürfe, und so verwandelte sich der karge kleine Raum in einen Rosengarten. Selig lächelnd, lag die Todkranke im Bett und ließ den Blick immer wieder über das Blumenmeer schweifen. „So schön! So lieb!", wiederholte sie ein ums andere Mal mit verträumter Stimme. „Ich hätte nie gedacht, dass mir einmal so viel Verehrung zuteil werden würde!"

Der Krankheitsprozess schritt unaufhaltsam fort. Die Hautblutungen nahmen zu. Sie hustete viel und spuckte große Mengen blutigen Auswurfs aus. Das Fieber stieg auf eine Temperatur von 39,5, ihr Puls raste mit 132 Schlägen und 48 Atemzügen in der Minute. Die Delirien wurden häufiger. Dr. Pöch war der Ansicht, dass ein frischer Krankheitsherd in der linken Lunge entstanden sei, während die anfänglichen Symptome auf einen Herd rechterseits hingewiesen hätten. Ihr Zustand verschlechterte sich von Stunde zu Stunde.

Dr. Schilder notierte:

> „Im Laufe des 29. Oktober wurde von Stunde zu Stunde klarer, dass der Hingang der unglücklichen Pecha unmittelbar bevorstehe, denn es stellten sich bei sehr schwachem und unregelmäßigem Puls Lähmung der Unterleibsorgane und tiefe Bewusstlosigkeit ein."

Immer noch trafen Blumenspenden und Genesungskarten ein, während sie bereits im Todeskampf lag.

Albine Pecha starb als letztes Opfer der Wiener Pest des Jahres 1898 am 30. Oktober um halb drei Uhr morgens.

Ihr Leichnam wurde in derselben umständlichen Weise wie der Dr. Müllers versorgt und unweit des frischen Grabes ihres Vorgängers tags darauf zu früher Morgenstunde auf dem Zentralfriedhof bestattet.

Schilder verzeichnete in seiner Chronik:

> „Zehn Tage lang hatten die schwankenden Nachrichten ganz Wien und Umgebung in unausgesetzter banger Spannung erhalten und auch in den Provinzen der Monarchie hatte man alle Vorgänge mit großer Aufmerksamkeit verfolgt. Mit dem Hinscheiden der Pecha war wie mit einem Schlag der schwere Bann, der auf dem Franz-Joseph-Spital gelastet hatte, gewichen. Auch in der Stadt, wo die Kunde erst im Lauf des 1. November allgemeinere Verbreitung fand, da infolge des Feiertages keine Abendblätter erschienen, machte sich gewaltige Erleichterung breit. Die aufgeregten Gemüter beruhigten sich."

Da sich keine neuen Krankheitsfälle ergaben, wurden zunächst alle mit der Pflege der Patienten betrauten Personen einer Observanz unterzogen. Die zweite Wärterin, Johanna Hochecker, konnte nach wenigen Tagen gesund entlassen werden. Maria Göschl war an Dysenterie erkrankt und wurde nach Ablauf der Quarantänezeit am 7. November 1898 im Stadium der Rekonvaleszenz auf eine interne Abteilung verlegt. Am 31. Oktober wurde das Allgemeine Krankenhaus wieder geöffnet, mit Ausnahme des Pathologischen Instituts und des so genannten Narrenturms, in dem Barisch bis zu seiner Einweisung in die Klinik krank gelegen hatte. In wenigen Tagen fiel auch diese Beschränkung weg. Die Vorlesungen wurden wieder an allen Kliniken aufgenommen, sodass am 5. November alles zum Alltag zurückgekehrt war.

Nachspiel

Die Austreibung des Dämons

Zwei Tage lang hatte die Expektanzbaracke leer gestanden, jetzt sollte sie desinfiziert werden. Die Aktion stand unter der Leitung des Prosektors Dr. Kretz, der auch sonst für alle Desinfektionsmaßnahmen des Krankenhauses zuständig war. Er stand mit dem temporären Leiter der Abteilung, Dr. Severin Schilder, an einer Ecke des Rasenplatzes unter den Bäumen und erläuterte diesem seine Pläne.

„Ich werde diesmal nicht den üblichen Weg gehen – Abwaschen der Wände mit desinfizierenden Lösungen und frische Tünchung –, da sich die Arbeiter dabei einer großen Gefahr aussetzen müssten. Es ist nicht unwahrscheinlich, dass sich Dr. Müller gerade bei diesem Werk, das er mit so viel Mühe und Aufopferung ganz allein durchführte, den Todeskeim geholt hat."

„Sie schlagen eine andere Methode vor?"

„Ja. Sie ist zuverlässiger und die Mitarbeiter sind dabei viel weniger gefährdet. Sehen Sie, da kommen die Geräte schon!"

Auf einem Wagen wurden fünf seltsame Gebilde herbeigebracht, die großen Milchkannen mit daran befestigten Sprührohren ähnelten. Während die Arbeiter sie in einer Reihe am Rand des Rasenplatzes aufstellten, erläuterte Kretz: „Das sind Glykoformal-Desinfektoren, von denen ich in jeder der Kammern der Exspektanzbaracke einen aufstellen lasse. Dann werden Türen und Fenster geschlossen und die Apparate füllen die Räumlichkeiten mit Glykoformaldämpfen. Das Glykoformal stellt eine Mischung von Glyzerin und Formalin dar, das die Lebensfähigkeit selbst der zähesten Mikroorganismen, wie zum Beispiel Milzbrandsporen, zu vernichten imstande ist. Dr. Pöch hat sich bereit erklärt, das Aufstellen der Geräte zu übernehmen. Was für eine Energie der junge Bursche hat! Seit Tagen hat er kaum geschlafen, aber jetzt, wo er sich ausruhen könnte, meldet er sich freiwillig zum Desinfizieren!“

Schilder nickte. Er wusste, dass Pöch nicht nur müde war, sondern auch an einer unangenehmen Nesselsucht litt, die ihm das Impfen mit dem Pestserum eingetragen hatte. Das nutzlose Zeug hatte auch Dr. Mayer schwer angeschlagen – er litt an geschwollenen Armen und Beinen und einem starken Hautausschlag. Aber der junge Arzt hatte sich nicht abhalten lassen, bis zuletzt mitzuhelfen. Vielleicht, dachte Schilder mitleidig, suchte er Trost in unablässiger Arbeit bis zur völligen körperlichen Erschöpfung. Der Tod seines Lehrers und Freundes hatte ihn schwer getroffen.

Wenig später waren die Geräte installiert und wurden in Betrieb gesetzt. Dr. Schilder stand hinter dem Pestkordon und beobachtete, wie sich die Zimmer hinter den großen, jetzt fest geschlossenen Fenstern mit geisterhaften, gelblich weißen Schwaden füllten. Erinnerungen stiegen in ihm auf. Wie lange war es her, seit er an dieser selben Stelle gestanden hatte, um Dr. Müller die schreckliche Nachricht zu überbringen? Er sah das Bild noch so lebhaft vor sich. Jetzt war die leere Baracke Schauplatz eines erbitterten Kampfes zwischen zwei Giften.

Obwohl alle Öffnungen geschlossen worden waren, drang der beißende, die Schleimhäute unerträglich reizende Dunst durch die feinsten Ritzen und wurde allmählich selbst außerhalb der Baracke spürbar. Schilder trat ein paar Schritte zurück und hielt das Taschentuch vor die Nase. Mit abgewandtem Gesicht fragte er Kretz: „Wie lange wird es dauern?"

„Wir lassen die Geräte dreimal je drei Stunden laufen, das müsste genügen. Glücklicherweise ist es windig, das vertreibt den Gestank."

„Sie wollen wohl sagen: Es treibt ihn überall hin!"

Tatsächlich wurde während der nächsten beiden Tage die gesamte Infektionsabteilung von den giftigen Dünsten heimgesucht, einmal da, einmal dort, je nachdem, wohin der launische Novemberwind sie blies. Selbst in der äußersten Verdünnung reizte der Glykoformalnebel noch jeden, dem er in die Atemwege drang, zum Husten und Ausspucken. Das Formalin war äußerst aggressiv; wenn man es lange genug einwirken ließ, musste es den Pestbakterien den Garaus machen. Dennoch hatte Kretz darauf bestanden, noch zusätzliche Sicherheitsschranken einzubauen, um jede Möglichkeit einer Verschleppung auszuschließen.

Einige der Heiztechniker des Hauses waren damit beschäftigt, ein sechzig Meter langes Rohr aus dem Kesselhaus des Spitals bis in die Nähe der Baracke zu legen, während andere einen mannshohen Holzbottich auf den Rasen schleppten. In halber Höhe wurde ein Gerüst angebracht, von dem zwei Stiegen wegführten, eines in Richtung der Baracke, das andere zur Straße hin. Der Raum um die Tonne wurde in den Kordon einbezogen. Der einströmende Dampf würde die Temperatur im Bottich in kurzer Zeit auf 98 Grad bringen, sodass alle kontaminierten Gegenstände aus der Baracke ausgekocht werden konnten.

Nachdem die Apparate abgestellt und die Räume der Baracke soweit gelüftet waren, dass man sich ohne besondere Gefahr in ihnen längere Zeit aufhalten konnte, wurden sie von den beiden Dienern Max Dollischal und Albert Wöller, der die Abfuhr der Dejekte besorgt hatte, mit fünfprozentiger Karbolsäurelösung abgespritzt und alles darin Befindliche förmlich überschwemmt. Falls irgendeine Bakterie das Dampfbad überlebt hatte, bekam sie jetzt eine ätzende Dusche und danach wartete ein kochender Kessel auf sie.

Dr. Pöch erschien in Begleitung zweier Nonnen, die seltsam genug aussahen in ihrer weißen Tracht mit den Flügelhauben und den darüber angelegten Schutzmänteln aus Kautschuk, Handschuhen und Gesichtsmasken. Sie rochen penetrant nach Sublimatlösung. Schilder kannte sie, es waren die Krankenschwestern Lucretia und Nicolina, die sich freiwillig zu der harten und ungewohnten Arbeit gemeldet hatten, sämtliche in den Räumen und Kasten befindlichen Gegenstände auf Tragbahren zu verladen und zur Tonne zu befördern.

Schilder sah zu, wie die drei Vermummten nach und nach allen beweglichen Inhalt der Pestbaracke – Bettlaken, Kleider, Wäsche, medizinische Gefäße, Instrumente und Geschirr – aus dem Haus schleppten und in die Tonne warfen, in der stetig einströmender Wasserdampf eine Lysollösung am Kochen hielt.

Diese Prozeduren nahmen drei volle Tage in Anspruch. Die ausgekochten Gegenstände wurden nachher auf einen Wagen verladen und auf einen hinter dem Seruminstitut gelegenen großen und allseits freien Platz, der eingeplankt worden war, geführt. Hier war bereits aus Balken und starken Latten ein etwa zwanzig Kubikmeter großer Rost hergestellt worden. Auf diesem wurden die desinfizierten Gegenstände aufgeschichtet, mit Stroh und Brennholz reichlich überdeckt, das Ganze mit mehr als dreißig Litern Petroleum getränkt und dann unter Überwachung der städtischen Feuerwehr, die mit einem Löschmeister und sechs Mann erschienen war, in Brand gesetzt.

Turmhoch lohten die von den Chlordämpfen grünlich gefärbten Flammen von dem mehrere Meter hohen Scheiterhaufen auf. Das war am 4. November um zehn Uhr vormittags. Bis zwei Uhr nachmittags dauerte das Autodafé, und erst um drei Uhr wurde der glühende und rauchende Trümmerhaufen unter Verwendung von siebenhundert Liter Wasser abgelöscht.

„Alle nur denkbaren Maßnahmen“, schrieb Dr. Schilder, „wurden getroffen, um eine weitere Infektion und damit Ausbreitung der Pest zu verhindern. Der grauenhafte Spuk ist zu Ende, die Bevölkerung darf wieder aufatmen.“

Vier Wochen nach der Beendigung der Desinfektion, also Anfang Dezember, sollte die Expektanzbaracke wieder neu eingerichtet und ihrer früheren Bestimmung übergeben werden. Von der Statthalterei kam an die Direktion der Auftrag, in der Baracke die Öfen heizen und zugleich Fenster und Türen, die bisher offen gestanden hatten, um der frischen Luft reichlich Eintritt zu gewähren, schließen zu lassen.

Dabei machte man einen überraschenden Fund. Die Lade des eisernen Betttischchens in Dr. Müllers Zimmer war beim Ausleeren übersehen worden, und darin befanden sich in einem geschlossenen Kästchen außer seinem Zwicker, einigen persönlichen Papieren und einigen kleinen Toilettenartikeln die Hefte mit den stenografierten Krankengeschichten der Pecha und der Hochecker sowie seiner eigenen, die er bis zum letzten Augenblick so sorgfältig geführt hatte.

Dr. Schilder ordnete an, die persönlichen Gegenstände – zu denen als traurige Erinnerung auch jene Bierkarte mit den feuchtfröhlichen Grüßen seiner Ärztekollegen gehörte – zu verbrennen, die Krankengeschichten jedoch, die in ihrer Art sicher einmalig waren, noch einmal schonend zu desinfizieren und aufzubewahren. Sie wurden später im Jahrbuch der Wiener Krankenanstalten veröffentlicht.

Im Jahrbuch des Kaiser-Franz-Joseph-Spitals vermerkte ein unbekannter Chronist:

> „Seine k. k. Apostolische Majestät haben mit allerhöchster Entschließung vom 31. Oktober 1898 Dr. Rudolf Pöch das Ritterkreuz des Franz-Joseph-Ordens, dem Schiffsarzt Dr. Maximilian Mayer das goldene Verdienstkreuz mit der Krone und den Schwestern der Genossenschaft der Dienerinnen des Heiligsten Herzen Jesu Verona Gerhard, Lucretia Kaschuber, Wilfrieda Bazan und Nicolina Janikowski sowie der Wärterin Johanna Hochecker die Elisabeth-Medaille allergnädigst zu verleihen geruht."

Fakten und Anmerkungen

Die Pest

Der Begriff *pest* stammt aus dem Lateinischen und bedeutet ansteckende Krankheit, Seuche. Die Pest ist eine hochgradig ansteckende, bakterielle Infektionskrankheit, die bis heute nicht ausgestorben ist. In historischen Zeiten breitete sich die Krankheit wiederholt in schweren Seuchenzügen über Europa und Asien aus. Erste Berichte reichen bis in die Antike zurück. In der Folgezeit kam es immer wieder zu mehr oder minder schweren Epidemien. So waren in Wien 1541 etwa ein Drittel der rund 25.000 Einwohner gestorben, im Jahr 1679 sogar 12.000 Menschen. Am Graben, im Herzen der Altstadt, erinnerte die mächtige barocke Pestsäule an das große Sterben in Wien. Die letzte europäische Pest hatte in den Jahren 1878/79 die russische Provinz Astrachan heimgesucht und war – nachdem sie mehrere hundert Menschen dahingerafft hatte – durch einen Militärkordon gestoppt worden. Aber damals war keine wissenschaftliche Untersuchung vorgenommen worden; die Russen hatten sich damit begnügt, jeden zu erschießen, der aus dem Quarantänebezirk ausbrach, bis es keine Überträger mehr gab, weil alle der Seuche oder den Soldaten zum Opfer gefallen waren.

Je nachdem, wie der Keim in den Körper eintritt, nimmt die Seuche unterschiedliche Gestalten an. Gelangt er – durch einen Flohstich oder Rattenbiss – in die Blut- und Lymphbahnen des Körpers, so greift er als Erstes die Drüsen in den

Leisten und unter den Achseln an, die zu Pestbeulen anschwellen und brandig zerfallen. Bei der *Beulenpest* kommt es zwei bis sieben Tage nach dem Flohbiss zu hohem Fieber mit Schüttelfrost. Dazu kommen Kopf- und Bauchschmerzen, Erbrechen, Durchfälle, Hautblutungen und Absterben von Hautgewebe. Wird er jedoch mit der Atemluft eingesaugt, so befällt er die Lunge und erzeugt dort eine stürmische Infektion, deren klinisches Bild dem einer schweren Lungenentzündung ähnelt. Die *Lungenpest* ist die schwerste und ansteckendste Form, die mit Fieber, Atemnot und Husten verläuft. Unbehandelt ist diese Krankheit immer tödlich. Beide Formen können ineinander übergehen oder von einer noch schlimmeren Blutvergiftung kompliziert werden, der Pestsepsis.

Die Übertragung findet außer von Mensch zu Mensch auch durch Tiere (Ratten) und vom Kranken gebrauchte Gegenstände statt, ganz besonders aber durch Insekten (Fliegen, Wanzen, Flöhe, Ameisen), die auf erkrankten Menschen, Tieren oder deren Dejekten gesessen haben. Bei der Lungenpest erfolgt die Ansteckung durch Tröpfcheninfektion von Mensch zu Mensch.

Ohne langjährige praktische Erfahrung mit Pestfällen ist es überaus schwierig, die Krankheit richtig zu diagnostizieren, sodass sie selbst in Indien, Arabien und China, wo häufig Endemien auftraten, oft erst erkannt wurde, wenn der rasche Fortschritt und die hohe Anzahl der Toten die Seuche verrieten.

Die Vorstellungen der Ärzte waren, was die Entstehung von Seuchen betraf, bis ins 18. Jahrhundert von der alten humoralpathologischen Lehre bestimmt gewesen: Die Pest, so meinten sie, entstehe durch eine ungünstige Mischung der vier Körpersäfte Schleim, Blut, schwarze Galle und gelbe Galle, durch eine innere Fäulnis des Organismus hervorgerufen, welche durch ein Überwiegen des Qualitäten-Paares warm und feucht begünstigt wurde. Auch Erdbeben brachte man in einen kausalen Zusammenhang mit Epidemien: Die Gase, die den aufbrechenden Erdspalten entstiegen, galten ebenfalls als krankheitserzeugend. Zudem standen bestimmte Konstellationen der drei „oberen“ Planeten Mars, Jupiter und Saturn im Verdacht, den Ausbruch der Seuche zu fördern. Ein feuchtwarmes Klima, Südwinde und faulig-schwüle Luft mit dem ihr eigenen miasmenreichen „Pesthauch“ konnten diesen Prozess, so die Meinung der Schulmedizin, beschleunigen. Man fürchtete deshalb entsprechende Witterungen, stehende und stinkende Gewässer sowie Menschenansammlungen, deren Ausdünstungen als besonders gefährlich galten. Diese Ansicht stützte sich auf die durchaus richtige Beobachtung, dass, als Wien kreuz und quer von Bächen durchzogen war, die als öffentliche Abtritte und Müllkippen dienten, alle naselang eine Seuche wie Pest, Typhus, Ruhr oder Cholera ausgebrochen war. Und das war nicht nur in Wien so, sondern in allen europäischen Städten, vom Orient ganz zu schweigen. Nur langsam hatte sich die Erkenntnis durchgesetzt, dass die unsäglichen hygienischen Zustände Brutbeete der Seuchen waren. Unsaubere Menschen, die auf engstem Raum zusammenlebten, streunende Hunde und Katzen, Ratten und Ungeziefer als heimliche Mitbewohner, verunreinigtes Trinkwasser, ungelüftete Räume – das war der Nährboden, auf dem die Krankheitskeime gediehen.

Erst Girolamo Fracastoro war den modernen Erkenntnissen näher gekommen, als er postulierte, es müsse ein „Same der Krankheit“ vorhanden sein, der auf dreierlei Weise übertragen werden konnte: durch unmittelbare Berührung mit dem Kranken, durch Kontakt mit von diesem berührten Gegenständen oder durch die Atemluft. Und erst 1894 hatte

Alexandre Yersin das Gesicht dieses geheimnisvollen „semen“ in seinem Mikroskop gesehen.

Bis 1894 hatte kein Mensch gewusst, was die wirkliche Ursache der Seuche war, niemand konnte sich auch nur annähernd den Pathomechanismus der Infektion erklären, die Übertragungskette vom tierischen auf den menschlichen Wirt war noch nicht entschlüsselt, und deshalb war auch kein Arzt in der Lage, Pestkranke – von einigen »Palliativmaßnahmen« abgesehen – erfolgreich zu behandeln. Was aus alten Zeiten überliefert war, waren großteils Schauergeschichten, die wohl das fürchterliche Wüten der Seuche in dramatischen Bildern beschrieben, aber dem Arzt wenig Anhaltspunkte lieferten.

So schleppte diese finstere Königin der Krankheiten ihre eigene Mythologie mit sich, ihre Geschichte von Vorurteilen und Ängsten, Schuld- und Sühnegedanken. Ein so furchtbares Schicksal, hatten die Menschen von altersher gedacht, konnte einen nicht ohne Grund treffen. Irgendjemand musste Schuld daran tragen. Und wie immer, wenn eine Katastrophe über die Menschheit hereinbrach, hatte man die Schuld bei den Ausgegrenzten gesucht, den Grenzgängern der Gesellschaft, den ohnehin schon Verdächtigen und Unbeliebten. Neben den Menschen, die von der Seuche selbst dahingerafft wurden, waren immer auch andere gestorben, die Opfer der Verzweiflung und Panik, die Unschuldigen, die gelyncht wurden, weil man sie für „Pestsalber“ hielt, die die Krankheit heimtückisch und mit Absicht verbreiteten: die Juden, die man beschuldigte, die Seuche hervorgerufen zu haben, indem sie die Brunnen vergifteten.

1894 wurde während einer Epidemie in der Kronkolonie Hongkong der Erreger der Pest identifiziert und ein heftiger Streit unter den Gelehrten tobte, wer ihn nun eigentlich entdeckt hatte – der berühmte japanische Bakteriologe Shibasaburo Kitasato, ein Mitarbeiter des großen Robert Koch, oder der weitgehend unbekannte, aus der Schweiz stammende französische Tropenarzt Alexandre Yersin. Jeder der beiden schrieb sich die Entdeckung zu, oder hatten beide unabhängig voneinander und gleichzeitig den Pestbazillus ausfindig gemacht? Schließlich wurde der Erreger nach dem Franzosen *Yersinia pestis* benannt. Yersinia pestis ist ein gramnegatives, unbegeißeltes, sporenloses, fakultativ anaerobes Bakterium in Gestalt eines Stäbchens oder Balkens. Es zählt zu den Enterobakterien. Es handelt sich um einen sehr vielgestaltigen Bazillus, der nicht allein in den Drüsen und im Blut, sondern auch im Erbrochenen, im Stuhl und Harn enthalten ist. Daraus ergibt sich die enorme Infektiosität solcher Kranken.

Doch galt die Pest in der Neuzeit in Westeuropa als ausgerottet und es gab kaum einen Arzt, weit gereiste Schiffsärzte ausgenommen, der schon einmal einen Fall gesehen hätte. Die furchtbare Krankheit geriet in Vergessenheit.

Im Jahr 1896 jedoch wurde die Pest aus China über Hongkong nach Indien verschleppt und führte in Bombay noch im selben Jahr zu einem schrecklichen Seuchenausbruch.

Dieses Ereignis schreckte die europäischen Regierungen auf. Die Seuche war in einem den westlichen Ländern nahe stehenden Wirtschaftszentrum aufgeflammt, und das hieß, man musste sich über Präventivmaßnahmen informieren. Seither forschten und experimentierten Bakteriologen in aller Welt an der Entwicklung eines Impfstoffs gegen den schwarzen Tod.

So wurden in Wien – nach einem im Januar 1897 von der Kaiserlichen Akademie der Wissenschaften gefassten Beschluss – Dozent Dr. Hermann Franz Müller und Dr. Rudolf Pöch von der Ersten Medizinischen Klinik (Prof. Dr. Nothnagel) sowie die Assistenten des Pathologisch-anatomischen Instituts der Universität Wien (Prof. Dr. Weichselbaum) Dr. Heinrich Albrecht und Dr. Anton Ghon am 3. Februar 1897 nach Bombay entsandt. Sie nahmen nach ihrer Ankunft sofort ihre Tätigkeit am Arthur Road Hospital auf und konnten schon am 1. Mai ihre Rückreise antreten. Am 18. Mai 1897 kam die Expedition mit einigen Kulturen von Pestbazillen in Wien an und begann unmittelbar nach der Rückkehr mit experimentellen Forschungen, die Übertragungswege und Verlauf der Krankheit klären sollten, im Besonderen aber, ob es etwa auch eine Immunisierung gegen die Pest gäbe. Dazu erhielten die beiden Assistenten des Pathologisch-anatomischen Instituts einen eigenen Raum im Institut sowie den 27-jährigen Laboratoriumsdiener Franz Barisch zugewiesen, der den Stall mit den Versuchstieren betreute. Sein persönliches Versagen war es, das die Tragödie der Wiener Laboratoriumspest auslöste.